CE SOIR ON SOUPE CHEZ PÉTRONE

Paru dans Le Livre de Poche :

LES FILLES DU CALVAIRE

LANSQUENET

LES PETITES MAZARINES

LA SAINTE FAMILLE

LE SONGE DE PHARAON

PIERRE COMBESCOT

Ce soir on soupe chez Pétrone

ROMAN

GRASSET

ISBN : 2-253-11732-3 – 1re publication – LGF
ISBN : 978-2-253-11732-2 – 1re publication – LGF

À Pierre B.
et
In memoriam, Jean-Luc L.

– Je lui ferai du mal volontiers.
– Mais il ne vous en a jamais fait.
– Il faut bien que quelqu'un commence.

CHAMFORT.

Rien ne m'amuse comme de travailler
à mon déshonneur.

SADE.

I

MARSEILLE.
DEUXIÈME ANNÉE DU PRINCIPAT DE L'EMPEREUR TRAJAN

(an 99 ap. J.-C.
ou 852 depuis la fondation de Rome)

Désormais, moi, Lysias, je suis seul. Aussi, je prends les jours comme ils viennent. La vie à l'improviste. À mon âge, il me plaît encore de badiner dans l'ombre du plaisir. Écrire mes mémoires ? Pourquoi aliénerais-je mes derniers beaux jours à ressasser le passé. La barbe !

J'ai aimé la vie sous ses aspects multiples. Je l'ai traversée joyeux et athlétique sans éprouver de lassitude ni de découragement. Ceux qui m'ont naguère connu témoigneront que j'ai été un homme d'un commerce agréable, recherché pour son savoir et son urbanité. Un de ces raffinés qui perpétuait une tradition déjà bien passée de mode à Rome.

Aujourd'hui, je vis comme un ours ; et seul m'importe le présent. Pourtant je sens bien qu'il me faudra, quelque jour, songer à ces mémoires. En venir à ce que je devrai tirer de si loin et de moi. Façon d'adoucir le cours du temps et de tromper la mort.

Pour l'heure, il n'y a pas d'urgence. Aussi pourquoi bourdonnent-ils autour de moi comme des mouches ? Chaque jour, ils se font plus nombreux ! Et c'est la même rengaine. De grâce ! Cher Lysias, de grâce, un témoignage ! Oui ! Quelques portraits ! Tes souvenirs ! C'est important ! Vraiment ! Pour servir à l'histoire de notre époque ! Et ils me collent et ne veulent pas en démordre !

Que désirent-ils ? Un tableau de la vulve de Sabina Poppea ? Et comment, à sa mort, cette Isis de lupanar fut truffée d'aromates égyptiens, avant d'être enfournée dans le tombeau des Jules ?

Ô grand César ! Est-ce pour obtenir la compagnie de cette impériale putain que tu te laissas larder de vingt-trois coups de poignard le jour des ides de Mars ? À moins que ce ne soit pour t'appuyer la cantilène nasillarde des rabbins de Rome s'accompagnant du schofar ? Car tu n'es pas sans savoir que cette impériale poupée, prosélyte de la Porte, comme on disait alors à Rome, autant dire une fesse à la synagogue, l'autre chez Mithra et son brave taureau, observait le sabbat : le seul jour de la semaine où elle se défendait toute copulation avec ses affranchis. Et cela depuis que le Juif Alituros, mime favori de Caesar Néron, son divin époux, l'avait convertie aux fumisteries des circoncis[1].

Des aveux intolérables artistiquement couchés sur du papyrus de premier choix ? Pourquoi pas ? Avoir raison une fois pour toutes des lois et des belles consciences qui se tortillent pour mieux paralyser et pourrir la réalité. Quand bien même, pour peindre cette atroce mythologie moderne, il me faudrait laisser couler de ma plume des mots et des phrases où la purulence abonde ?

C'est probablement ce qu'attendent tous ces lèche-culs, friands d'histoires ! Du flan ! D'autres s'y prêteront mieux que moi !

Évidemment il me serait facile, si je le voulais, de leur servir du cru et du bien saignant. Ma besace en est pleine. Et j'ai assez de vinaigre pour te les assaisonner, ces imperators dingos, assassins honorés du laticlave, sycophantes de mes deux, donneurs à la petite semaine, rupins à milliards de sesterces ! Et tous les autres : les partouzards impuissants, les mondains à la gomme, les faussaires de la rhétorique, incapables de bricoler trois lignes, les pédales orientales au godillant croupion et à la mentule dressée pour saluer le premier balèze venu ! Et la veuve ! Oui ! J'allais oublier les veuves ! C'est tout un monde que les veuves par la grâce des filles de Locuste, et de leurs bouillons d'onze heures ! Toujours chaudes de la pince ! Prêtes à déflaquer à la moindre cantilène de Crispus le châtré, en rêvant de devenir les paillassons du gladiateur aux jours des Floralies ; à moins qu'elles ne tiennent boutique-mon-cul à un carrefour de Suburre ou encore qu'elles s'en aillent rejoindre le collège des grandes tribades. Oh ! qui dira la douce musique des plumards de nos veuves ?

Démocrite a écrit qu'il faut rire. Et même rire de tout. Et qu'alors, le rire guérit tout. Aussi, je peux vous dire que je m'en suis payé une sacrée tranche à Rome.

Pour rien au monde, à présent, et surtout pas pour une vaine gloire littéraire, je ne quitterais mon vieux cabanon de la calanque, ma treille, mon jardin qui descend jusqu'aux rochers d'où, chaque matin, je plonge dans la mer.

Bientôt je serai vieux. Et chacun se foutra éperdument de ce que peut penser ou écrire un vieux croûton.

Pour qui d'ailleurs ? Je suis seul depuis qu'Adminius, mon compagnon, s'en est allé soulever, contre les légions romaines, les tribus peintes de bleu dont naguère ses ancêtres étaient rois. J'ai essayé de lui faire entendre raison. Et ce n'est pas faute de lui avoir seriné ce vers d'Horace : « La Bretagne sauvage n'a pas vaincu malgré son adolescence aux yeux bleus[2]. » J'eus beau dire, rien n'y fit. De mes objurgations comminatoires, il n'avait cure. Jusqu'au bout il demeura cet être mal commode et rebelle. Il aimait à défier le destin par fierté et probablement aussi pour me faire sentir son indépendance. C'était un de ces êtres de fuite, et sans doute est-ce pour cela que je l'aimais. Il m'enseigna, à son insu, le chemin qui conduit au funeste savoir de la jalousie. Et puis, en dernier ressort, il y eut cette salope qui lui monta le bourrichon pour mieux l'attraper par les couilles. Il se sentit enfin mâle auprès de cette femelle habile et avertie. Sans cette goule, il serait toujours avec moi. Mais il lui fallait jeter sa semence. Faire souche. Foutaise !

Il est sorti de ma vie. Et les brumes de sa Calédonie natale se sont refermées sur lui.

Plus personne. Le silence, voilà tout. À d'autres, donc, de montrer les traces ombreuses dans la poussière du passé. Qu'ils s'intéressent à l'histoire que rien n'amende. Ne revient-elle pas en boucle, pour se jouer de nous par les mêmes pièges et les mêmes chants captieux, modulés diversement selon les époques ?

Et d'ailleurs pourquoi m'intéresserais-je à des événements qui auraient pu ne jamais advenir ? Chaque siècle a ses cruautés, chaque époque ses vices. Quant à l'âge de l'innocence, s'il en fut un, qu'on me l'indique.

Je suis grec – grec et libre – et partant assez avisé pour ne pas m'abandonner à cette atroce bouillie. Y poser un œil de voyeur ? Pourquoi pas ? Sans complaisance. Sans amertume. L'amertume n'a jamais été mon fort. J'ai mené une vie de curieux, de témoin indifférent et amusé, de railleur souriant et sans fiel. Aussi, pourquoi sur le tard devrais-je déroger à cette nonchalance et me donner des aigreurs d'estomac, moi qui ne cherche que le calme et la sérénité ? Encore qu'il me faille avouer que la méchanceté m'a souvent apporté de grandes satisfactions.

Je suis enclin à pratiquer l'ironie du cynique. Qu'un parvenu dont je suis l'hôte à souper s'avise pour la blague, comme l'autre soir, de me jeter un os à travers la table, je me lève et vais lui pisser sur la toge puisqu'il me traite comme un chien.

Il se pourrait que, tout au fond de moi, survive encore une croyance aux respects des hiérarchies et de la parole donnée. Vieux jeu ? Peut-être…

Mais la vertu suffit-elle au bonheur ?

J'aurais pu faire carrière à Rome ; mais quand la peau d'un empereur, a fortiori d'un préteur, vaut moins qu'un pet de lapin, autant se faire la malle. Domitien me caressait. Je siégeais au Sénat. Cependant j'ai préféré sortir de la Ville, la tête haute, et pour toujours.

Me suffit, à présent, ce ciel grésillant, le soleil qui réchauffe mes membres, le chant stridulant des cigales dans le vieux pin, l'odeur du thym et des lavandes, et au soir un bel éphèbe qui court sur la plage; mais par-dessus tout l'oubli des jours enfuis. Voilà! Est-ce assez? Et puis après moi, qui? Oui, qui pour recueillir l'esprit gentil et la parole d'un mort? S'il me fallait choisir une épitaphe, je ne voudrais que celle-ci: Ci-gît le paresseux Lysias qui sut bien prendre ses moments.

Les matrones du coin déblatéreront. Je les entends déjà. Et ci et ça… « Vous vous souvenez de Lysias, le vieux Grec qui refusa de siéger au conseil des décurions de la ville. Mais si! Voyons! Celui qu'on apercevait aux beaux jours sur la corniche, là-bas, tout près de la petite plage, de l'autre côté du phare; toujours à regarder les jeunes gens jouer à la balle… – Oui. Eh bien?… – Eh bien! C'est qu'il avait été quelqu'un autrefois à Rome… Il en a connu du beau linge. Et le meilleur et le plus chic… – Vraiment! Comme vous me dites cela… – Il est mort la semaine dernière, le saviez-vous? Son jardinier l'aurait retrouvé assis sur un banc dans son jardin, face à la mer. Il l'a aperçu de loin. Les yeux grands ouverts, comme plongé dans ses pensées. Paisible. À un moment il eut un soupir. Rien. Juste un murmure. Et c'est ainsi, en regardant la mer, qu'il est entré dans la mort. N'est-ce pas beau? Une mort que l'on se souhaiterait, n'est-ce pas?… Le rhéteur Carbo m'a dit qu'il a légué à la bibliothèque de la ville trois gros rouleaux de papyrus, illisibles à l'en croire. À faire peur même! Un charabia qu'un cocher de Suburre rougirait d'employer… »

Voilà ce qu'elles dégoiseront, à coup sûr, les matrones! De fieffées salopes qui en entendent bien d'autres quand elles s'en viennent de nuit dans l'olivette, près de l'école des gladiateurs, se faire troncher par le premier rétiaire venu.

Pour elles, comme pour Carbo, rien ne compte, en littérature, hormis ce qui se commet à Rome dans les cercles de l'Aventin. Elles se délectent du moindre pet iambique du petit-maître à la mode ; un aphorisme foireux d'Albicius Carus les fait se pâmer. L'ombre du rien sur le rien au son d'un thrène de Timothéos, que ce faiseur veut remettre au goût du jour d'une syrinx douteuse.

S'il me fallait écrire, j'essaierais d'oublier cette maudite élégance académique qui ne cesse de me coller à la peau pour revenir au distingué bigorne.

L'autre jour, j'ai voulu répondre à Juvénal pour le remercier de l'envoi de sa dernière Satire. Quel talent ! Quelle verve ! L'accommodement d'un turbot de l'Adriatique n'est pour lui qu'un prétexte pour baver sur feu l'empereur Domitien avec ce même joyeux entrain qu'il mettait naguère, au début de son règne, à lui lécher les burnes. En relisant ma lettre, je me suis fait bâiller. C'est tout dire ! J'ai donc préféré passer pour incivil que de l'ennuyer avec ma prose compassée. Encore que lui-même fut, naguère à Rome, un fichu rhétoricien. Il ne se privait pas d'effets de toge quand, après un souper bien arrosé, il se levait de table pour amuser les convives et se mettait à plaider des causes imaginaires comme la défense des bigoudis de la vieille Juive du Palatin que Titus Imperator astiquait avant de la refiler à fourrager à son frangin Agrippa. Agrippa, ce roi d'un pays où l'on ne connaît pas le délice des œufs au lard puisqu'une antique bienveillance y ménage aux petits cochons une retraite heureuse.

Mon maître, mon cher et inoubliable maître, Pétrone eût goûté le ramage élégant de cette satire. Voilà la chair de la littérature, se serait-il exclamé ! Et que les dieux nous gardent des arabesques du néant sur le néant.

Le couillu à qui, pas plus tard qu'hier à la palestre, j'ai fait toucher, d'un double ramassement de jambes, le sol des épaules, a eu à cet instant une expression délicieuse. Savoureuse en vérité. Il était encore tout sonné, le gosse. C'est que même à mon âge, je ne m'en laisse pas conter à la lutte. En deux temps trois mouvements, il a volé en l'air, le gamin. Enfin, plus tout à fait un jeunot. Bien seize ans, et déjà monté, fallait voir comme ! La petite canaille a saisi mon regard. Je pense que j'aurais pu pousser mes pions. Chichi qui bande, comme on dit, ici, à Marseille, n'a pas de conscience. Mais à quoi bon ? Ce n'est pas que je sois définitivement retiré des affaires. Même si le souvenir de mon cher Adminius me retient parfois de donner une suite à des amours de passage. Ou que je me sente vieux. Ou encore privé de désir. Pour mes cinquante-cinq ans, je suis plutôt mieux que toutes les vieilles badernes qui s'en viennent au bain pour se rincer l'œil et se faire épiler le trou de balle par leurs eunuques syriens. Je ne suis pas chauve, j'ai le ventre plat, le dos droit, la fesse ferme. Toutefois me répugne l'idée de jouer les Socrate courant par la ville essoufflé, pour récupérer un vague Alcibiade.

Mais comment m'a-t-il dit le marlou… C'est idiot ! J'aurais dû le noter sur-le-champ ! Une expression juteuse, pleine de saveur, qui fait mouche, ce n'est pas tous les jours que l'on s'en attrape de cette farine. Et puis avec cela, ce culot ! Du vrai *zobain* ! C'est ainsi que mon cher Pétrone, qui passa sa jeunesse à Marseille, qualifiait l'argot des canailles d'ici. Tu viens aux bains… Oui ! Zauxbains… Zob hein ! Mon zob, ton zob ! Aux bains… zobain ! On ne peut plus clair.

Le père de Pétrone, Titus Petronius Liber, personnage consulaire, fut exilé sur une vague dénonciation de crime de lèse-majesté dans cette cité phocéenne. L'atmosphère en était, comme aujourd'hui, cosmopolite bien que la ville eût perdu sa liberté depuis plusieurs décennies. Durant la guerre civile, elle s'était donnée à Pompée. César vint y mettre le siège puis lui coupa les couilles.

Cependant y professaient toujours les meilleurs rhéteurs de l'Empire ; le célèbre Volcacius de Pergame y faisait florès. Mon maître, Caius Pétrone, fut son élève. Il bâilla comme tout un chacun en écoutant sous les portiques l'élégant péroreur. La leçon finie, il courait, au grand désespoir de son pédagogue, vers le port et les bas quartiers où l'Orient répand ses épices. Là, il s'adonnait au jeu de dés dans des tavernes louches, hantées par une humanité interlope. S'y retrouvaient des matelots de tous bords, des galériens, des prostituées avec leurs maquereaux ainsi qu'une nuée de jeunes truqueurs prêts à tous les coups fumants. L'argot que pratiquait cette tendre canaille fleurait bon la poiscaille. Ainsi Pétrone eut-il tôt fait d'amender les leçons du rhéteur.

Chaque fois que passait un gaillard huilé, bagousé, qui s'en allait aux bains se faire affranchir le valseur, les canaillous, qui en connaissaient non seulement un bout sur le chapardage mais également sur la manière de s'empocher la vie, criaient à l'unisson « Encolpios ! Encolpios ! ». Mon maître, qui venait à peine de quitter la toge prétexte, pratiquait le grec, mais ignorait encore tout du « zobain » des jeunes Marseillais. Aussi, la première fois qu'il les entendit crier de la sorte, il leur demanda : « Pourquoi voulez-vous à tout prix embrasser ce personnage musqué qui sent son gommeux de mauvais augure ? » Les autres d'éclater de rire et de l'affranchir aussitôt. « D'accord, "encolpios" signifie embrasser en grec ! Mais chez nous, ici, ça veut dire aussi "va te faire mettre", ou plus simplement "enculé !". »

Ils l'affranchirent si bien qu'ils eurent raison de son latin amidonné.

Ce parler de la pègre est d'une syntaxe légitime et serrée et l'oreille s'habitue vite à ces métaphores pleines de sève, à ces inventions de chaque instant, à ces abréviations, à ces ellipses, à cette fantaisie du tonnerre de Zeus. Et le jeune Pétrone passa rapidement expert en zobain. À travers ce langage coloré et avec l'aide des petites gouapes du port, il apprit rapidement la liberté et une manière de cynisme tempéré. Il découvrit aussi la passion de l'amour sous ses formes multiples, brillantes, sordides parfois ; il aperçut ce que pouvait entraîner de destruction l'attrait malsain pour un fatalisme dans la passion, et toutes les incidences morbides du désir ; mais il comprit que l'amour demeure le seul palliatif à l'inquiétude et à l'angoisse de la mort. En somme le but unique, la substance essentielle de toute œuvre, de la sienne à venir en particulier.

Lorsque vingt ans plus tard, il chercha un nom pour

le principal personnage de sa satire, sorte de dérive aventureuse où trois gaillards du trimard, niqueurs de première, ne craignant guère pour leur arrière-boutique, s'ingénient à filouter la vie, il s'écria. « Euréka ! Euréka ! Je l'appellerai Encolpe ! Encolpe l'enculé ! » Et je le revois sautant en l'air, heureux de sa découverte.

C'était, si je m'en souviens bien, au printemps de l'année 60, au retour de son proconsulat de Bithynie. Il s'était mis au travail d'arrache-pied et, jour après jour, *La Vie aventureuse d'Encolpe et de Giton, vagabonds exemplaires et miroirs des filous* s'augmentait de nouvelles aventures. Une rumeur joyeuse parcourait le long manuscrit. S'y respiraient aussi la misère, la débine, la sueur, la soif et la faim. Parfois certaines purulences demeuraient en l'état, l'alchimie du verbe s'étant refusé à les muer en encre.

Je venais d'avoir seize ans et lui servais de secrétaire. L'air était doux et le jardin de la villa que Pétrone possédait à Cumes embaumait la rose et le jasmin de Bétique. On lui avait décerné le titre envié d'« Ami du prince ». Un prince dans la septième année de son principat, encore assez fréquentable en dépit de légères bavures familiales comme un fratricide tôt suivi par un matricide.

Le cabanon sur la mer que j'habite, aujourd'hui, en dehors des remparts fut construit par Titus Petronius Liber. S'il demeurait la plupart du temps dans sa somptueuse maison sur la colline, près du forum, il préférait de beaucoup ce séjour modeste avec ses auvents de canisses. Dès qu'il le pouvait, il y venait lire, écrire, nager, pêcher et, généralement, il se faisait accompagner de son fils Caius et de son ami Gordias, un jeune Phocéen. Ce dernier était un bel athlète qui avait remporté deux années consécutives les jeux floraux.

Avec le produit de leurs pêches, Oscure, un Phocéen de vieille souche, leur préparait une bouillabaisse. C'était un caractère haut en couleur. Il parlait avec les mains et faisait marinier, jardinier, et même bricolo lorsqu'il fallait rajuster la treille au-dessus du triclinium, ou planter un clou.

Mon maître hérita la belle maison du forum et le cabanon à la mort de son père survenue subitement, tôt suivie par celle de sa mère, Fabia Lollia[3], qui, dévorée de chagrin, ne lui survécut que quelques semaines.

À peine son deuil terminé, parvint à Marseille la nouvelle du décès de l'empereur Tibère, au fond d'un de ses palais de Capri. Par la suite, on devait apprendre qu'il s'était fait transporter pour mourir dans une villa du cap Misène, ayant appartenu à Lucullus[4]. Dans le même temps que la mort de ce prince, Pétrone apprit celle de sa grand-mère maternelle, Fabia Maxima, une personnalité du Tout-Rome mondain dont il héritait l'immense fortune. Il quitta aussitôt Marseille pour aller régler ses affaires à Rome.

Il se passa ensuite bien des années. À sa mort, Pétrone me légua et la demeure du forum et le cabanon.

Aujourd'hui, j'habite le cabanon et je loue la grande maison à un affranchi, natif d'Alexandrie, anciennement bordelier à Rome. Il ne fait d'ailleurs aucun secret de sa précédente profession. Il avait tenu longtemps et avec grand succès un établissement sur la voie Suburane. Un claque huppé, hanté par des poulettes du Palatin, des petits crevés et également de vieux patriciens à la dérive. Tous s'y rendaient nuitamment pour y éprouver le grand frisson entre les bras velus de mercenaires du cirque ou auprès de quelques fleurs de rade, chacun selon son goût.

Qu'importe d'ailleurs son passé de taulier, du moment qu'il me paie le loyer rubis sur l'ongle et entretient la maison. C'est au demeurant un fort bon bougre, comme tous ceux qui ont approché les bizarreries du vice et son sordide. Et avec cela, de la conversation, toujours nourrie d'un grand nombre d'anecdotes, pas uniquement salaces. Il a vu du monde.

Il s'est, depuis, reconverti dans le commerce du bois. Une grosse entreprise qui fournit en madriers les armateurs Julius Carolus Rubeus et Marcus Faber, neveux de Francius Faber Pulcher, ainsi que la capitainerie du port pour les cales de halage et les hangars. Dans sa spécialité, il est certainement bien plus savant qu'Albicius Carus, le poète, dans la sienne. De plus, il fait un personnage cocasse. On le voit arriver de loin, au forum, étendu mollement sur sa litière. D'une main boudinée, pleine de bagues, il agite un éventail, tandis que de l'autre, il puise dans un sac des piécettes d'argent qu'il jette à la marmaille piaillante qui le connaît pour sa générosité. Quand je l'aperçois, je me défile. Il est comme ces Orientaux à qui il faut tout un préambule de salamalecs pour se mettre en train. Cependant, lorsque j'ai du temps devant moi, il m'arrive de lui tenir la jambe. Généralement, il faut l'avouer, je ressors assez requinqué de cet échange.

Il vient d'affranchir ses porteurs de litière, huit gaillards bois d'ébène. « Je ne voudrais pas, dit-il à qui veut l'entendre, que l'on puisse dire un jour que mes enfants eurent des pères esclaves ! » Et il est tout ravi des petits négrillons qui courent derrière lui en criant : Papa ! Papa ! Les gens d'ici s'en gaussent. Mais moi, je trouve cela plutôt rafraîchissant. Au fond, c'est peut-être cela, aussi, le bonheur.

Il habite la grande villa. Et moi, grâce au loyer qu'il me verse, je vis comme un prince dans mon cabanon.

Mon maître Pétrone ne revit jamais Marseille. Il fit la carrière que l'on sait. Sénateur, consul puis proconsul en Bithynie où il connut mes parents à Nicodémie, qui me confièrent à lui pour qu'il m'amenât à Rome.

Néron régnait. Aussitôt de retour, il ne fallut pas longtemps à Pétrone pour être du premier cercle du prince. Il plut grâce à son indolence naturelle, doublée d'une paresse raisonnée. On le rechercha. Et bientôt, il devint l'Arbitre des élégances.

Cependant, ce n'était pas sans nostalgie qu'il évoquait ses jeunes années à Marseille, ses parties de pêche, le vieil Oscure, les crapules du port. Au soir de sa mort, alors qu'il me tendait l'acte de propriété qu'il venait de faire établir à mon nom, je compris que son seul regret était de sortir de la vie sans avoir revu le cabanon et sa calanque, sans avoir humé une dernière fois les senteurs fortes de la garrigue qui déboulent en vrac jusqu'à la mer. Qui aurait dit alors que j'y conserverais le souvenir de sa jeunesse embaumée à jamais.

Il avait soustrait exprès ses deux propriétés de son testament, sachant que tous ses biens, dès qu'il aurait rendu le dernier souffle, iraient dans la poche de l'histrion châtré, c'est ainsi qu'il nommait l'Ahenobarbe ou si l'on préfère Barbe d'airain. Autant dire Néron Claudius Caesar Drusus Germanicus.

II

ADIEU À ROME

(an 66 ap. J.-C.
ou 819 de la fondation de Rome)

1

Un histrion châtré, Néron ? Voilà déjà une belle entorse à ma probité et à ma soi-disant impartialité de chroniqueur.

Pourquoi d'emblée cette hostilité à l'égard d'un prince ni plus ni moins mauvais qu'un autre ? Par dépit ? Aurais-je, sans m'en douter, pris ombrage de l'amitié qu'il portait à Pétrone et que celui-ci lui rendait ? Pourquoi cette amertume, alors que je tente de faire resurgir du passé des instants, déjà immatériels, presque oubliés, qui font l'étoffe du souvenir ?

Il est vrai, je l'avoue, il m'arrivait d'être troublé par l'admiration de Pétrone pour Néron. En fait, il était épaté par son art de comédien et son culot. Bluffé ! C'est le mot !

« Tu n'y connais rien Lysias… Si tu l'avais vu ne serait-ce qu'une fois, tu comprendrais. Crois-moi, c'est un véritable monstre sacré. Une de ces bêtes de théâtre comme l'on n'en rencontre qu'une par siècle. Avec sa façon de bousculer les conventions, il a renouvelé entièrement l'art de la scène. Évidemment il est à mille lieues de ce que peuvent comprendre toutes ces gueules de lune molle, dont la bedaine tressaute dès que Néron paraît sur les planches. Que peuvent-ils comprendre à cette démarche de possédé ? »

Les mots manquaient à Pétrone pour expliquer ce phénomène de théâtre qui transcendait, à l'en croire, dans le sublime, ce qu'un cabot dans le cabotinisme le plus échevelé aurait pu inventer.

Il fallait entendre Pétrone à son retour d'un séjour à Naples lors des débuts de Néron dans le rôle d'Oreste et le lendemain dans celui d'Hercule. « Oh l'impayable Hercule qu'il fut ! Vraiment Lysias ! En tunique, ras les roupettes, courant comme un feu follet sur la scène puis exécutant une manière de pyrrhique, castagnettes au doigt, afin de contraindre les oiseaux de Stymphale à se faire la malle… vraiment, il aurait fallu que tu le voies. C'était à couper le souffle. Un vieux routier du théâtre, mon ami Mamercus, m'assura, au sortir de la représentation, qu'il n'avait rien vu de pareil depuis l'acteur Apelle au temps de Caligula… et encore, il lui semblait bien inférieur dans ce répertoire… »

Pétrone s'était alors interrompu. Son visage affichait l'expression entendue du vieux matou indolent qui attend le moment opportun pour sortir ses griffes.

« Il est vrai que parfois, il lui arrive de se laisser emporter par le feu intérieur qui l'habite. Et alors, il se prend un billet de parterre. Mais même dans cette inconfortable position, les quatre fers en l'air, il ne perd rien de son aplomb et de sa majesté. Il fait front ; et de nouveau sur ses jambes, le voilà qui repart de plus belle. Il peut même surprendre : on pense qu'il fait du texte ;

mais pas du tout, il s'en est allé seulement repêcher des vers dans les œuvres oubliées de nos vieux classiques. Ainsi dans Oreste, alors qu'il tenait son public, qu'il pouvait le conduire où il voulait, il se fit un devoir d'introduire soudain, dans un monologue, un vers d'Ennius – à moins que ce ne fût d'Accius, je ne sais plus bien lequel. Mais ce dont je suis certain, c'est qu'on l'entendit gémir : "Tout cela je l'ai vu s'abîmer dans les flammes..." L'assistance, abasourdie, demeura sans mot, comme le pugiliste étourdi qui vient de recevoir un coup au plexus. La stupeur passée, elle se déchaîna. Ce n'était plus un public, mais un océan démonté. Les injures fusaient de partout. On lui jetait de tout sur la scène : des trognons de choux, des pommes cuites, des melons... La représentation tournait à l'émeute. S'il t'en souvient, un mois plus tôt, le feu avait ravagé Rome. Parmi les noms d'oiseaux qui volaient en tous sens, on entendait très distinctement : "Incendiaire ! Pyromane ! Va te faire roussir les poils du cul chez les Grecs ! Assassin ! Fratricide ! Matricide !..." On allait au désastre. Un véritable emboîtage. Tout laissait à penser qu'on allait faire donner la garde. Pas un prétorien ne bougea. Néron demeura calme, parfaitement maître de lui. Un vrai professionnel. Au bout d'un moment, d'un geste ample, il écarta les choreutes et, enjambant négligemment les détritus qui encombraient le passage, il s'avança jusqu'au bord du proscenium. Là, toisant la foule, il lui jeta : "Argiens sans gratitude ! Ô Grecs indifférents oublieux des bienfaits..." »

Alors, selon Pétrone, s'opéra un miracle. Au tohubohu succéda le silence, puis des hauteurs du théâtre où se tient généralement le populaire, véritable connaisseur, à qui on ne la fait pas, descendirent par vagues continues des flots d'applaudissements. Et aussitôt, à l'exception de patriciens récalcitrants, tout l'auditoire se mit à l'unisson.

Ce fut un triomphe sans précédent.

Néron certes était un cabot; mais pas bêcheur pour un sesterce. En aucun cas il ne faisait sa vedette. À en croire Pétrone il ne s'était vraiment pas attrapé la grosse tête. Au contraire, bon camarade avec les autres acteurs. Il plaisantait avec chacun en coulisse. C'est avec joie et entrain qu'il sacrifiait aux rites des niches qu'il était de tradition de se faire dans les loges, et même, parfois, sur la scène. Toujours un mot gentil pour l'habilleuse et les machinistes. Cependant, dès qu'il entrait en scène, il savait ce qu'il voulait. Il ne fallait plus la lui faire à l'influence. Qu'un partenaire vienne, par mégarde ou à dessein pour mieux briller, lui couper le sifflet en lui balançant, pour le déstabiliser, sa réplique trop tôt en plein milieu de sa tirade, il s'en venait sournoisement lui vriller un cothurne vicieux sur les arpions. Ça, vraiment il n'aimait pas ça le Néron, qu'on s'en vienne piétiner ses plates-bandes et lui bousiller ses effets!

Malgré ce triomphe sans précédent, il se trouva des esprits grincheux pour couvrir de graffitis les affiches qui annonçaient les prochaines représentations du César. On y lisait par exemple : « Qui est le ministre des finances de César Néron? Le poison de Locuste pardi ! »

C'est que notre Empereur était un vrai panier percé ! Il dépensait sans compter. Il ne pouvait résister. Tout lui était bon pour claquer du fric. Ainsi pour les fringues, il lui en fallait de nouvelles tous les jours. Il s'était fait comme une loi de ne jamais porter deux fois la même tunique. Et il les lui fallait tissées d'or et brodées de perles. Il était donc à l'affût du moindre héritage. Du pognon, du pognon, toujours plus de pognon ! C'était devenu vers la fin, chez lui, une véritable obsession. Comme le pêcheur qui, chaque matin, relève ses casiers à langoustes, il relevait les testaments de la nuit.

Il n'était pas concevable de mourir dans l'Empire sans laisser si ce n'est la totalité, du moins une bonne moitié de sa fortune à Néron. Quand de vieux patriciens ou des affranchis syriens ou juifs de la diaspora, toujours pleins aux as, s'obstinaient à s'éterniser en ce bas monde, il leur envoyait des gâteries, des boîtes de bonbons à sucer ou des pâtes de fruits dont Locuste avait le secret. Pour dire que ces graffitis, sans être mensongers, étaient, au fond, inutiles.

Pour Pétrone, ce n'étaient que de petits accrocs inévitables, l'œuvre de collègues jaloux, n'ayant pour conséquences que de pimenter les gazettes locales. Cela ne pouvait pas nuire à la réputation d'un artiste de cette trempe et encore moins entraver sa carrière. Encore que ces insinuations fielleuses finirent, à la longue, par entretenir en sous-main une vague fronde.

Pétrone était un anarchiste mondain. Et en tant que tel, il prenait la défense de Néron. Tout ce qui pouvait déroger à l'ordre établi en art, en politique ou même dans la vie de tous les jours, le mettait en joie. Il applaudissait à un fric-frac réussi dont il avait été témoin sans que l'idée de dénoncer les voleurs l'effleure un instant. S'il cultivait certaines vertus, il ne s'en targuait pas pour autant. Il était bien loin des réformateurs libertaires qui faisaient, alors, tout un potage de leur civisme. Il n'avait que mépris pour ces culs-cousus, comme il les appelait, dignes, selon lui, de la roche Tarpéienne. Ces doctrinaires, par fidélité à leur doctrine, étaient de froids assassins, bien pires que tous les meurtriers de droit commun. Il préférait garder pour lui sa conception du monde. Encore qu'il ne se fît guère d'illusions sur celui-ci. Ce n'était pas un de ces atrabilaires que tout irrite. Il affichait plutôt un pessimisme joyeux et avouait, mi-sérieux et mi-plaisantant, que de l'iniquité était née la justice et que, depuis, tout n'avait fait qu'aller en empirant. Il regardait alors le ciel ; et fût-il du plus pur azur, il citait ce vers d'un tragique grec : « bien stupide le ciel qui s'éclaircit sans orage…[1] » Personne, évidemment, ne prenait au sérieux ces incongruités. Et pourtant l'orage, c'était bien ce qu'il appelait de tous ses vœux.

Il aurait voulu en effet que tout explosât. Mettre le feu à la baraque ne lui aurait pas déplu. Parfois il me confiait : « Ah si j'étais plus jeune, Lysias, quelle belle guerre civile je leur foutrais au cul à tous ces eunuques du pouvoir. Oh, le binz que ça ferait ! » Le « binz » était un des mots de zobain qu'il affectionnait. Dans son esprit, cela englobait tout à la fois un beau foutoir, une pagaille noire, et la terreur.

Oui ! anarchiste il le fut totalement ; mais seule son œuvre en témoigna. L'écriture lui suffit pour sournoisement creuser ses sapes. Plutôt qu'anarchiste, je devrais dire qu'il fut un irrégulier.

Encolpe et Giton dans leur cavale effrénée, prêtant leurs charmes souvent, les vendant plus encore, toujours obsédés d'on ne sait quelle impuissance, comme si la volupté chez eux trop fréquemment alertée ne pouvait se raviver que sous le coup de propositions toujours plus obscènes, tendent un miroir au monde qu'ils traversent. En leur compagnie, Pétrone s'est plu à inverser les idéaux de Rome qui s'enlisaient chaque jour un peu plus. Parfois il devance même leur pourrissement. Les valeurs s'effondrent, très bien ! Pervertissons-les un peu plus ; et puis on les remplacera par des caricatures. L'art oratoire sonne creux, la prosodie est usée, le vocabulaire de l'école dégradé. Il fait alors remonter le zobain des bouges de Marseille et des boxons de Campanie. Il traite le latin comme une vieille putain guettée par la réforme. « Avec tes substantifs flasques comme tes chairs, tes ablatifs absolus aussi ravinés que ton museau de gorgone, tu es déjà morte et tu ne le sais pas. Il te faut du sang neuf… », s'emportait-il chaque fois que sa langue maternelle lui résistait, lui opposant des formules toutes faites, déjà usées chez Virgile.

Il adopte alors le zobain pour langue. Et du même coup, il nous révèle à nous-mêmes. Anarchiste et corrupteur, Pétrone ? Certes ! Mais également grand pontife sacrificateur. Car c'est à un rituel sacrificiel qu'il se livre dans *La Vie aventureuse d'Encolpe et de Giton*. En effet sur l'autel du beau latin, il n'interroge pas le foie d'un poulet mais celui, cirrhotique, de Cicéron et consorts. Il a beau le scruter, il n'y aperçoit aucun signe de vie, seuls des effets de toges et des manières. Alors il comprend qu'il lui faut être lui-même et se détourner de tout modèle, dût-il décourager d'hypothétiques imitateurs. Il laisse donc libres Encolpe et Giton d'aller au gré de leurs fantaisies, à travers un récit qui a de l'ivresse et du montant, où la manière est l'important, même si le fond se dérobe.

Non ! Vraiment jamais Pétrone n'aurait prononcé le terme d'histrion à propos de Néron. Et encore moins celui de châtré !

Je l'entends encore me dire : « Vois-tu, Lysias, l'Empereur est un être étrange, tout à fait exceptionnel, une de ces énigmes comme il ne s'en présente que rarement dans l'histoire. Il tient le plus grand rôle de l'Univers. Il s'éveille dans la pourpre et s'y endort. Il lui suffit d'être César, eh bien non ! Il lui faut s'approprier sur le théâtre le destin des plus déplorables de nos héros antiques. Il a été Oreste, Hercule… bientôt il sera Œdipe mais je sens déjà qu'il taquine en secret l'idée d'interpréter le rôle d'Hécube… Oui ! Hécube la douloureuse, l'infortunée ! La veuve de Priam, la mère d'Hector, de Pâris, de Polydore et d'une ribambelle d'autres braillards qui n'ont droit qu'à un demi-hémistiche dans Homère. Il y a peu, toute une semaine, les appartements impériaux ont retenti de longs gémissements. Chacun au palais s'imaginait, à entendre ces sanglots continus, que l'Empereur, assailli par de tardifs remords, pleurait la mort de sa mère, de son frère, de son épouse Octavie… Il n'en était rien. Néron tentait d'entrer, par ces lamentations d'une monotonie pathétique, dans le personnage de la reine troyenne : “Hécube c'est ton feu, ce sont tes propres flammes…” hululait-il sur tous les tons. Et tandis qu'il s'essayait à des vocalises comme un chanteur, l'incendie de Troie, qui provoquait en lui tant de larmes, effaçait le souvenir de celui de Rome. Certain jour, pour mieux approcher son personnage, on le vit parcourir ses appartements en traînant de longs voiles de deuil tandis qu'il brandissait une paire d'yeux arrachée le matin même à l'un de ses esclaves. Cette reine de Troie, quoiqu'au tapis après tant de feux et de morts, avait eu tout de même le sursaut d'énucléer de ses propres mains le roi de Thrace qui avait fait périr son fils Polydore.

» Ces égarements autant que ces recherches artistiques et cette liberté d'expression du sentiment l'ont mené à celle de ses mœurs. Autant dire à la licence la plus éhontée. Cependant, malgré ou à cause de cela, tu le verras Lysias, il fascinera encore longtemps les siècles à venir. »

Toujours selon Pétrone, l'âme de Néron était d'une fabrique complexe.

Par ses ancêtres, il était devenu le réceptacle de semences ailées, échappées des sanglantes chroniques de l'histoire dans le seul but de nous en entretenir.

« La voix du sang, crois-tu à la voix du sang, Lysias ? Je t'assure qu'elle vaut bien celle de nos dieux. »

Il me fallut me rendre à ses vues. En effet, par sa seule présence, sa sournoise habileté, ses nonchalances, Néron nous racontait bien mieux ce qu'aujourd'hui voudraient nous enseigner nos bavards historiens.

Et Pétrone de poursuivre : « Il est, sans même le savoir, le registre de la vie des temps troublés de nos guerres sociales et civiles, de nos proscriptions. Il est notre jeunesse, notre héritage. Notre génie aussi, avec nos vices, nos passions sanglantes, notre ruse avare et fauve de vieux Latins, nos candeurs… Il est “le vivre inimitable” qu'inventèrent les tuniques d'or, ces hardis adolescents, brillants et éphémères voyous, les

Catilina[2], les Clodius[3], les Curion[4], les Caelius[5], les Dolabella[6], les Antoine[7]… qui tentèrent en vain de donner l'assaut au ciel et dont la chute fut plus glorieuse que celle du valeureux Icare. Il est aussi notre vieille chtouille, le chancre que l'on traîne d'âge en âge, et probablement notre crépuscule… »

Pétrone, dès que l'occasion lui en était offerte, ne manquait jamais d'exalter ces « tuniques dorées » des derniers temps de la République. Enfants gâtés, bringueurs inimitables qui avaient aimé dans le crime jusqu'au crime même. Patriciens ruinés, héritiers de familles consulaires, fils de sénateurs, prêts à se vendre comme esclave à un patron non tant pour l'amour du gain que pour boire l'opprobre jusqu'à la lie.

« Regarde-les, Lysias, comme ils s'avancent dans l'Histoire avec cette simplicité que leur confère l'horreur. D'autant plus légers qu'ils se savent condamnés par le destin. Ils procèdent d'un autre temps, d'un autre espace. Celui du règne de la terreur. Ils portent en eux la tempête qui obligea la République à quitter son masque respectable de vieille catin mal blanchie. Ils courent au-devant de l'orage, pleins d'une fureur joyeuse, avec la hâte de détruire. Ils ont mis la Grèce à la mode, portent la courte tunique athénienne et ne parlent que grec entre eux. “Zoé kaï psyché !” C'est ainsi qu'ils se saluent avec ostentation. “Mon cœur, mon âme !” Oui, d'accord ! L'âme, c'est quelque chose mais le cul, ne crois pas qu'ils le passent pour autant à l'as. Amants fougueux, ils en donnent tout à la fois dans le chouette et dans le régulier à leur femme, à leurs concubines et jusqu'aux intouchables grandes vestales. Ils savent en prendre quand il le faut dans le rond tout en sachant rendre généreusement la monnaie. Ils ne sont pas regardants quant à l'objet de leurs amours : garçons, filles, hommes mûrs, matrones… tout leur est bon. Ce sont de sacrés queutards. Sous le coup des censeurs, plus d'un fut contraint de sortir de Rome pour avoir, lors d'une orgie, limé des petits culs plébéiens si vigoureusement que le Grec le plus expert à ravauder l'entrée des artistes en baissa les bras d'impuissance.

» De fameux débrideurs qui savaient également mourir. Car tout grands enfifrés qu'ils furent, ils possédaient l'art de se tirer en douce du grand jeu de la vie ; et toujours avec panache. »

Pétrone se faisait presque lyrique quand il lui arrivait d'évoquer ces mauvais garçons. Il tenait là, je le sentais bien, un grand morceau de bravoure. Il en avait une nostalgie extrême, le regret de ne pas les avoir connus.

Avec eux, du moins le croyait-il, il eût foutu ce « binz » auquel il aspirait. Un peu de terreur, juste ce qu'il faut pour tortiller les boyaux de Rome. Et même s'ils n'avaient été que des terroristes artificiels et qu'on eût fini par s'apercevoir qu'en bout de course, ils n'avaient rien à proposer, du moins Rome aurait eu assez la trouille pour que d'une colique du feu des dieux, elle ne fît déborder le grand cloaque.

Le grand collecteur d'égouts avait résisté. Et depuis un an, une manière de désenchantement s'était emparée de Pétrone. Je le pressentais hésitant, comme à la dérive.

De quelque côté qu'il tendît l'oreille, il ne percevait que le bourdonnement d'une vulgaire mélodie. Partout il ne rencontrait que des sentiments triviaux. Rome même, qu'il avait pourtant aimée, avait fini par l'indisposer. Il n'y distinguait plus qu'une masse agitée et bruyante. Il s'était laissé envahir par le sentiment que jadis, c'était bien mieux. Il avait beau se fustiger de penser ainsi. De penser comme un de ces vieux cons qui ne peut plus regarder que derrière lui.

Il ressentait l'étrange impression d'avoir raté le coche de la vie. Son époque ne lui offrait ni le sel ni les excitations qu'il eût désirés. Il fallait qu'il s'y fasse : jamais il n'appartiendrait à l'escouade des « tuniques d'or ». Le destin en avait décidé ainsi.

Ils ne seraient que le reflet de sa splendeur et de sa propre décadence. Le rire joyeux et désespéré qui court tout le long de *La Vie aventureuse d'Encolpe et de Giton*.

Toutefois, s'il avait la nostalgie de la fin de la République, il ne s'en laissait pas conter pour autant.

« Depuis longtemps, déjà, tout était cuit, cher Lysias ; et ce n'était un secret pour personne quoi que prétendent les idéologues d'alors. Oui ! Cuites ! Cuites et archi-cuites, les carottes ! Et la République n'était plus qu'un vieux ragoût qui mitonnait dans ses lois que chacun s'essayait à détourner à son profit. On prenait la pose. On avait beau parler la main sur le cœur et se faire tatouer sur les fesses des SPQR, chacun en définitive s'en tapait de Rome et de sa République et du Sénat et du peuple. C'est alors que Sylla parut… – Sylla ? – Eh oui ! Lucius Cornelius Sylla en personne ! Les Cornelii étaient ce que l'on faisait alors de mieux à Rome et, encore aujourd'hui, pour ce qu'il en reste.

Vraiment du beau linge. La crème de la crème des patriciens… »

Pétrone était un snob et il pratiquait la généalogie comme d'autres s'astreignent à la voltige. Il était peut-être encore le seul parmi cette société de margoulins et d'affairistes à savoir faire la différence entre une famille patricienne et une famille noble par son ancienneté et son illustration dans la magistrature et dans l'armée, mais néanmoins d'extraction plébéienne. Il ne résistait jamais à rendre à ces grandes familles, en particulier aux Cornelii, aux Fabii, aux Valerii ou encore aux Claude, ce que leur devait sa chère République défunte à laquelle, sans se l'avouer, il ne cessait de rêver en secret comme à un paradis perdu dont il convenait toutefois certains soirs, dans un accès de mélancolie, une coupe à la main, qu'elle n'avait peut-être été qu'un leurre.

Au seul nom des Cornelii affluaient en lui les souvenirs d'une flopée de consuls, d'imperators. Les Scipion fussent-ils Africain, Nasica ou Æmilien ouvraient la marche en rang d'oignons, tenant par la main Cornelia, la mère des deux Gracques, « ses bijoux » comme disait cette idiote en parlant de ses deux bambins Tiberius et Caius, futurs démagogues patentés et crétinissimes idéologues. Suivaient ensuite les dictateurs comme Sylla et le non moins terrifiant Cinna, et même quelques conspirateurs de médiocre envergure, mouillés jusqu'au trou de balle dans la conjuration de Catilina que Cicéron, alors consul, fit étrangler au lacet au fond d'un cachot de la prison Mamertime.

« L'un des derniers de cette illustre maison, exilé par Néron à Marseille, fut proprement zigouillé par les sicaires de notre cher empereur au tout début de son règne, tint à préciser Pétrone[8]. On prétend qu'il aurait porté ombrage à notre prince par sa naissance et ses alliances proches du trône. “Ingrate patrie, tu ne posséderas pas même mes os”, se serait-il écrié en recevant les premiers coups de ses assassins. Son corps s'en est allé, très certainement, engraisser les petits poissons des calanques. D'ailleurs, où l'eût-on enseveli ? Depuis longtemps, les tombeaux de ces illustres familles éteintes ou dégénérées tombent en ruine sur la voie Appienne. Ils sont hantés par les sorcières ; le plus souvent, par les louves à perruque rouge qui, pour deux as tout compris, y font le coup fourré rapide et, pour le même prix, poivrent le client d'une bonne chtouille… Néron avait spécifié qu'on lui rapporte la tête. On la mit dans du sel et fouette cocher ! Quand on la lui montra, il s'écria : “Quoi, si jeune encore et déjà des cheveux blancs !” C'est que c'est un artiste, notre empereur !… »

Pétrone revint alors à Sylla et me brossa le portrait de ce dictateur. Il appartenait à l'illustre famille des Cornelii mais la branche dont il descendait était fauchée. Pas le moindre fifrelin. Il avait vécu dans sa jeunesse avec une catin plus très fraîche qui l'avait entretenu et dont il avait hérité. Par la suite, il avait séduit une donzelle de bonne famille qu'il épousa sans pour autant négliger la belle-mère qui n'était pas, loin s'en faut, retirée des affaires. Il affichait déjà, par ce ménage à trois, son prodigieux mépris de l'humanité et montrait un esprit froid, insensible et parfaitement méthodique.

De l'histoire que Pétrone considérait en général comme un exercice oratoire assez creux, il n'aimait à retenir que l'anecdote et l'amère dérision qui, généralement, en découle. Il passa donc sur la carrière militaire du futur dictateur. Ses conquêtes en Asie, la prise d'Athènes où il prévint tout pillage ; enfin, ses armées devant Rome et sa victoire à la porte Colline. Il enjamba les considérations qu'un historien eût pu tirer de la lutte des factions.

« Depuis longtemps dans Rome, le pouvoir n'était plus aux patriciens, à la vieille aristocratie sacerdotale. Les patriciens, Lysias, n'étaient plus des patriciens mais des plébéiens anoblis et le peuple n'était plus le peuple mais un ramassis d'affranchis. À tout dire, ni mieux ni pire qu'aujourd'hui. »

En fait, il s'en fichait bien, Pétrone, et du peuple et des affranchis et des patriciens et des sénateurs qui déjà en ce temps-là chiaient de trouille dans leur toge en écoutant au loin, alors que Sylla les haranguait dans le temple de Bellone, les cris des six mille otages qu'on égorgeait au Forum ; et même de Sylla qui ressuscitait en sa faveur le titre de dictateur oublié depuis plus d'un siècle. Oui ! Il s'en tapait bien, notre Arbitre des élégances, de la République.

« S'il a pris le pouvoir eh bien qu'il le garde ! Et si le parti aristocratique commence à se repentir de s'être donné un vengeur aussi impitoyable, il eût fallu qu'il y regardât à deux fois avant de lui permettre de brandir le glaive », s'écria-t-il.

Et Pétrone de poursuivre : « On tue. On égorge. Rome est devenue un abattoir. Partout le sang dégoutte. On massacre dans les temples avec méthode. Car Sylla est méthodique. "J'ai proscrit tous ceux que ma mémoire me rappelait ; demain je proscrirai ceux qui ont échappé aux rets de mon souvenir", proclame-t-il. Et ainsi, chaque matin, une nouvelle table de proscriptions détermine les meurtres du jour. Sylla, assis dans son tribunal, reçoit les têtes sanglantes et les paye au tarif convenu : deux talents pour un plébéien, quatre pour un patricien. Caius Julius Caesar, oui ! Notre futur grand Jules, encore alors un jeune gommeux, voit sa tête mise à prix. Que crois-tu qu'il fasse, Lysias ? Tout autre que lui aurait pris la poudre d'escampette. Eh bien non ! Il ne se démonte pas. Il court au-devant de son assassin, l'aborde et lui paye le triple du prix qu'il eût reçu pour sa citrouille. Bien joué ! s'écrie Sylla quand on lui apprend le joli coup. Il se fait un instant pensif, et puis il sourit. A-t-il à ce moment perçu, sous les dehors du jeune voluptueux dont on murmure déjà dans Rome qu'il est le mari de toutes les femmes et la femme de tous les maris, l'imperator gandin qui se plaira à dire que ses soldats ne se battent jamais mieux que lorsqu'ils se sont parfumés ; le vainqueur des Gaules ; l'homme qui en finira pour toujours avec le parti aristocratique et établira, sous le couvert d'un principat, la dictature héréditaire ? Sylla sait que la victoire sera à celui qui, assez blasé, pourra faire le désordre sans l'aimer. »

Ce n'est pas que je m'en tapais du grand Jules mais pour avoir chez le rhéteur disséqué phrase après phrase sa *Guerre des Gaules*, sa *Guerre civile* et surtout son pamphlet sur les deux Caton, faux culs s'il en fut à en croire Pétrone, je préférais de beaucoup en savoir plus sur Sylla.

« Comment était-il me demandes-tu, cher Lysias, au physique évidemment ? Une grande chochotte un peu déhanchée. Pour le visage, imagine une mûre poudrée de farine. Mais à l'intérieur, une âme d'airain. Sur la fin de sa vie, on l'épouillait constamment d'une sorte de vermine. Il ne s'entourait que de mimes, d'acteurs, de musiciens. Il passait ses nuits en orgies. Comme pour les huîtres du lac Lucrin, il lui fallait sa douzaine de vierges chaque nuit ; et au matin, il se faisait affranchir le podex par son amant, le comédien Metrobios… D'ailleurs vois, Lysias, avec quel mépris il contemple la foule qui se presse au bas du temple de Castor et Pollux où il a convoqué le Sénat. En haut des marches, sous le parvis du temple, il se tient assis sur un trône en or massif, butin d'un roitelet d'Asie. À ses côtés a pris place le cabot qui lui récite en grec les lamentations d'Œdipe chaque fois qu'il la lui met, ainsi que le concussionnaire Chrysogonus, son affranchi… Le vois-tu, Lysias, ce joli trio ? »

Évidemment, je le voyais ! Et je vis aussi l'homme nu qui s'avançait d'un pas quasi dansant.

Il est encore couvert de nuit. Il donne l'impression de sortir des enfers. Sylla, ébloui par cette vision, se tourne vers Metrobios. « Quel est cet homme ? – Son nom est Catilina, il appartient à la très noble et très ruinée maison des Sergii. Rien ne l'attache. À en juger de loin comme cela à l'œil nu, un foutu étalon, hein ? Qu'en dis-tu mon Sylla ? À cause de cet exotisme physiologique, il paraît que les femmes en sont folles et les éphèbes aussi, qui se battent pour obtenir ses faveurs. À peine en a-t-il usé qu'il les délaisse. Rien ne l'attache. C'est une force qui va. »

Sylla le regarde s'approcher. Il entend en lui gronder cette colère arrachée au ventre de la nuit. À son passage, la foule s'écarte d'effroi. Sa nudité possède la belle et impitoyable symétrie du tigre. « Il me le faut, il me le faut, entends-tu Metrobios ! s'écrie Sylla. Il a assez de mépris et de dégoût en lui pour conquérir le ciel… Pour me tuer… qui sait ? Assez de force pour fomenter l'éternelle révolte. Le pouvoir du dictateur ne crée rien, il récupère… »

Catilina se tient à présent au bas des marches du temple. Alors rapide comme l'éclair, il en gravit les degrés. Il brandit en direction de Sylla la tête fraîchement coupée d'un jeune homme. Chacun la reconnaît pour être celle de Marcus Marius, le neveu du grand Marius, rival de Sylla. Catilina soutient le regard du dictateur, et lui jette la tête encore toute dégouttante de sang qui s'en vient rouler à ses pieds. Sans prononcer une parole, toujours de son pas dansant, il se dirige vers l'une des immenses vasques de porphyre emplies d'eau lustrale. D'un bond il saute dans le bassin ; s'y ébroue magnifique et félin. L'eau éclabousse de partout. Dans l'air le soleil allume mille gouttelettes teintées de sang.

« Tu les vois ces gouttes, Lysias ? Eh bien de ces gouttes naquirent les tuniques d'or et, de la dernière, Néron. »

Bien des années se sont écoulées mais ces paroles résonnent encore et je crois pouvoir écrire : Pétrone possédait un sentiment bien réel pour l'Empereur. Une vraie affection. Tempérée toutefois par de l'agacement. C'est que Néron avait su l'embobiner et il en éprouvait parfois de l'humeur. L'un comme l'autre jouissait de cette facilité de penser en grand. Ils partageaient ce sentiment de volupté et d'abandon suprême. L'un comme l'autre aimait à mêler l'idée de la mort et du néant à celle du plaisir ; à aiguiser l'une par l'autre.

Pétrone le regardait comme un étrange animal à la

fois affectueux et féroce, imprévisible en tout cas, qu'il lui fallait apprivoiser à chaque nouvelle rencontre. Un génie magnifique et hagard.

Un soir qu'il revenait particulièrement éprouvé d'un festin au palais et que je lui demandais quelle était la cause de son abattement, il soupira et laissa échapper : « J'ai encore dû me livrer à une séance de domptage. Finalement, je l'ai tenu à distance par l'ironie… » L'ironie, voilà ! C'était l'arme de Pétrone, dans la vie comme dans ses écrits. Il la maniait ainsi que le rétiaire se sert de son trident pour tenir en respect le fauve dans l'arène.

Néron était naturellement sensible à ce genre d'esprit, assez semblable à celui qu'il pratiquait, trait hérité d'on ne sait quel ancêtre. C'est qu'il y avait en lui un tel mélange de sang ; et cela épatait Pétrone. En effet, coulait à la fois dans ses veines le sang de Marc Antoine et de son rival Octave, futur empereur Auguste, partant celui de Jules César. De surcroît, il fallait y ajouter celui des sombres Domitien et des illustres Claude.

« Le grand chic ! N'est-ce pas ? On ne saurait trouver mieux ! » C'est ainsi que Pétrone avait l'habitude de conclure quand il se voyait obligé d'expliquer les ascendances de Néron ; comme à ce parvenu de Fluvius Fluviolus qui, ayant par la brigue obtenu un mandat d'édile, se montrait assez condescendant quant aux lares de l'Empereur. Et Pétrone de surenchérir : « Non vraiment pas un instant de la gnognotte mais vraiment ce qui se fait de plus huppé… Tout cela forniquant ensemble, cousinant, s'entrecroisant dans l'arbre d'une branche à l'autre, avec bien évidemment ce qu'il faut d'incestes, car sinon où serait l'amusement…

Je l'avoue, c'est assez compliqué, on peut même s'y perdre… Cependant, mondainement, croyez-moi, on s'y retrouve. En y regardant de près, je vous assure que c'est pas mal du tout… » Si le parvenu se faisait tirer encore un peu l'oreille, il ajoutait pour la forme : « Vraiment, vous auriez tort de camper sur votre position… Si vous m'en croyez, vous pouvez tout à fait recevoir le divin Néron à votre table… » Et l'autre, devant cette sortie, demeurait bouche bée.

Malgré son ton badin, je savais bien, moi, qu'il était parfaitement convaincu de ces grandeurs et aussi des atavismes qui en découlaient.

Il se rendait au palais comme on s'en va visiter une ménagerie. Mieux : une collection d'insectes rares. Et c'est d'un œil d'entomologiste qu'il regardait procéder ce coléoptère aux ailes délicatement poudrées et muni d'un dard plus venimeux que celui du plus dangereux scorpion d'Afrique.

Devant lui se tenait, en la personne équivoque de Néron, la réalité de Rome. Il en était la réincarnation, non tant par le pouvoir absolu qu'il détenait que par la figure emblématique qu'il proposait quand, dépouillé de la gangue impériale et de tous les attributs du pouvoir, il apparaissait comme enchâssé et intact dans la sédimentation du passé.

2

L'été se prolongeait dans le bel automne. La canicule ne relâchait pas pour autant son emprise. Les quartiers de travertin amassés le long du Tibre rugissaient sous les rayons tangents du soleil. Hurlements calcinés. Les portiques, remontés depuis le dernier incendie, s'humectaient d'une fine moisissure d'or, et, près des entrepôts Æmilien, les briques de terre crue, devant servir à la reconstruction de l'édifice, finissaient de cuire au soleil. Au loin sur l'Aventin, les villas étaient toutes roses et fondantes dans la lumière de cette fin d'après-midi.

Ce fut à cette heure indécise, avant que le ciel ne s'empanache de cette violence arrachée aux tripailles de la Ville, que Caius Pétrone s'avança sous la pergola construite de treilles en arceaux. La peau fendue des raisins laissait dégoutter de fines larmes de suc que les guêpes s'empressaient de butiner. Je suggérai qu'on coupât les grappes. Pétrone me pria surtout de n'en rien faire. « À quoi bon, Lysias ! D'autres viendront bientôt et y pourvoiront à notre place… Il vient toujours quelqu'un après… C'est d'ailleurs assez consolant… » Ce ton détaché, qui masquait mal un désenchantement, me surprit. Il n'était pas de son habitude ; surtout de lui qui professait l'art d'être superficiel, acquis au contact des Grecs, et ce jusqu'à la frivolité.

Son ton généralement léger fascinait. La rapidité de ses reparties, sa conversation éblouissante, riche en saillies et en paradoxes, dans les différents cercles qu'il fréquentait, firent le reste pour asseoir sa notoriété mondaine.

À y regarder de près, cette attitude badine n'était qu'une manière de politesse. C'est qu'il n'avait que mépris pour le débondage de l'âme qui se pratiquait dans les cercles des stoïques et chez certains de ses contemporains poètes, philosophes, écrivains. Toutes ces « consolations » doloristes, ces pia-pias sur l'immortalité lui levaient le cœur. Non qu'il fût insensible au malheur. Simplement, comme la nature l'avait fait moqueur et facétieux, il préférait opposer, à une ostentatoire compassion, une insouciante légèreté.

Depuis plusieurs jours, je devinais Pétrone vague, absent. Non, pas inquiet, mais las. Tout semblait l'importuner. Je ne voulus voir alors dans cet état d'esprit que les conséquences d'une fatigue passagère due à la canicule et au vent d'Afrique, l'Auster, qui soufflait depuis plusieurs semaines et rabotait les nerfs.

Cette réflexion à propos de la vigne me surprit ; d'autant que chaque année, à la même époque, il s'occupait personnellement de la vendange. Elle n'était pas considérable mais suffisante pour en tirer cinq à six grosses jarres d'une piquette abominable dont il n'était pas peu fier et qui, à l'en croire, valait bien un falerne.

Aussi je pense pouvoir avancer, aujourd'hui, qu'il avait, dans son esprit, déjà commencé sa partance.

Il reprit le cours de sa promenade et je lui emboîtai le pas sans rien dire.

La demeure que Pétrone habitait à Rome se trouvait située – et sans doute s'y trouve-t-elle toujours – sur le flanc du Quirinal. C'était une luxueuse villa, embellie et agrandie au cours des âges. Pour la partie centrale, elle datait du siècle précédent. Le célèbre et fastueux Lucullus, « notre Xerxès en toge » comme l'appelait son ami Sylla, la fit édifier pour une certaine Praecia. « Praecia oui ! Cher Lysias ! Praecia ! Qui aujourd'hui s'en souvient encore ? Et pourtant elle compta à Rome. Par son esprit, sa beauté auxquels il fallait ajouter une facilité de mœurs étonnante et un sens inné de l'intrigue, elle avait su se hisser dans les plus hautes sphères du pouvoir. Seule sa naissance patricienne la préserva du beau titre de courtisane. C'était une entremetteuse d'envergure. Elle exerçait son trafic d'influence en grand et sans aucune idée préconçue. Plébéiens, patriciens, chevaliers, tous lui étaient une fois ou l'autre redevables. Elle devint la maîtresse en titre de Publius Cornelius Cethegus, le nouveau tribun. C'est à cette époque que Lucullus fit appel à ses services. Cethegus, malgré sa naissance patricienne, tenait au parti populaire. Il s'était d'ailleurs fait adopter par un plébéien pour accéder au tribunat, magistrature réservée à la plèbe. Lucullus n'avait que mépris pour ce personnage prétendument démagogue qui tenait de surcroît son rôle avec conviction. De son côté, Cethegus supportait mal la vie fastueuse de Lucullus. Ce dernier, sortant de son consulat, avait été nommé proconsul en Gaule cisalpine. Il eût de loin préféré se voir attribuer la Cilicie. Pourquoi ce patelin au cul du diable ? Tout simplement parce que cette province était proche de la Cappadoce où, en ce temps-là, Mithridate assemblait ses armées. Or qui mieux que Lucullus, depuis que Sylla était mort, pouvait, à la tête des légions romaines, s'opposer à Mithridate, roi du Pont ? Chacun dans Rome, où Lucullus avait su à bon escient répandre son or, en était persuadé. À l'exception évidemment de Cethegus. Que faire pour changer de province ? Circonvenir Praecia, évidemment. Lucullus lui rendit visite. Ils parlèrent de tout et de rien. Et dans ce rien se trouvait agréablement entortillée sa requête. Lucullus, faut-il le préciser, avait pour lui les arguments de sa fortune et également une jolie conversation. Praecia l'entendit comme il fallait. Dès le lendemain, un million de sesterces or, c'est la somme qu'on avançait alors, lui fut versé. De surcroît, Lucullus lui abandonna un bout de terrain jouxtant ses jardins, où il lui fit élever une villa. Praecia acquise, Cethegus, sans même s'en douter, l'était déjà… »

Il ne devait pas déplaire à mon maître Pétrone que sa demeure eût appartenu à l'une des grandes aventurières dont Rome, alors, possédait l'exclusivité. Il avait une prédilection pour ce genre de femmes : les Praecia, les Clodia, les Fulvia… Fulvia surtout, entreprenante, cruelle, déterminée. Elle devint la bête noire de Cicéron qui ne la ménagea pas dans ses *Philippiques*. Elle lui rendit coup pour coup, le poursuivant de sa rancune. Il devint l'homme à abattre. C'est d'ailleurs elle qui exigea de Marc Antoine, son époux, malgré les réticences de ses deux autres collègues, les triumvirs Octave et Lépide, qu'on l'inscrivît sur la liste des proscrits. À cette époque, elle avait tout pouvoir sur Marc Antoine, dont elle gouvernait l'esprit et les sens après avoir gouverné ceux de Publius Clodius le démagogue puis de Curion, qu'elle avait eus tour à tour comme époux.

Cette société d'hommes qui ne faisaient pas mystère de leurs liaisons entre eux, couvée par une femme avide et fatale, plaisait infiniment à Pétrone. Il y trouvait une approbation à son voyeurisme, qualité première de tout écrivain.

Je crois bien pouvoir dire, sans trop m'avancer, que ces amazones de la fin de la République furent les seules belles et solides amours de mon maître. C'est étrange que lui, toujours si jouisseur du présent, picoreur de l'instant en véritable émule du poète Horace, n'ait su aimer que dans le souvenir. Une des femmes avec laquelle on lui prêtait une liaison me confia, après sa mort : « Plusieurs fois il s'est cru amoureux mais c'était tout simplement de la paresse, de la paresse, et encore de la paresse… »

Cependant, il n'était pas homme à étaler ses liaisons et demeurait secret quant aux aventures qu'une cour aussi licencieuse que celle de Néron devait lui procurer. Jamais non plus, on ne l'entendit évoquer sa femme. Il s'était marié tout jeune à son arrivée à Rome. Ce fut une union brève mais ce ne fut pas pour autant un de ces mariages arrangés qui permet d'échapper à la loi Papia, taxant les célibataires et les frappant de diverses incapacités légales. Ce fut un véritable mariage d'amour. Mais Licinia – c'était le nom de la jeune femme – mourut en couches, laissant à Pétrone un fils sur lequel il reporta toute sa tendresse.

Licinia était la seule enfant d'un premier lit de Marcus Licinius Crassus, qui fut consul et ami personnel de Germanicus, père de l'impératrice Agrippine. Il mourut rapidement après sa fille. Chacun voulut y voir le chagrin de la perte de son enfant. Toutefois, si l'on en croit certaines rumeurs, il périt par le poison sur ordre de Messaline, alors impératrice régnante.

Cette alliance avec la fille d'un ancien ami de son père et, de plus, ennemi personnel de Messaline, eut pour effet immédiat d'attirer sur Pétrone les bienfaits d'Agrippine, sitôt qu'elle eut accédé aux affaires par son mariage avec l'empereur Claude. Elle en oublia même que la mère de son nouveau protégé se trouvait être apparentée à cette Lollia Paulina que l'empereur Caligula, son frère, avait épousée puis promptement répudiée et que Claude, son oncle et futur époux, hésita, après la chute de Messaline, à épouser. Probablement l'aurait-il mariée si l'affranchi Pallas, amant secret d'Agrippine, n'avait pesé de tout son poids en faveur de sa maîtresse qui, finalement, l'emporta.

Si, dès qu'elle eut accès aux affaires, Agrippine se souvint de Pétrone en favorisant sa carrière, elle ne pardonna en revanche jamais à Lollia Paulina d'avoir pu, ne fût-ce qu'un instant, imaginer la supplanter. Dès les premiers jours du règne de Néron, alors qu'elle était encore toute-puissante, elle lui dépêcha des sicaires dans sa retraite de Baïes en leur enjoignant de la tuer et de lui rapporter sa tête. Ainsi fut fait. Elle saisit alors cette tête tranchée. La contempla avec une sorte d'étonnement, puis soudain, lui forçant la mâchoire, elle lui ouvrit la bouche comme si elle tenait à vérifier la dentition de son ennemie, qui passait pour parfaite.

Quant au fils de mon maître, le jeune Marcus Pétrone, au dire des vieux esclaves de la maison, il était devenu avec les années un bel adolescent plein de promesses. Il s'apprêtait à embarquer pour Rhodes afin d'y parachever son éducation auprès d'un célèbre rhéteur quand il succomba à la fièvre des marais. Il avait l'habitude d'aller courir le sanglier en automne avec des camarades de son âge dans les marais Pontins.

À deux ou trois ans près, il aurait eu mon âge. Je suis né en l'an 797 (44 ap. J.-C.). Il devait être probablement de 795, l'année de l'accession de Claude à l'Empire.

Sa mort survint peu de temps avant le départ de Pétrone pour son proconsulat de Bithynie.

Pétrone, quoiqu'il n'en eût aucune preuve, se flattait que les plans de sa villa aient été tracés de la main même de Lucius Licinius Lucullus. Il avait échafaudé à ce sujet toute une fable simplement parce que le belvédère du fond du jardin ressemblait étrangement à ceux que ce diable d'homme avait fait élever dans le parc de sa propriété de Tusculum, d'après un dessin tracé de sa main.

C'est là, dans ces collines près de Rome, que Lucullus s'était retiré quand, abandonnant la politique, il s'exerça au « vivre inimitable » quintessence, selon lui, du luxe et du plaisir.

Pétrone regrettait parfois de ne pas croire à une vie dans l'au-delà car il eût aimé retrouver, parmi les ombres errantes des Champs élyséens, celle de Lucullus.

Lucullus aimait les livres et en possédait d'innombrables, ainsi que de rares manuscrits. Ceux d'auteurs grecs. Bien plus que le latin, le grec était sa langue. La plupart de ses lettres familières furent dictées en grec. Rédigés en grec furent également les mémoires de Sylla, auxquels il prêta largement la main. Ce snobisme pour tout ce qui touchait à la Grèce commençait alors à se répandre dans Rome.

Lucullus fit élever un édifice pour ses précieux rouleaux. À cette bibliothèque, il ajouta des portiques et des salles de lecture afin que les étudiants et les chercheurs puissent accéder à ses trésors, parmi lesquels se trouvaient plusieurs traités de la main même d'Aristote, que Sylla lui avait légués. Ce dernier les avait dérobés dans la bibliothèque de l'Apellicon lors de la prise d'Athènes.

Ainsi, la demeure de Lucullus devint une manière d'académie.

3

Depuis déjà plusieurs jours, Pétrone semblait tourner en rond sans arriver à fixer son attention. S'il prenait un livre, c'était pour l'abandonner aussitôt. On l'eût dit comme en attente. En attente d'une décision qu'il eût souhaitée prendre sans pouvoir s'y résoudre.

Il s'inquiétait notamment de l'arrivée d'un brigantin en provenance de Marseille. Le transporteur avait été armé par les soins de son ami d'enfance Francius Faber Pulcher. J'avais perçu son anxiété. Chaque matin, avant que les clients et les affranchis n'envahissent le vestibule pour recevoir leur sportule, je sortais donc de la maison et, en flânant par Suburre, je descendais jusqu'au port du Tibre afin de m'enquérir de l'arrivée du bateau.

Décrire Suburre, un poème tragi-comique en dix livres n'y suffirait pas, avait l'habitude de déclarer Pétrone.

En effet, ce quartier était un monde en soi dont le vieux tuf langagier nécessitait une épopée à la fois douloureuse et rigolarde. Avec assez de tartouses et de croquignolets pour y maintenir un ton de dérision et en faire du même coup une absurde *Énéide*. Du Virgile galantin et cocasse, voilà qui eût rendu compte de Suburre.

Le cœur populaire de Rome y bat. C'est en effet le repaire de ce que l'on fait de plus distingué en canailles et en pâles voyous.

Le vice s'y tricote sous les formes les plus élaborées, bien mieux encore qu'au Céramique d'Athènes.

Aux coins des rues, dès les premières heures de la matinée, les louves, crinières flamboyantes montées en artistiques chichis, s'y livrent à la retape en grand. Plâtrées telles des momies, elles dissimulent mal, sous le fard d'acacias, les peignées de la nuit. Et, la peau violacée par endroits, c'est crânement qu'elles étalent leur récolte de châtaignes. Harnachées comme des gladiateurs de l'amour, elles officient en expertes de la torgnole et en reçoivent aussi. Les mignons, moumoute choucroutée et fessier ostentatoire, annoncent par des mimiques douteuses la couleur et le menu. Il y en a pour tous les goûts. Des travelos godiches mettent ici et là une touche finale au tableau.

Suburre est un monde à part. Les lèpres et les plaies béantes de la dèche la plus noire s'y étalent fastueusement.

Le quartier se coule au pied du Palatin. Dans les îlots insalubres et les venelles qui y serpentent, prospère une humanité sordide mais toujours héroïque et inventive. « C'est que l'âme de Rome n'est pas au Capitole, mais ici ! proclamait Pétrone. Depuis que Rome est Rome, tout a toujours démarré dans ces taudis. Les incendies comme les révoltes. On y parle le beau latin de la truanderie. Pourquoi j'aime y musarder ? Parce que j'y attrape des parfums inconnus ailleurs. Une heure ici et ma prose se met à faire des embardées... »

Certaines nuits Pétrone s'y faisait conduire avec, pour seule escorte, son ami de toujours, le fidèle Gordias. Ils s'en allaient ensemble hanter les bouges à la recherche de quelques catins fiévreuses aux spécialités orientales ; à moins qu'ils n'aient choisi de se rendre dans un beuglant pour y entendre un patricien de la panade, mis sur la paille par une gigue ou tout simplement interdit par sa famille pour dettes de jeux. Afin de survivre, ce vieux débris avait mis au point un numéro de satiriste. Il y débinait, dans des épigrammes salaces, les plus hauts dignitaires de l'État, et évidemment son fils, sa femme, son frère, ses neveux, tous ceux qui avaient signé son acte de déchéance chez le préteur.

Drapé dans une toge cradingue, bouche démeublée et petit doigt en l'air, il empochait avec panache les rires d'un auditoire à qui, pourtant, on n'en contait pas facilement. Les nuits où le vieux débris se trouvait en verve, il braillait des saloperies en s'accompagnant d'une lyre à la grande joie de son public habituel de maquerelles à la petite semaine, de gladiateurs à la réforme, de rufians à louer, de patriciens canailles et, pour faire la claque, ce qu'il fallait d'affranchis douteux et de monte-en-l'air.

Apparaissez tendres mignons lascifs
Sautez, volez, cuisse agile, cul habile

Paluche experte. Ô vétérans de la tantouze,
Chapon de Délos ! Vite apparaissez !

C'était le bis qu'il leur servait généralement ; et en chœur toute la salle reprenait le refrain.

Et fous-moi donc ta bite dans le cul
Et qu'on en finisse !
Et fous-moi donc ta bite dans le cul
Et qu'on n'en parle plus !

Il y avait des centaines d'établissements de cette sorte dans Suburre. Mais il faut avouer qu'Octavius Musa (c'était le nom de ce patricien de la mouise) par sa faconde, son invention langagière, ses manières à la fois hautaines et crapuleuses avait su conférer à la « Lune Rousse » une véritable célébrité. Très vite, ce cabaret devint fameux. On s'y encanaillait à peu de frais. Certains soirs, la cohue des litières devant la porte interdisait presque le passage. En descendaient des poulasses bagousées, perlousées, le visage voilé mais les fesses à l'air, prêtes à tous les sévices, même à se faire délester de leurs précieuses breloques. La Lune Rousse était un établissement à la mode.

Alentour, les ruelles poisseuses répandaient une odeur de garum de mauvaise qualité, d'huile rance, mêlée aux âcres effluves d'urine et de dégueulis.

La nuit épaisse s'y avançait à cloche-pied, laissant suinter une sanie de vices qu'une torche indiscrète ou un brasero de fortune tirait un instant de l'ombre.

Au matin, des mégères hirsutes qui avaient été jadis de belles lionnes lavaient à grande eau les ruelles en s'invectivant de maison à maison. Roulaient jusqu'au grand cloaque toutes les rognures de la nuit, et avec : les charognes de chats et de chiens. Les vigiles ramassaient les derniers clients récalcitrants et les entassaient sur les charrettes avec les morts de la nuit.

Ainsi se retrouvait là, aux premières heures de la matinée, parmi une marmaille piaillante, une disparate bizarre de l'humanité souffrante.

Après m'être enquis au port du brigantin, je m'arrangeais pour être de retour avant la grosse chaleur de midi.

Ce jour-là, vingt-cinquième des comices de septembre, je trouvai Pétrone dans la bibliothèque en train de parcourir les derniers ouvrages qu'il avait fait quérir chez son libraire au quartier de l'Argilète.

À l'exception de Gordias, son ami d'enfance devenu son intendant, j'étais le seul de la maison qui avait le droit de pénétrer dans cette pièce lorsqu'il s'y trouvait. Sans lever la tête du rouleau, il me demanda : « Qu'en est-il, Lysias, de notre vieux rafiot ? – Eh ! Maître ! C'est qu'il nous fait toujours languir le canaillou… » S'établit alors un long silence. Déçu, certes, Pétrone l'était, mais la façon dont je lui annonçais la mauvaise nouvelle avec l'accent et des expressions particulières à Marseille le fit sourire et il en oublia le brigantin.

Ce jour-là, il parcourait d'un œil distrait les *Satires* du jeune poète Perse, disparu prématurément.

Pétrone n'avait fait que l'apercevoir dans le sillage de Cornutus le stoïque.

Pétrone goûtait son style énergique et son ironie. Mais

force lui était de constater que ses vers étaient dénués de légèreté. Rien dans son style ne rendait cette transparence qui donne l'impression que les mots sont de l'air tissé. Perse n'était qu'un soigneux satiriste, ni plus ni moins ! Et au fond, assez peu attrayant car dépourvu de ce badinage dont, à la lecture, émane une certaine sensualité.

Quant à son élévation d'âme, Pétrone n'aurait su que dire, s'étant toujours tenu à l'écart des stoïciens et de leurs divers cercles, que le jeune Perse avait fréquentés durant sa brève vie.

« Ceux qui les hantent ne sont, au fond, que des laborieux. Leur prose transpire généralement le suint. Tandis qu'ils pérorent, on entend le bruit de leur râtelier. À leurs mines pâles et graves, aux attitudes compassées qu'ils affichent pour vous aborder, ils sentent à plein nez le chiqué. Bon, très bien, ils savent mourir, ces pères la pudeur. On peut montrer pour la mort du mépris ; mais alors qu'on affiche un air riant et joyeux comme ce Lacédémonien qui, tandis qu'on le conduisait au bourreau, plaisantait de tout et de rien. Sur son chemin, il croisa une connaissance qui fielleusement lui demanda : "Méprises-tu à ce point Lycurgue et ses lois qui t'ont condamné ? – Bien au contraire, lui répondit l'autre, je lui sais infiniment gré de m'avoir infligé une amende que je peux acquitter sans pour autant emprunter ou payer des intérêts…"

» L'ironie ! Ah l'ironie ! Voilà ce qui leur manque à ces culs-bénits. Et puis le charme. Vois-tu, Lysias, il y a plus d'agrément dans un vers de Néron que dans le long et plâtreux poème de Lucain – lequel appartient à cette engeance de bonimenteurs. Chez ce dernier, il n'y a rien qui hausse et mène aux étoiles. Pour les autres, ils pensent avoir enfilé les sandales d'Empédocle mais elles sont de plomb, leurs godasses. Le nouveau style ? Ah ! Oui ! Parlons-en ! Un style pincé, chapelet de crottes de chèvre. Pour s'en convaincre, il n'est que de relire les opuscules du jeune Albicius Carus. Des chichis philosophiques, beaucoup de manières et du lieu commun édifiant à la pelle ! Une rigolade supérieure ! Des rabâcheurs. Il s'en trouve des mous, des durs. C'est selon leurs humeurs et surtout leurs intérêts… Ils laissent entendre que Néron serait le mal absolu. Les imbéciles ! Ne savent-ils pas que le mal n'est qu'un accident du bien ? »

Ce fut à cet instant, je crois, que je lui posai la question : « … Et Sénèque ? – Il n'est pas de mon habitude de débiner un mort, mais puisque tu m'interroges sur Sénèque, je te dirai que c'était le roi des lécheurs. La moindre fripouille d'affranchi ou d'esclave proche du prince avait le droit à son coup de langue. Sa *Consolation à Polybe* est une honte, surtout lorsqu'on sait qui était le personnage. Mais il faut dire qu'il s'emmerdait tellement en Corse, où l'empereur Claude l'avait relégué, qu'il aurait facilement cunnilingué Rome entière pour rentrer en grâce. Par la suite, toute sa carrière politique n'est qu'une longue lèche. Il respire tout à fait à son aise et souvent avec un certain contentement, parmi les bassesses, les assassinats de sang-froid, les fourberies, les trahisons, les avarices, les rapines… Par de beaux discours, il couvre le meurtre de Claude et ainsi se pousse mieux auprès d'Agrippine. Il descend jusqu'à écrire cette *Citrouillade*, satire basse et sans esprit où il arrive même à tromper sur la marchandise puisque l'empereur défunt ne se transforme même pas en citrouille. Encore plus fort, par une apologie du prince dont il a en charge l'éducation, il jette un voile pudique sur l'assassinat de Britannicus. Britannicus qui était, si l'on veut bien y regarder de près, à la fois l'oncle, le neveu et le frère par adoption de Néron. À cette occasion, il reçoit même de l'Empereur de petits cadeaux qu'il doit, à son grand regret, partager avec Locuste. Évidemment ! Pardi ! Elle procure le bouillon d'onze heures et lui les mots pour le faire passer. Et en guise de bouquet, veux-tu croire ! un an plus tard, il ferme les yeux sur le meurtre d'Agrippine à qui il doit tout. Et va jusqu'à composer le discours que le joyeux matricide prononce devant le Sénat afin de noyer le poisson. Pour te dire : Thraséa, stoïcien et encore ami de Sénèque à ce moment-là, sortit ostensiblement de la Curie pour s'en aller vomir. Oui, dégoûté de tant de lâcheté, il se leva et abandonna la place. Cet homme corseté de rectitude n'apprécie guère mon genre de vie ; moi-même je ne suis pas fasciné par les idées qu'il professe. Mais je dois dire qu'en de nombreuses occasions, Thraséa a su faire preuve d'un courage d'honnête homme. Et où en est-il aujourd'hui, Thraséa ? Dis-le-moi. Traqué par les délateurs qui agitent son ombre comme celle d'un nouveau Brutus aux yeux d'un Néron trouillard qui n'ose même plus le regarder en face. Car aussi grand artiste que soit notre prince – et je le dis sans moquerie, au contraire de beaucoup à Rome – c'est la couardise faite homme. Un couard doublé d'un fourbe. Cependant, malgré le pouvoir qui lui a quelque peu tourné la tête, il possède encore assez de flair et d'ironie pour débusquer ces faux derches, éternels mécontents qui vont tête baissée, les yeux rivés au sol, ruminant des rages muettes, pesant chaque mot sur leur lippe allongée, méditant les rêveries d'un vieux cerveau chamboulé, tout en murmurant que rien ne s'engendre de rien, que rien ne peut retourner à rien… Alors que le néant est là, calme sans remous, placide telle la mer en été, ne demandant qu'à nous engloutir dans ses flots bleus. Pourquoi toutes ces contorsions ?… »

Pétrone s'interrompit comme s'il eût voulu trouver une réponse ; alors qu'il ne se souciait guère d'éternité.

« Sénèque est mort dignement, non toutefois sans quelques poses. Mais chacun meurt comme il peut. Cependant il est mort riche à millions : c'est que ce stoïcien ne dédaignait pas les biens de ce monde. Comme je connais Néron qui ne manque pas d'ironie, souvent de la plus noire, je suis certain qu'en lui dépêchant l'ordre de mort, il a voulu sceller en beauté le grand œuvre de son cher gouverneur et pédagogue. Un suicide, c'est du pain bénit pour ces gens-là ! Le bouquet final ! Sans cela, comment eût-il terminé son existence, notre philosophe ? Oh tout simplement ! À décocter, au fond de quelques solfatares de Pouzzoles ou de Cumes, suant ses vieux rhumatismes attrapés à force de contorsions durant sa longue carrière de courtisan. Au fond c'était ni plus ni moins qu'un arriviste ! »

J'étais abasourdi. Jamais je n'avais entendu Pétrone, toujours si soyeux, si nuancé dans ses propos quand il s'agissait de parler d'un confrère, se livrer avec une telle violence à un jugement aussi péremptoire. Il n'en avait plus rien à foutre des conventions sociales.

J'avais lu, comme tous les adolescents de mon âge, certains des ouvrages de Sénèque. Son style, avec ses effets de muscles, m'avait souvent agacé. Cependant, certaines pages laissaient entrevoir je ne sais quelle lumière. Une lueur mystérieuse flottait à la cime de certaines de ses considérations.

C'est alors que me revinrent à l'esprit quelques pages de *La Brièveté de la vie*, assez méprisantes pour les hommes qui collectionnent les vases grecs, entretiennent des troupes de gladiateurs ou de mimes et s'attardent en de somptueux banquets, ou encore qui, érudits, s'appliquent à d'inutiles études littéraires... et je me souviens m'être dit, en lisant ce passage, qu'il y avait là une attaque en règle contre Pétrone. Celui-ci ne collectionnait-il pas les vases grecs, n'aimait-il pas les mimes, ne se ruinait-il pas en magnifiques banquets? Dans une des lettres que Sénèque donnait, parfois, à lire dans les cercles stoïciens, chez Musonius ou chez les Silanii par exemple, il avait stigmatisé le luxe de Pétrone et son goût des banquets nocturnes. Il s'était même permis de l'assimiler à ces êtres qu'il appelait *les hommes-blattes*. Sénèque lui réglait également son compte comme écrivain, critiquant la trivialité de son style, sa recherche des expressions populaires, en un mot son « zobain ».

Ne voulant pas en rester là, je demandai à Pétrone : « Mais l'homme? Oui, l'homme Sénèque? Je ne parle pas de l'artiste, mais de l'homme dans son particulier. Qu'était-il au fond? » La réponse claqua : « Un parfait salaud!... » Il fit une pause comme s'il eût voulu réfléchir, chercher à nuancer son jugement. Au bout d'un moment, il ajouta : « Au fond, ni plus ni moins salaud que Caton son modèle qui, au temps de la République, céda sa femme Marcia à son ami Hortensius, le grand orateur, pour l'épouser à nouveau à la mort de ce dernier quand elle eut palpé le pactole. Un joli coco aussi, celui-là. – Mais sa condamnation était-elle vraiment fondée ?… – Parfaitement fondée… – Pourquoi ? – Parce qu'elle était injuste et rien n'est plus encourageant que l'injustice… C'était un optimiste et je n'aime pas les optimistes… Il s'est amusé avec les idées ; il a enseigné l'analyse sans imaginer que l'intelligence mène au doute, au découragement, à l'impossibilité de se satisfaire de quoi que ce soit… »

Ces paroles brutales, dépourvues d'espoir, tombèrent comme un couperet. Je crois bien me souvenir aujourd'hui que dans mon désarroi je lui demandai : « Mais alors que faire ?… – Vivre au jour le jour. Maquereautage. Parasitisme… Voilà… À la godille… »

J'admirais Pétrone pour sa liberté de faire une œuvre du quotidien, de l'anecdotique glané d'une multitude de petites découvertes et d'aubaines individuelles ; pour son esprit original et fantaisiste aussi, son charme amer ; pour son insolence car ce délicat de cour, sous les dehors d'un voluptueux du désenchantement, perçait toutes les hypocrisies et les conventions de son milieu, ne se ménageant pas lui-même.

Un soir chez Néron, lors d'un souper, Ménécrate, son diseur favori, ayant fini de réciter une des pièces en vers de Pétrone, tous les convives surenchérirent de compliments : « Ah ! cher Pétrone, tes vers enfoncent ceux de Virgile… » Il n'avait pas fallu le pousser pour qu'il rétorque, avec cette ironie décapante qui lui était propre : « Virgile, mais certainement !… Mais un Virgile pour *Géorgiques* de latrines. »

Depuis longtemps, j'avais deviné que Pétrone préférait aux lignes droites les tangentes et n'aimait rien tant que les bouges et les hors-la-loi. Cependant, jusqu'à ce soir-là, j'ignorais qu'il appartînt à cette race d'hommes inquiets et sceptiques, un de ces apôtres de la matière et du rien qui, n'ayant que des appétits, sont tristes après les avoir assouvis et se demandent pourquoi ils le sont. Pétrone était un de ces apôtres de la dévastation.

Pétrone se leva et descendit au jardin. Il fouilla du regard les allées que l'obscurité submergeait. Un filet d'eau murmurait derrière les roseaux. Il s'approcha du bassin dont il effleura la surface. Il poussa sa promenade jusqu'à la grande volière et jeta des graines aux oiseaux exotiques. La lune montait lentement dans le ciel. Sous les arbres, les ombres s'épaississaient en longues flaques violettes. La nuit venait doucement.

Je le suivais dans sa pérégrination. Je me souviens de cette soirée comme si elle datait d'hier. Ce fut la dernière que nous passâmes à Rome. Ses paroles sont demeurées gravées dans ma mémoire et, aujourd'hui, après tant d'années, elles y résonnent encore.

Après être resté silencieux un long moment, il s'était retourné : « Vois-tu comme les choses sont étranges. Hier, vingt-quatrième jour des comices de septembre, néfastes au matin, fastes au soir, on célébrait, comme tu le sais, par des jeux au grand cirque, la naissance de l'empereur Auguste. J'y fus. Alors que je prenais ma place selon mon habitude dans la loge impériale, Néron me fit dire par son affranchi Phaon[9] de céder mon siège à l'ambassadeur de Tiridate, roi d'Arménie, et de m'en aller prendre mon rang parmi les sénateurs. Les amis que je compte encore et qui se trouvaient présents – je dois avouer qu'ils se font, chaque jour, un peu plus rares – me jetèrent des regards désolés où je perçus une lueur de compassion. J'y lus l'annonce de ma mort prochaine. Je me levai cependant et, passant devant le roi d'Arménie, je le saluai avec tous les égards qu'on peut avoir pour une potiche. Je m'inclinai ensuite devant Néron qui, à cet instant, détourna la tête pour ajuster son monocle d'émeraude, ce qui lui permit d'éviter de croiser mon regard. Je saluai rapidement les innombrables lopettes du sérail impérial, poudrées à frimas et frisées comme des agneaux qui forment à présent le premier cercle de l'Empereur. Vrai ragoût de tantouzes dont la plus virile serait encore ce châtré de Sporus[10]. Je m'inclinai également devant Statila Messalina, dont on dit qu'elle sera bientôt déclarée impératrice. Et veux-tu l'imaginer, tandis que je quittais la loge, me dirigeant vers le vomitoire pour gagner celle des sénateurs, je me sentis envahi d'une force étrange. Un souffle semblait me porter alors même que je sentais peser sur moi les regards de la cour impériale. Pour un peu, en prêtant l'oreille, j'aurais pu entendre la fine musique de leur âme de délateurs : “Ce pauvre Pétrone, voilà son règne fini. À n'en point douter, il sera le prochain. Et ce prince des élégances n'aura plus, pour exercer ses dernières coquetteries, qu'à trouver les bois les plus précieux pour servir à son bûcher.” Et moi qui les entendais ruminer leurs mesquineries de courtisans, j'avançais porté par une force incroyable. Même le préfet du prétoire, oui ! Tigellin, ce technicien du crime avec sa face couturée, transpirant une vieille chtouille attrapée jadis dans un boxon moite d'Apulie, baissa son regard de velours chassieux quand il croisa le mien. À vingt ans, il était passablement giron. Fort bien outillé, à ce qu'on dit, il devint l'étalon des matrones sentimentales ! Il paraîtrait qu'il fit un temps les délices d'Agrippine. Bouc et bique, il avait le coup de reins assez éloquent pour satisfaire également Domitius Ahenobarbus, le père de notre Empereur. À ne pas croire ! Quand on voit maintenant le grand salsifis qu'il fait... Je m'étonne encore de cette force qui s'était emparée de moi. Un grand vent ! Oui ! C'est cela ! Un grand vent purificateur m'avait empoigné. M'apparut alors clairement, comme une évidence, tandis que je prenais place dans ma curule, que passer de vie à trépas ne devait pas être plus difficile que de changer de loge. Cette force qui en cet instant m'avait lavé de toutes mes inquiétudes de vieux jouisseur, semble, durant la nuit, m'avoir abandonné. Évanouie, gaspillée. Où ? Comment ? Je ne saurais dire. Je ressens en moi, à présent, d'autres forces, mais contraires et aussi ce trop-plein de désirs qui enchaînent à la vie. Unir mon être, mais à qui ? Vers quel soleil m'en aller graviter ? J'ai beau interroger dans ma bibliothèque tous mes livres d'astronomie, je n'y trouve aucune réponse. Même les *Phénomènes* d'Aratos[11] me sont inutiles. Oh ! si tu savais, Lysias, comme aride est l'instant où l'on sent la vie s'enfuir ! Trop longtemps j'ai pensé exister parce que je croyais que les joies de mes lares, leurs rires, leurs cruautés venaient battre mon sang. Leurre que tout cela ! Cette ardeur n'était qu'une fallacieuse promesse. Les astres sont muets et l'ont toujours été. Il faut se faire à cette idée : rien de nous ne subsistera. Seuls nos adieux. Un adieu ? Non plutôt le choix d'un point qu'on nommera le commencement et la fin. Oui ! Inconcevable le commencement ! De même que ce désir que nous possédons des choses rondes. Le cercle parfait serait-il une métaphore de l'immortalité ? D'autres que nous furent tentés d'y voir la perfection parce que le cercle n'a ni fin ni commencement. D'ailleurs ne passons-nous pas notre vie en quête d'un commencement en nous inquiétant de ce que sera notre fin ?... Depuis longtemps les dieux se sont aigris car ils envient aux hommes leur mortalité... Faisons donc que notre départ, cher Lysias, soit notre arrivée. Efforçons-nous de l'organiser pour le rendre sublime... Un instant unique, un mystère, qui de nous, au lieu de nous poursuivre, prendra son essor. Oui ! S'habituer au néant. Est-ce un si grand malheur que de cesser de vivre ?... À quoi tient une vie ? Oui ! À quoi cela tient-il, Lysias ?... »

Un départ ? J'eusse aimé le questionner sur cette phrase sibylline mais il m'avait devancé en posant un doigt sur ma bouche. Je compris par la suite qu'au fond peu lui importait de mourir. Sa décision était prise. Ce dont il s'amusait n'était au fond que l'idée de la mort.

Il n'appartenait pas à ces champions de l'immortalité qui pensent découvrir leur devise dans les constellations. Il possédait ce dédain de l'éternité. Lui suffisait le présent. La vérité d'un destin était aussi aléatoire qu'un coup de dés.

Aussi c'est en s'en moquant, le sourire ironique aux lèvres, qu'il s'apprêtait à descendre au tombeau.

Alors que nous passions dans le nymphée, il se mit à fredonner le couplet d'une atellane que son ami Mamercus avait écrite pour l'acteur Datus avant que celui-ci ne soit exilé de Rome par Néron.

Pétrone appréciait ce genre de théâtre populaire,

hérité des Grecs de la Campanie, qui était venu planter ses tréteaux dans Suburre. Il en prisait le jargon :

Puisque tout fout le camp, faisons la goualande passagère...
Faufilons-nous en douce et bonsoir messeigneurs...

4

Nous nous tenions, à présent, sur la plus haute des terrasses. Des colombes s'étaient nichées dans les corniches. Au loin la ville s'étendait à nos pieds, caillée dans la lumière pourpre d'un soleil qui s'abandonnait. C'était un crépuscule de fin du monde. Quelque chose d'irrévocable en émanait, qui mène à l'anéantissement. Rien, nul signe dans le ciel ne laissait, en cette heure indécise, l'illusion de pouvoir éloigner, ne fût-ce qu'un instant, la sombre férocité du destin, cette perte de la jeunesse avant la mort. Impossible de se persuader que l'aube pourrait survenir après la nuit.

Pétrone se pencha sur la balustrade pour contempler le jardin et, au-delà, la Ville. Les massifs de lauriers tigrés se dépouillaient feuille après feuille, flamme après flamme pour se fondre dans la nuit. Au loin, des vapeurs bleuâtres montaient du Tibre. Le soir descendait, creusant des puits d'ombre. À la vue de tous ces édifices à demi calcinés, un sentiment de désolation l'envahit. Il recula, effrayé par cet énorme ventre en palpitation, prêt à crever. Il murmura : « On n'échappe pas à son époque… »

Pensait-il encore à l'affront subi la veille au cirque ?

Sa vie devait lui paraître alors bien dépourvue de sens. Son scepticisme tempéré d'une certaine indulgence aurait dû le mettre à l'abri de cet abattement.

Il laissa courir son regard sur les monuments et fut saisi d'une tristesse incommensurable. « L'élan sentimental des faibles ruine la civilisation… » et il ajouta « … non seulement la civilisation mais également la raison… »

Alors le voyant ainsi immobile, sa haute silhouette découpée sur le ciel incendié, j'eus l'impression que, conformément à la raison, il mourait ce soir-là seul, sceptique et dédaigneux.

Peut-être en pratiquant une méchanceté forcenée comme Tigellin, eût-il pu éloigner de lui ce sentiment de la sénescence d'un monde qui perdait pied ? Endiguer la marche inéluctable du crépuscule ? Mais pourquoi se donner tant de mal ? Même la méchanceté ne pouvait lui être d'aucun secours ! Car la méchanceté suppose une certaine croyance au sérieux de la vie ; alors que lui en avait de tout temps professé l'inanité pour n'en pratiquer que la légèreté. Trop tard ! Tout arrivait trop tard et lui-même le premier.

L'africain, qui n'avait cessé de souffler depuis plusieurs semaines, nous avait mis les nerfs à vif. Ce vent jaune apportait sur la ville la poussière ocre du désert dont il talquait les monuments et, plus près, les cèdres allongés en travers du ciel comme d'immenses oiseaux noirs aux ailes déployées.

Mon maître était las. Et en premier de l'Empereur qui jouait avec lui depuis quelques mois au chat et à la souris. Il le faisait quérir jusqu'à trois fois par jour. Ce n'était pas un ordre. Non ! Pas vraiment. Plutôt une invitation. Mais cette invitation, fort urbaine, recelait bien plus de périls et de fourberies à l'oreille avertie du fin courtisan qu'il était, qu'un ordre délivré par un prétorien de Tigellin.

Il montait en litière et se faisait conduire sur l'Esquilin où Néron finissait de se faire construire à grands frais un palais.

Il s'agissait toujours d'une affaire futile. Un vers de la métrique duquel l'Empereur s'inquiétait ; la couleur d'une tunique de théâtre qu'il porterait lors de sa tournée prochaine en Achaïe ; ou encore un avis à propos d'une danseuse de Bétique qui, le soir même, devait se produire au banquet pour requinquer à coups de castagnettes la virilité languissante de vieux sénateurs auxquels, au petit matin, il enverrait un ordre de mort.

Caius Petronius Arbiter était découragé ; fatigué de l'Empire et de son Empereur, de ses histrionages, de ses rapines, de ses meurtres camouflés en suicides.

La conjuration de l'an passé menée par l'imbécile Pison était venue, à point, offrir à Néron l'occasion de liquider ce qui demeurait de vieilles familles patriciennes encore influentes au Sénat.

« Pison était un sot qui croyait aux vertus romaines ou plutôt feignait d'y croire pour mieux empocher l'Empire. Probablement pensait-il que la famille des Calpurnii valait autant, si ce n'est plus, que celle des Claude et des Domitii. Ce en quoi il avait bien tort... encore qu'il prétendît descendre de Calpus, l'un des fils du roi Numa. Un faiseur en fait ! Il a mouillé dans son complot toutes les vieilles caboches branlantes du Sénat. C'était compter sans les mouches que Tigellin entretenait à chaque carrefour de la ville. À l'instant même où l'ombre de l'idée du complot prenait une vague forme dans leur pauvre cervelle de moineau,

Tigellin était déjà au parfum… Une conjuration ? Un énervement d'enfant à qui l'on aurait retiré son jouet ! Voilà ce que fut cette déplorable tentative. »

Un complot mal ficelé et encore plus mal mené à en croire Pétrone. Or, comme l'énervement est contagieux, ceux qui n'en étaient pas voulurent en faire partie.

Néron les regardait frétiller et prendre des airs contrits de vieux Caton lors des banquets. Il se délectait en son for intérieur de leur crétinisme. En privé, ne parlaient-ils pas de redresser les mœurs ? Et chacun renchérissait sur ses sentiments républicains. « Hourra ! Rome va retrouver son pucelage, s'écria Néron, et un troisième Caton va nous tomber du ciel ! Sera-ce Sénèque, notre sentencieux maître, ce nouveau censeur ? Lui qui ne dédaigne pas de temps à autre se faire enfiler, en douce, par un joli garçon ! Qu'en dis-tu, Tigellin ? »

Néron continua quelque temps encore à les caresser. Il savait bien que dès qu'il les coffrerait, ces grands républicains se coucheraient comme des chiens.

Il s'amusait de les voir sur les gradins du stade l'applaudir à tout rompre quand il menait son char, attelé de splendides coursiers que lui fournissaient les haras de son préfet du prétoire. Car au début ce fut cette passion commune pour les canassons qui les avait liés, Tigellin et lui. De maquignon, il fallut peu de temps à ce dernier pour devenir assassin à gages.

Les amusements de Néron ne durent guère. Aussi quand la nasse fut pleine, on y jeta encore deux ou trois gros poissons, comme le pâteux Lucain et son oncle, Sénèque-la-bonne-conscience, et avec lui toutes ses belles poses stoïciennes.

Sénèque depuis longtemps impatientait Néron ;

quant à Lucain il n'aimait ni l'homme ni le poète, en quoi il n'avait pas tort. Lucain, cette grande âme, s'allongea d'ailleurs comme une lopette. Il balança sans états d'âme le nom des conjurés que Néron et Tigellin connaissaient déjà. Comme il voyait qu'il ne sauverait pas sa peau, il mouilla sa famille et en particulier sa mère qui ignorait tout de la conspiration.

Pétrone ne fut pas étonné par ce beau trait. Depuis longtemps, il avait son idée sur l'individu. Quant au poète il en faisait peu de cas. « Les vers empaillés qu'il nous refile baignent dans une sauce aux épices de seconde qualité. Rien chez lui, aucune palpitation. Tout y est plombé. Non ! Vraiment, il n'y a pas un vers de sa *Guerre civile*[12] qui risque de nous faire entrevoir le Parnasse. »

Pour preuve, la mise en boîte au vitriol à laquelle se livra Pétrone de cette épopée d'un lyrisme démodé et idéologique. En effet, le poème sur le même sujet que Pétrone place dans la bouche de ce vieux croûton d'Eumolpe, poète à la dérive, grotesque et touchant à la fois, dans *La Vie aventureuse d'Encolpe et de Giton*, est un pastiche sanglant de l'œuvre de Lucain. Pétrone s'amuse de l'histoire en la poudrant d'un merveilleux de pacotille, alors que Lucain, lui, s'en gonfle.

Cruelle parodie, prétendent aujourd'hui certains scoliastes. Pétrone, selon eux, l'aurait écrite après la mort de Lucain, pour atteindre à la mémoire du poète. Cela est faux. Je peux en témoigner. Et puis même ! Quand on joue les prolongements dans l'éternité en plantant sur le Parnasse cette énorme incongruité épique, il faut bien s'attendre à ce qu'un jour quelqu'un vienne s'y essuyer les pieds.

Néron ferma donc la nasse et à l'aube, les ministres

de mort sur ordre de Tigellin s'en furent accomplir les volontés du prince. « Qu'ils cessent de polluer l'air que je respire », laissa tomber Néron.

La plèbe de Rome, en ce temps-là, aimait encore son Empereur. Quant au Sénat, tremblant, il ne pipa mot.

Souvent je me suis demandé comment Pétrone avait pu supporter si longtemps un monstre tel que Néron et, sans rougir, appartenir à son premier cercle. S'enorgueillir même de porter le titre envié d'« Ami du prince ». Applaudir le citharède qui, du haut de la tour de Mécène, avait chanté l'incendie de Troie tandis que Rome brûlait. Il y avait là un mystère que n'expliquaient ni les libéralités de Néron, ni le pouvoir que son amitié conférait à celui qui en était investi.

Je n'aurais jamais osé m'en enquérir. Pétrone, comme tout sceptique, se méfiait de ses sentiments et même de ses jugements. Aussi évitait-il de s'expliquer sur ceux-ci ; d'émettre un avis sur les personnes qu'il côtoyait et, a fortiori, sur l'Empereur. Si d'aventure on le questionnait, il s'arrangeait pour trouver une échappatoire ou mieux : répondre par une autre question. Il parsemait, cependant, ses propos d'allusions qui, ajoutées les unes aux autres, finissaient à la longue par laisser entrevoir quelques nuances du personnage ; un vague croquis de Néron, que d'un trait d'esprit, aussitôt, il s'empressait d'effacer. À propos de l'incendie, il avait été très clair.

« C'était au mois de juillet et je me trouvais avec Néron en villégiature à Antium. Nous étions en train de souper, lorsqu'on nous apprit que Rome était en feu. Sous le coup de la nouvelle, il changea de visage. On l'eût percé d'une flèche qu'il eût été moins pâle. C'est que Néron aime sa ville autant que lui-même.

Il en connaît chaque ruelle, le moindre recoin. Aussi se leva-t-il de table. Il donna l'ordre de faire atteler son char et partit promptement pour Rome, suivi d'une partie de la cour.

» La ville brûla six jours. Et durant ces six jours et ces six nuits, je vis l'Empereur courir par les rues, essayant ici d'éteindre le feu, là prêtant la main aux sauveteurs. Il parcourait la ville comme un simple particulier. Le visage noirci par la fumée. Il ouvrit ses jardins du Vatican. S'occupa personnellement d'héberger les sans-abri. Fit venir des entrepôts d'Ostie du ravitaillement… Je le vis, oui, je le vis vraiment pleurer devant la bibliothèque Palatine que les flammes léchaient déjà… Pour le reste, c'est vrai : il se rendit dans les jardins de Mécène et monta sur la tour pour mieux se rendre compte du désastre. Alors, un de ses affranchis – je ne sais plus bien si c'était Hélius[13] ou Épaphrodite[14] – lui tendit sa lyre : "Chante Caesar ! Chante ton poème sur l'embrasement de Troie ! Rome vaut bien Troie !" Et Néron chanta… Le reste n'est que ragots qui vinrent de ses détracteurs et de leurs affranchis qui déjà complotaient sa mort. Tous ces Caton à l'eau de rose… »

5

Bien avant son consulat, l'année de la mort de l'empereur Claude, Pétrone s'était familiarisé avec les chemins dangereux du pouvoir. Il en connaissait les détours ombreux et avait appris à en déjouer les pièges. Il avait acquis en peu de temps une science du parfait courtisan. Rien de l'humeur du prince ou de ses favoris ne lui échappait. Il connaissait les rivalités entre les différents sérails du palais et comment flatter ceux-ci sans froisser les autres. Il avait ses entrées chez les eunuques comme chez les affranchis – lesquels, depuis l'empereur Claude, tenaient les rênes de l'État. C'est qu'il en avait connu et vu des fortunes insolentes tôt suivies de chutes aussi éclatantes. Il avait vu tomber Narcisse, Pallas, Doryphore. Et pourtant ce dernier eut son heure de gloire quand il la mit à Néron durant leur festin de noces avec tant de vaillance que l'impériale épousée, aussi mystique fut-elle, comme certains ont bien voulu le prétendre, se crut, néanmoins, obligée de hululer sous son voile orangé, telle une vierge que l'on déflore.

La carrière de Phaon et d'Épaphrodite touchait à présent au zénith.

Les affranchis, qu'ils soient impériaux ou qu'ils proviennent de la maison de simples particuliers patriciens ou plébéiens, sont des monuments incontournables de Rome.

Perchés sur des brodequins à talonnettes, grassouillets ou maigres, orientaux, grecs, gaulois ou ibères, les affranchis sont, avec plus ou moins d'abattage, les mêmes. On les retrouve identiques, toujours aussi officieux et sournois, la parole plus melliflue et suave que le parfum de nard et de cinnamome dont ils s'aspergent. L'œil fait au khôl, la dentition en or, ils sont devenus avec le temps l'inimitable caricature de leur maître. À les voir s'affairer aux forums, hanter les antiquaires, rechercher les faveurs de Locuste pour hériter plus vite de leur ancien patron, on peut dire à coup sûr de qui ils furent naguère esclaves.

Pallas fut probablement le plus célèbre des affranchis. Ce conseiller d'Agrippine avait gouverné véritablement l'Empire durant les dernières années du règne de Claude et les premiers mois du principat de Néron, quand Agrippine était toute-puissante. Il avait fait nommer son frère Félix procurateur de Judée. Très vite Néron, pour battre en brèche le pouvoir de sa mère, démit Pallas de ses fonctions. Ce dernier conserva cependant assez d'influence pour sauver son frère critiqué dans son administration de la Judée. Néron ménagea Pallas quelques années. Cependant comme, déjà passablement âgé et, de plus, riche à millions, il se cramponnait à la vie, mettant même une certaine mauvaise volonté à mourir, Néron lui dépêcha de délicieuses friandises de chez Locuste.

Si Félix devait survivre quelque temps à la mort de son aîné, c'est parce qu'il avait épousé Drusilla, princesse juive, sœur de cette Bérénice qui, bien plus tard, devait s'incruster au Palatin, pensant se faire épouser par l'empereur Titus.

Néron avait toujours eu une incroyable indulgence pour les Juifs ; ce que n'eurent jamais avant lui ni Tibère ni Claude qui, à diverses reprises, les chassèrent de Rome. Leur nombre s'y était d'ailleurs accru considérablement depuis son avènement.

Il est vrai qu'Auguste les avait protégés. Il s'était rappelé que, lors des funérailles de César, alors que la foule déjà s'éclaircissait sur le Forum, leur petite communauté était demeurée autour du bûcher encore fumant ; non pour sacrifier au culte du divin Jules mais simplement parce que celui-ci les avait vengés en se rendant victorieux du grand Pompée. Pompée avait été leur bête noire depuis qu'il était entré en vainqueur dans Jérusalem. Non content de s'être fait ouvrir les portes du Temple, il avait poussé le sacrilège jusqu'à écarter le voile aux quatre couleurs pour pénétrer dans le Saint des Saints.

Au début du règne de Néron, on recensait plus de quarante mille Juifs à Rome. Ils avaient, pour la plupart, élu domicile dans les quartiers sur l'autre rive du Tibre. Mais il s'en trouvait qui, par on ne sait quelle brigue, avaient réussi à s'approprier certaines demeures patriciennes sur l'Aventin et même sur le Palatin. C'est qu'ils possédaient et possèdent toujours l'art du faufilage. Chercheurs de noises, coupeurs de cheveux en quatre, ils allaient par la ville, ergotant et piaillant, porter la contestation d'une synagogue à l'autre. C'étaient des furieux, toujours prêts à la sédition. Vociférant les uns contre les autres, leurs sectes étaient innombrables et chacune avait sa façon d'interpréter la Loi. Aussi le moindre verset de leur livre sacré pouvait-il à chaque instant déclencher une émeute de quartier. Les saducéens détestaient les pharisiens, qui possédaient la sacrificature. De plus, ces derniers encombraient le prétoire pour redemander le manteau sacré du grand prêtre, que les Romains détenaient dans la tour Antonia à Jérusalem.

Ils tenaient boutiques pieuses à Rome au moins en cinq endroits, sans compter les oratoires. Protégés par l'impératrice Poppée qu'ils avaient réussi à circonvenir, ils avaient fini par croire que tout leur était permis. Lors de leurs rixes, si un Grec passait par hasard, ils abandonnaient leur querelle personnelle et se mettaient d'accord pour l'étriper. C'est qu'ils exécraient les Grecs, et nous, les Grecs, le leur rendions bien. Ils fomentaient, dès qu'ils le pouvaient, des révoltes contre nous dans l'Empire. Ainsi à Alexandrie, ville grecque s'il en est, nous nous vîmes contraints d'en massacrer un grand nombre pour les remettre au pas.

Agrippa, le frère de Drusilla et de Bérénice, avait été comblé de bienfaits par Néron. Il est vrai que ce prince, élevé à Rome au sein des palais impériaux, était plus grec et romain que juif. Il appartenait à une dynastie iduméenne – autant dire arabe. Son grand-père Hérode dit le Grand, acquis à la civilisation grecque, s'était allié à une princesse hasmonéenne. Puis il avait exterminé ensuite tous les autres descendants de cette dynastie juive. Et sa femme ne fut pas la dernière qu'il fit périr non plus que les enfants qu'il avait eus d'elle. Il avait obtenu, avec la complicité de Rome, le titre de roi de Judée. Lorsque l'empereur Auguste apprit cette lessive en grand, il laissa tomber d'une voix suave avec ce fatalisme qui le caractérisait : « Il vaut certainement mieux être le porc d'Hérode que son fils puisqu'il fait égorger ses enfants et s'abstient, m'a-t-on dit, de manger du cochon. »

Hérode s'était converti au judaïsme par politique afin de s'attacher les pharisiens. S'il s'était fait circoncire, ce n'était qu'à demi. Comme le feront ensuite ses descendants. Cette opération bien connue des barbiers avait pour nom *épispasme*. Ainsi, sans crainte de subir des lazzis – car on sait combien les Grecs ont en horreur cette coutume barbare –, pouvaient-ils prendre part aux jeux hellénistiques qui requéraient la nudité complète.

Si les princes de la famille d'Hérode avaient restauré le Temple de Jérusalem, cela ne les empêchait pas d'élever dans le même temps des sanctuaires aux dieux de notre panthéon.

Néron avait longtemps caressé Agrippa et ses sœurs,

qui partageaient leur temps entre Césarée, ville grecque et syrienne, leur palais de Rome et leur belle villa du cap Misène. À Athènes, l'Aréopage avait fait édifier une statue à la princesse Bérénice. Néron espérait par eux en apprendre un peu plus sur la religion juive. Mais comme Agrippa et ses sœurs se fichaient totalement du judaïsme, ces discussions tournaient court et finissaient généralement en potins mondains.

Cependant, l'idée qu'un dieu unique puisse venir marcher sur ses plates-bandes inquiétait le divin Néron. Les religions les plus exotiques le titillèrent toujours. Aspirait-il à quelque chose de neuf? Un monde meilleur? Qui sait?

« Il y a en lui une soif d'infini, me dit un jour Pétrone. Un temps, il avait pensé que son art lui suffirait. Mais non! Il lui faut l'éternité. Il a en lui un sombre démon qui le pousse vers on ne sait quelle aspiration... La lumière, Pétrone, la lumière me dit-il parfois en me saisissant le bras... » Pétrone parlant de lumière m'avait surpris.

Il me souvint alors que Pétrone, quelques années auparavant, s'était vu convoquer d'urgence au prétoire par Néron. Ce devait être l'année où il mettait une dernière main à *La Vie aventureuse d'Encolpe et de Giton*. Il pesta contre l'Empereur qui le dérangeait ainsi dans son travail d'écriture. Tout le monde ignorait à Rome qu'il avait contracté la maladie, plutôt le vice de l'écriture, si l'on excepte quelques vers de circonstance vivement troussés. Chacun ne voyait alors en lui qu'un esprit léger, un de ces mondains qui dort la journée et ne commence à vivre qu'à l'approche de la nuit. Il avait donc donné le change, et c'est en affichant un air hagard qu'il se fit conduire au prétoire.

Burrus, qui avait été le précepteur du prince avec Sénèque, vivait encore. Et bien que sa gorge fût rongée par un cancer, il avait tenu à siéger au tribunal. Néron se tenait derrière lui, en retrait, comme un simple particulier. Dès qu'il aperçut Pétrone, il lui fit signe de venir se placer auprès de lui. « L'homme qu'on va juger, lui dit-il, est un Juif de Tarse. Il se nomme Saul mais il a romanisé son nom en Paulus. Il appartient à une nouvelle secte juive qui, au contraire des autres, veut faire des adeptes parmi les Grecs et les Romains, les non-circoncis comme il dit… D'ailleurs, lui-même refuse cette coutume de boucher. Lors de son dernier séjour à Jérusalem, sa présence créa une émeute. Le procurateur l'a fait comparaître devant Agrippa et Bérénice. Il s'exprime assez bien en grec. Les Juifs demandaient sa mort. Mais comme il est citoyen romain il a fait appel à ma juridiction… Écoute-le, Pétrone, il semblerait qu'il soit un génie de la dialectique… »

Burrus, rugueux soldat, ne manquait ni de finesse ni de bon sens. L'interrogatoire se fit en latin au grand dam de Néron qui eût de beaucoup préféré qu'on employât le grec. Néron demeura silencieux tout le long des débats. Il observait le prévenu ; sans doute confrontait-il son visage intelligent et fin, sa taille malingre, à la stature colossale et au visage stupide de sa garde de Germains. Cependant, ce Paul de Tarse se montra brillant, fin, ironique, et finalement si persuasif qu'aucune charge ne fut retenue contre lui et qu'il sortit libre du prétoire sous les huées des Juifs fanatiques qui s'y étaient assemblés, espérant entendre sa condamnation à mort.

C'est ainsi que Pétrone me narra la scène à son retour. « Et toi, comment as-tu trouvé ce Paul de

Tarse ? » lui avais-je demandé. « Un petit Juif mal bâti avec des yeux perçants. De la rapidité et de l'intelligence. Beaucoup d'artifice et un sens de la dialectique. Mais un Juif peut, à chaque instant, être ceci ou cela : humble, orgueilleux, lâche, téméraire... Tout cela peut impressionner. »

Et ce Paul de Tarse impressionnait si fort qu'au tout début du principat de Néron, il avait déjà eu maille à partir avec la justice impériale. Cela se passait à Corinthe. La colonie juive de cette ville l'avait traîné pour quelque manquement à la loi mosaïque devant le proconsul d'Achaïe, qui n'était autre alors que le frère aîné de Sénèque, Marcus Annaeus Gallion. Celui-ci renvoya tous ces querelleurs de synagogues dos à dos. « Chacun peut s'exprimer comme il veut. Je ne vois ici aucun crime. Il s'agit de vos éternelles disputes de doctrines, de vos querelles de mots, de controverses sur vos lois. Voyez-y vous-mêmes. Je ne veux pas être juge en ce domaine... »

Il est probable que Gallion, qui s'était entretenu en privé avec le prévenu, en écrivit quelque chose à son frère Sénèque. C'était à l'époque où Néron écoutait encore le philosophe et se laissait lentement empoisonner par les idées du Portique. Sinon pourquoi aurait-il désiré assister à l'interrogatoire de cet homme ?

Je questionnai encore Pétrone sur le personnage. Pétrone prit le temps de réfléchir : « C'est un bonimenteur de talent. On ne peut le nier. Maintenant, qu'il soit habité par un dieu inconnu, c'est une autre affaire. Cependant, il y a quelque chose de troublant en lui. Quelque chose comme le reflet d'un désir d'infini. Mais qui, à Rome, se soucie d'infini et de résurrection ? Un nouveau dieu, pourquoi pas ? Quand, de retour de Bithynie, nous passâmes par Athènes, je t'ai montré, s'il t'en souvient, au coin d'une rue du Pirée, un autel qui portait pour inscription « Au Dieu Inconnu ». D'accord un dieu inconnu ! Mais pas un dieu qui aimerait boulotter tous les autres déjà passablement mités, ah ça non ! Et en plus de cela, un dieu qui nous imposerait la mort comme préoccupation première de notre vie. Bien que romain, je suis dans ma façon de penser, d'envisager l'existence, bien plus grec que toi, Lysias. La vie… oui la vie n'est-ce pas donner sa fleur puis son fruit ?… Et quoi de plus après ? »

6

La nuit était venue. Les bruits de la ville proche parvenaient assourdis. Et pourtant, on entendait bien cette houle des plaisirs qui montait à l'assaut des collines. Une marée insidieuse de gloutons et de débauchés. Une tourbe en rumeur.

Pétrone en connaissait la chanson. De ces nuits romaines, il avait fait le matériau de son livre bien que celui-ci se déroulât dans des villes de Campanie.

Des esclaves parcouraient les allées du jardin et les terrasses, et déposaient çà et là des torches. C'est alors que retentirent de grands coups au heurtoir de la porte de la cour. Le jeune Marcellus, qu'appréciait Pétrone pour la rapidité de son esprit, accourut : « Maître… Maître… – Quoi donc Marcellus ? Pourquoi cette agitation ? – Des prétoriens… En bas… dans l'atrium. Ils ont un message pour toi… – A cette heure ?… Vraiment ? Eh bien, donne-leur à boire en attendant que je descende… Ouvre-leur un flacon de mon meilleur calès… Il faut traiter avec respect ceux qui, sait-on jamais, viennent vous apporter l'ordre de mourir… – Mais qui parle de mourir ?… » Par l'escalier auquel Pétrone tournait le dos, sans bruit, souple comme un chat, venait de surgir l'inquiétant préfet du prétoire. Sans perdre un instant, Pétrone s'avança vers lui : « Tigellin… vous ici… chez moi à cette heure ?… Laissez-moi deviner… Ma mémoire… Eh oui ! C'est toujours elle qui me joue des tours… J'ai dû vous convier à souper pour ce soir, lorsque nous nous croisâmes hier au cirque… C'est cela, n'est-ce pas ? Or comme au retour j'ai oublié de faire noter par mon secrétaire l'invitation, elle m'est sortie de l'esprit… » Ici, Pétrone claqua dans ses mains. « Vite ! Qu'on dresse la table et qu'on prépare le souper ! » Se tournant alors vers Tigellin, il lui demanda, avant même que l'autre ait pu ouvrir la bouche : « Aimez-vous le loir au miel saupoudré de graines de pavot avec des saucisses chaudes et des prunes de Damas ?… À moins que vous ne préfériez un sauté de lièvres et de mamelles de truies ?… Une grosse poularde accommodée d'œufs d'oie… ? Non ? Eh bien ! Un utérus de brebis farci à la chair de saucisse ? Vraiment pas ?… Voyons ! Une fricassée de langues de flamants ?… »

Bien qu'il fût un bon administrateur et un expert en crime, Tigellin passait pour montrer plus de ruse que d'esprit. Toutefois, il en possédait assez pour comprendre que Pétrone, par cette sortie toute en volubilités culinaires, se payait sa tête. Parmi les mets proposés, il lui avait même semblé en reconnaître certains, arrivés tout droit des cuisines d'un ridicule parvenu du nom de Trimalchion, personnage immanquable dans l'ouvrage satirique qu'avait publié, par épisodes, Pétrone. *La Vie aventureuse d'Encolpe et de Giton* circulait, en effet, depuis quelque temps dans Rome. Les libraires la vendaient sous le manteau et comme ils ne savaient pas très bien dans quel genre classer l'ouvrage, ils le nommaient le « Satiricon ». Bien sûr, ils en ignoraient le genre puisque Pétrone venait de l'inventer. Peu à peu, avec cette manie de tout simplifier, le vrai titre de cette épopée canaille disparut pour laisser place au seul *Satiricon*.

Néron s'était fait lire l'ouvrage. Il s'en était infiniment diverti. À certains passages, cependant, il avait cru se reconnaître et alors s'il avait ri, c'était jaune. Et de ce jour, pour un oui pour un non, l'Empereur avait commencé à chercher noise à son favori ; et Tigellin se trouvait toujours là pour envenimer l'affaire, d'autant que lui-même, qui se voulait grand amateur de vases en bronze de Corinthe, s'y trouvait épinglé sous les traits d'un collectionneur ridicule.

Le maître des prétoriens préféra couper court à l'énoncé du menu, afin d'éviter que l'Arbitre des élégances ne veuille finalement lui servir tout bonnement une tête de Tigellin farcie aux figues, recette qui, dès le lendemain, eût fait le tour de Rome et s'esclaffer de rire les sept collines et, sur le Palatin, Néron le premier.

« Ne vous mettez pas en frais pour moi… Vous ne m'avez pas invité à souper, rassurez-vous, Pétrone… D'ailleurs je pense que vous ne m'avez jamais prié à votre table… et que vous ne m'y prierez jamais… Je suis venu simplement vous signifier que Caesar Néron a quitté Rome. Et qu'en ce moment il se trouve sur sa galère et vogue vers Baïes, où il envisage de demeurer quelques semaines. Il lui serait agréable de pouvoir vous compter aux nombres de ses invités... » Après lui avoir tendu le rouleau qui contenait l'invitation de l'Empereur, Tigellin salua comme se doit même un préfet du prétoire quand il se retire de chez un sénateur, ancien consul, qui, de surcroît, porte, encore, le titre enviable d'Ami du prince.

Pétrone se fit un devoir de le reconduire par le dédale des escaliers. Et ainsi, allant de terrasse en terrasse, glissant de cabinet en antichambre en écartant les portières, ils passèrent d'appartement en appartement pour parvenir enfin dans l'immense vestibule dont les murs étaient peints d'un rouge grenat. Aucune des merveilles qui se trouvaient disposées dans chacune des pièces traversées n'avait échappé au regard de l'ancien maquignon. Entre autres deux immenses panneaux du peintre Fabulus. Ce peintre avait été découvert et promu dans la haute société par Pétrone. C'était un artiste méticuleux et lent. Aussi ses œuvres étaient-elles rares. Il était par ailleurs d'un caractère mal commode. Orgueilleux et fort imbu de sa personne, il prétendait à la noblesse alors qu'il était fils d'une esclave batave et d'un affranchi de Tusculum. Au début de sa carrière, pauvre, ayant à peine de quoi manger, Pétrone rassembla une dizaine d'amateurs qui s'engageaient à le faire vivre et à le loger et à chacun desquels, en retour, il promettait un tableau par an. Pétrone, par la suite, le recommanda à Néron quand ce dernier, après l'incendie de la Ville, se mit en tête de construire et de décorer à fresque son nouveau et gigantesque palais, la Maison d'Or – c'est ainsi que déjà on l'appelait avant même que la première pierre en fût posée.

Une paire de précieux vases de jaspe ciselé par

Polyclète qui, disait-on, auraient appartenu à Périclès puis à Alexandre de Macédoine, alluma le regard de Tigellin. Même jeté à la dérobée, ce coup d'œil suffisait à laisser entrevoir la nature rapace et envieuse du préfet.

« Nous sommes frits, Lysias ! » me glissa Pétrone dès que Tigellin eut tourné les talons. « Oui ! Parfaitement frits ! Notre préfet a remarqué mes deux vases grecs. Comme il se veut amateur d'art afin de se sentir plus en "osmose" comme il dit avec le divin Néron, il sera prêt à tout pour mettre la main sur eux. Il n'a ni goût ni jugement et il a beau payer des sommes considérables aux aigrefins dont il s'entoure, il se fait chaque fois refiler des rossignols. Aussi est-ce pour lui plus facile de s'approvisionner chez des particuliers qui s'y connaissent et savent ce qu'ils achètent. »

Pétrone alors de raconter que la semaine précédente, Tigellin avait surpayé deux vases de Corinthe que l'antiquaire lui avait certifié avoir orné la demeure de Périclès et qui évidemment avaient été fabriqués la veille. Tout content, il s'en était allé, ses deux vases sous le bras, les offrir à Néron. Un simple coup d'œil avait suffi à celui-ci pour deviner de quoi il retournait. Néron s'était empressé alors de mettre sur le gril son préfet du prétoire. Le tournant et le retournant à plaisir. « Vraiment, tu as payé un million de sesterces ces deux merveilles ? Mais sais-tu que tu as fait une affaire ! Oui ! Oui ! Une très belle affaire. C'est un prix très raisonnable pour des objets de cette qualité ! Extrêmement bon marché ! Dis-moi Tigellin, ne voudrais-tu pas, par hasard, me faire ta cour à l'économie ? » Et devant la tête de son préfet, Néron avait éclaté de rire. De ce rire inimitable des tyrans dont on sait que dans l'instant même où ils cesseront de rire, ils peuvent vous écraser comme l'enfant le fait d'une mouche sur une vitre et, tout de suite après, se remettre à rire de bon cœur, tout leur saoul.

7

« Allez Marcellus, il faut faire vite ! Prends avec toi deux esclaves et rends-toi au port. Près du portique Æmilien, tu trouveras la capitainerie. Donne-leur l'ordre d'armer ma galère. »

Pétrone allait claquer dans ses mains mais déjà Gordias, son ami et intendant, était devant lui. « Mon autre moi-même » comme il aimait à l'appeler quand il le devinait d'humeur mélancolique, car Gordias était enclin à broyer du noir.

« Je quitte Rome. Ordre du prince. Impossible de refuser son invitation. Changer d'air me fera d'ailleurs du bien. Je serai l'hôte de l'Empereur à Baïes. Cependant, envoie par pigeon des ordres à l'intendant de ma villa à Cumes qu'il fasse préparer ma maison, je tiens à y passer quelques jours avant de me rendre chez l'Empereur. J'y donnerai un souper dont on parlera longtemps. Et puis sait-on jamais, les caprices du prince peuvent lasser, parfois, ses hôtes les mieux constitués… ainsi aurai-je une position de repli… »

Gordias, sans l'avis duquel il n'entreprenait rien, claqua dans ses mains, et la demeure, jusque-là plongée dans le silence, s'emplit de rumeurs. Ce fut en un instant un vacarme d'esclaves qui couraient de tous côtés. Tous voulaient être du voyage. Certains, qui avaient senti planer les signes avant-coureurs d'une catastrophe, s'empressaient autour de Pétrone pour lui baiser les mains et le supplier de les emmener avec lui. Les servantes en premier, qui ne pouvaient retenir leurs pleurs. Pétrone était un bon maître et comme tel, il était vénéré par ses esclaves. Gordias veillait sur eux. Jamais un coup de fouet n'avait retenti dans la maison. Les punitions corporelles en avaient été bannies. Si un esclave prenait la clef des champs, Pétrone, averti de sa fuite, avouait simplement : « C'est dommage ! Je commençais à m'y attacher. Son visage m'était devenu sympathique. Son départ m'afflige. Il ne devait probablement pas se plaire chez moi. Peut-être reviendra-t-il de lui-même ou bien les municipes nous le ramèneront. En tous les cas, qu'on ne lui applique aucun coup d'étrivière. » Et généralement, si l'esclave revenait, soit ramené, soit de lui-même, le gardien des esclaves avait ordre de ne lui faire aucune réflexion désobligeante sur son escapade, et de le réintégrer comme si rien ne s'était passé.

« Pourquoi pleurez-vous ? demanda Pétrone à ses esclaves qui s'étaient regroupés autour de lui. Ce séjour ne sera que de quelques semaines. L'Empereur descend vers le sud pour faire un bout de chemin avec le roi Tiridate qui doit s'embarquer à Brindes. Il est normal qu'il aille se reposer ensuite à Baïes… Il n'y a rien là d'alarmant… » Se tournant alors vers Gordias, il ajouta : « Je n'aurai besoin que d'une escorte de vingt hommes qui embarquera avec moi… Mais qu'ils soient jeunes et beaux… et surtout prêts à subir vaillamment les assauts de certaines de mes connaissances, adorables vieilles choses sénatoriales… »

Pétrone avait à Cumes et dans les alentours du cap Misène un groupe d'amis assez hauts en couleur, comme son cher Manius Curtius, célèbre pour ses piscines, qui avait porté ostensiblement plus de six mois le deuil de sa murène préférée. Un soir d'été, n'y prenant garde, le cher homme se serait laissé aller à quelques privautés avec un jeune légionnaire près du bassin où rôdait son poisson chéri. Selon lui, elle serait morte du chagrin d'amour dont il était la cause, à moins que ce ne fût de dépit.

Ses pleurs qui ne tarissaient pas lui furent reprochés en plein Sénat. Loin de rougir de son chagrin, il l'avoua hautement, s'en vantant même comme d'un acte de piété et de sensibilité.

Non loin de la villa de Curtius habitait une autre connaissance de Pétrone. Elle se nommait Tuccia. C'était une célèbre tribade dont la réputation n'était plus à faire. Dans sa jeunesse, elle avait défrayé la chronique en enlevant une jeune vestale du nom de Manlia au nez et à la barbe du grand pontife. Toutes les deux avaient fui à Gadès en Bétique, où elles s'inscrivirent dans une école de danse. Elles y apprirent bien plus que les rudiments de l'art qu'on y professait. Un art violent à la fois lascif et plein de feu qui, rapidement, se transforme en une seconde nature pour ceux qui le pratiquent. Elles en devinrent les prêtresses. On les rechercha. Elles demandaient des cachets exorbitants pour se produire lors d'un banquet ou d'une cérémonie.

Le temps avait passé et à Rome le grand pontife était mort. L'affaire de l'enlèvement appartenait depuis longtemps au passé oublié. Tuccia et Manlia, la vestale, y revinrent donc. Dans les meilleures demeures du Palatin, on les convia à se produire. Il ne leur fallut que quelques semaines pour établir leur réputation d'artistes. L'impératrice Messaline les demanda au palais. Elles y dansèrent et triomphèrent. Cette société molle et désenchantée se sentait comme fouettée par leurs danses du feu. Sous le patronage de Messaline, elles amassèrent une véritable fortune. Quand survint la chute de leur protectrice, elles trouvèrent plus sage de se retirer. Elles quittèrent Rome pour Naples. Une villa se trouvant à vendre sur le cap Misène, elles l'achetèrent. À peine y étaient-elles installées que la jeune Manlia – qui n'était plus aussi jeune que cela car les années avaient passé – quitta un beau matin le domicile conjugal. Elle avait levé le pied avec une vieille Arabe, riche à milliards de sesterces, qui avait pour habitude de venir prendre des bains de mer entièrement nue sur les rochers en bas du jardin. Elle était vieille, maigre et ridée et aimait le soleil comme un lézard. Elle plut à la vestale et l'affaire fut conclue au premier regard.

Tuccia, qui avait eu le meilleur de Manlia, le prit comme il se devait : en philosophe. « Elle préfère les vieilles plus vieilles que moi. Que veux-tu, on ne saurait lutter contre ces fatalités du désir… » confia-t-elle alors à Pétrone.

Depuis ce jour, Tuccia ne s'intéressa plus qu'au bassin de ses murènes. Une particulièrement lui tapa dans l'œil. Elle venait chaque jour la nourrir. Elle lui parlait. Lui disait des choses ineffables et aussi pas mal de cochonneries qu'elle n'eût jamais osé servir, en d'autres temps, à son amante. Elle l'aimait déjà avec passion quand elle mit à ses ouïes des pendants d'oreilles. On a dit aussi – mais que ne disait-on pas des folies qui se pratiquaient sur cette côte – qu'elle se faisait apporter le poisson dans son lit ; qu'elle le tenait serré dans ses bras quelques instants puis ordonnait qu'on le rapportât dans son bassin. Et cette étreinte lui suffisait pour la combler et éteindre le temps d'une nuit les feux de ses désirs.

« Oui ! Gordias, poursuivit Pétrone, il nous faut leur donner un peu de rêve, à ces vieilles choses, au cul si usé qu'elles préfèrent depuis longtemps à la noble et rugueuse curule, un bain de siège à l'année dans les flots bleus du cap Misène. »

Avec Gordias, son ancien compagnon des années marseillaises, son pote comme il disait, il aimait à galéjer dans l'argot zobain.

Ils s'étaient rencontrés, jadis, sous les portiques de l'académie, à moins que ce ne fût à la palestre. Ils avaient fait les quatre cents coups ensemble. Des fameux bringueurs, à en croire de vieux Marseillais. Quand Caius Pétrone revint à Rome, Gordias l'y suivit. Gordias, à cette époque, était beau. « Mieux. Splendide. Un jeune Alcibiade. Oui vraiment !... » ne manquait jamais de préciser Pétrone, toujours ému quand il lui fallait présenter son intendant. Il lui tenait à cœur de donner une idée de ce qu'avait été la perfection physique de son ami, surtout à ceux qui l'apercevaient pour la première fois. Car à présent de Gordias, à l'exception de son regard vert et de ses jambes qui laissaient deviner l'athlète qu'il avait été, ne demeuraient guère que des vestiges de cette beauté. Pétrone le dépeignait tel un dieu grec et il en brossait un tableau si détaillé que je n'eus jamais, je dois l'avouer, aucun doute quant à leur relation.

Pétrone n'avait pas de la Grèce retenu la leçon socratique, encore que l'idée lui plût et même l'émoustillât. Sa grande rufiannerie, *La Vie aventureuse d'Encolpe et de Giton*, n'est en fait, sous les dehors d'un tableau de mœurs du règne de Néron, qu'une épopée sans illusions sur l'amour en général et les amours masculines en particulier. Aussi, j'incline de plus en plus à penser que Gordias lui servit de modèle pour le personnage du bel Encolpe. Gordias, le seul homme dont Pétrone ait été amoureux. Cette aventure passagère ne fut au fond pour lui qu'une expérience de plus. Pour Gordias, elle fut l'ensoleillement de toute une vie. Aussi lui arrivait-il certains soirs de tomber dans une mélancolie profonde lorsqu'il se souvenait de Marseille, de leur jeunesse, de leurs amours d'éphèbes, même si celles-ci n'avaient duré que le temps d'une saison. Une bonne baise d'adolescents, n'engageant que les sens, c'est ainsi que Pétrone avait dû prendre cette aventure. Mais Gordias non. Il tenta d'oublier ses souvenirs en s'adonnant à la bonne chère et à la boisson.

Au fil des années, ces cuites répétées et cette orgie de boustifaille finirent par gâter sa silhouette. Son corps s'alourdit. Et s'il n'y avait eu que le corps, mais le visage aussi ! Du bel éphèbe aux traits réguliers, il ne demeurait qu'un visage bouffi posé sur un cou gras. Une bouille sympathique au demeurant. Le regard profond et chaleureux qu'il portait sur chacun rendait raison, par l'humanité qui se dégageait de lui, à sa beauté enfuie.

Il fréquentait parfois la palestre et les bains mais les plats en sauce, les viandes mitonnées à la cuisson desquels il veillait personnellement, rendirent rapidement vains ses efforts pour retrouver la silhouette d'antan. Sans se l'avouer il avait peur de vieillir. Aussi avait-il tout entrepris pour se rajeunir. Aux premiers cheveux blancs, il s'était teint avec une décoction de brou de noix ; il s'habillait de tuniques écarlates comme les jeunes hommes à la mode, courtes et très serrées à la taille, qui soulignaient encore plus sa bedaine. Longtemps, il s'était enduit la trogne d'un fard huileux qui dégoulinait au soleil et ravinait son visage en y accentuant la couperose qui y grimpait comme une vigne.

Un matin, il était apparu sans fard ni teinture, vêtu de l'angusticlave, longue et ample tunique à bande pourpre, portée par les chevaliers romains, ordre dans lequel Pétrone l'avait fait recevoir puisqu'il était né libre et était devenu citoyen romain. De plus, il possédait une fortune personnelle importante qui excédait de beaucoup celle qui était exigée pour accéder à cet ordre.

En effet, en plus des domaines, des villas et des esclaves du maître qu'il régissait, il gérait fort bien ses propres intérêts. C'était un financier avisé. Dans les maisons de banques autour du Forum, il avait tout crédit. Son esprit souple, dénué d'obséquiosité, ses manières avenantes, son humeur égale, toujours prêt à plaisanter, le faisaient rechercher par la petite société des Grecs de Marseille établis à Rome et à Ostie.

Je ne saurais l'affirmer mais il est fort probable, ayant connu mon maître comme je l'ai connu, qu'il ait été l'instigateur de ce changement dans l'apparence de Gordias.

Il y a de cela bien longtemps, mais en fermant les yeux, je crois pouvoir les entendre. Gordias est là sous le grand vélarium de la terrasse haute, il transpire son fard et sa teinture ; sa respiration est oppressée, boudiné comme il se trouve dans sa tunique. Pétrone le regarde en souriant. Sans condescendance, ni ironie. C'est qu'il l'aime toujours ainsi qu'on aime son passé ; et avec celui-ci, le souvenir de ses premiers émois d'adolescent ; ou – qui sait ? – un amant pour lequel on n'éprouve plus de désir mais une chaude et tendre amitié. Il se lève de sa méridienne, s'approche de lui et, le prenant dans ses bras, l'embrasse. « Gordias, plus jamais nous ne serons jeunes. Aussi, à quoi bon courir après le passé. N'est-ce pas suffisant d'être ainsi ensemble, de vieillir sous le même toit, de n'avoir aucun secret l'un pour l'autre ? Tu fus le plus giron des minots. Ce furent des années heureuses. Oh, les bonnes giclées que nous nous sommes prises ! Quand tu faisais l'amour tu criais ton propre nom, t'en souviens-tu, comme pour m'en frapper, comme si j'étais ton adversaire, comme une seconde façon de jeter ton foutre. Rien de tout cela ne s'est perdu. Rien. Quelque part, nos amours nous survivent, même si elles ne furent que passagères, consignées dans le grand registre du temps. Car même si les amants s'éteignent, leurs amours demeureront. Mais est-ce pour cela qu'il nous faut encore remettre le couvert et nous glisser à poil dans le plumard, pour y suer, y besogner, et finalement essayer de retrouver la grande secousse en se la fourrant tour à tour, l'un l'autre… » Et il dut lui parler ainsi longtemps car dès le lendemain, l'apparence de Gordias avait changé du tout au tout. Plus de peinture, plus de teinture. Mais toujours sa bedaine dont il ne put se défaire, car il ne savait résister à un bon gueuleton.

Gordias avait ses habitudes aux bains de Mécène. Il s'y rendait en litière, vers la fin de l'après-midi.

L'accompagnait son masseur personnel Yacine, un

Babylonien, qui portait tout son barda d'onguents et de parfum. Gordias avait sa propre maison dans la demeure de Pétrone et Yacine appartenait à celle-ci. Il était grand et de carrure athlétique. On n'aurait su lui donner d'âge. Sa chevelure noire était relevée par une sorte de peigne en ivoire qui lui agrandissait le front. Il se mouvait avec souplesse tandis que son visage avait l'impassibilité d'une momie.

Gordias se faisait des connaissances aux bains. Des petits jeunes ou même de vrais mecs qui, recherchant les hommes mûrs, s'en venaient sournoisement dans la vapeur lui en tailler une. Yacine veillait afin que personne ne le dérange tandis que s'opéraient ces frôlements. Ainsi autour de Gordias s'était formée tout naturellement une sorte de collège de beaux gars qu'il appelait « ses couillus » et qui se renouvelaient au gré du hasard.

Au sortir des thermes, il les emmenait à l'estaminet du coin. Il leur offrait à boire. Toujours les meilleurs vins. S'y retrouvaient autour de lui des garçons de toutes conditions. Des fils de familles nobles, des jeunes chevaliers, comme des garçons de la plèbe ou des fils d'affranchis. Gordias ne leur demandait jamais d'où ils venaient, ni qui ils étaient. Il les décortiquait du regard, comme il aimait à dire, en attendant de les voir venir d'eux-mêmes. Il eût craint de les effaroucher en leur posant trop de questions. Il savait depuis longtemps que le silence est le meilleur des appâts et que la parole tue tout désir. En badinant de tout et de rien, il s'entendait à gagner leur confiance. Évidemment jamais ni un mot, ni une allusion qui aurait pu rappeler ce qui s'était passé entre eux dans la vapeur. Ceci était affaires d'hommes qui ne regardaient personne. Cette discrétion évita à Gordias, personnage pourtant en vue dans une ville aussi potinière que Rome, de faire les frais de méchantes épigrammes. Pas un mot de lui, ni chez Martial, ni chez Juvénal qui, même s'il ne vint à Rome qu'après la chute de Néron, ne se priva pas de déblatérer des horreurs sur son règne.

Assurés de sa discrétion, les garçons se confiaient à lui. Il les écoutait dégoiser leurs fariboles. Chacun avait son aventure à conter. Il se trouvait parfois parmi eux des vadrouilleurs en quête d'un chopin, des truqueurs à la petite semaine, et c'est ceux-là qui lui bottaient le mieux. Pour eux, il avait bourse déliée. Marcellus, qui lui était tout dévoué, avait été pêché dans ce vivier.

J'appréciais Gordias. Lui, en retour, se méfiait de moi. Sans doute devait-il être au fond irrité de l'affection que Pétrone me portait. Nous causions ensemble parfois. Grecs tous deux, nous appartenions à cette race qui savait être idéaliste sans gravité. Cette gravité dont font preuve les Latins nous est inconnue. Elle nous déplaît même. Nous prenons la vie avec une sérénité teintée d'ironie ; comme une chose dépourvue de surnaturel. On nous dit superficiels. Sans doute ! Si cette gaieté divine des héros d'Homère doit nous faire passer pour frivoles.

Comme tous ceux de notre nation, que nous soyons de Bithynie ou de Marseille, nous avions, Gordias et moi, un penchant pour les cancans et même la médisance ; et il me faut avouer qu'en ce domaine, il était une mine. Ainsi petit à petit, en conversant, je vins à bout de sa défiance.

Ce fut lui le premier qui me parla du cabanon de Pétrone et de la calanque face aux îles des Stoechades ; des Marseillais qui discutaient philosophie à chaque coin de rue avec la négligence de celui qui possède sa petite idée là-dessus. Un soir où, sans contrainte, nous avions plaisanté sur mille bagatelles et que je le sentais à la coule, je le questionnai sur la défunte femme de Pétrone et sur leur fils, Marcus. Nous nous tenions sur la haute terrasse qui se trouvait en partie éclairée par des torches. Surpris par ma question, Gordias sursauta. Il changea de visage. On eût dit qu'il venait d'apercevoir un spectre. Il recula comme pour se soustraire à la lumière. Rejeté dans l'ombre, je l'entendis étouffer un sanglot. Honteux de mon indiscrétion, je le quittai sur-le-champ.

Quelques jours se passèrent et un soir, venant à moi, Gordias, le plus naturellement du monde, m'invita à le suivre dans ses appartements. Un insigne honneur dont peu de personnes de la maisonnée pouvaient se targuer.

Il logeait dans l'aile sud de la demeure. Quatre pièces en enfilade, meublées sobrement et avec goût. Il me pria de m'asseoir et tira un siège près du mien. Sur un guéridon se trouvaient deux coupes d'or ciselées et une aiguière d'un travail exquis. « Veux-tu goûter de ce vin, Lysias ? Il me vient d'une propriété que je possède encore non loin de Marseille. Il faut le boire frais et à petites gorgées… alors tu verras comme il délie l'esprit… Surtout ne le coupe pas d'eau comme on a l'habitude de le faire ici. Les Romains ne connaissent rien au vin. Leurs meilleurs crus sont tous gâchés par les épices dont ils les agrémentent… J'en ai fait mille fois la remarque à Pétrone, mais il ne veut rien savoir… Comme il est l'arbitre des élégances, il faut s'incliner… » Et il se mit à rire. C'est que ce titre d'Arbitre des élégances ne l'impressionnait guère, et moins encore celui d'Ami du prince. D'ailleurs, nous les Grecs, par quoi pouvons-nous bien nous laisser impressionner ? La mort ? Pas même. Elle vient à nous en souriant. Voyez le récit de la mort de Socrate par Platon, il est à peine embué d'une teinte de tristesse.

Le vin nous étant monté quelque peu à la tête, nous parlâmes sans contrainte. Gordias avait la langue bien pendue et le trait acerbe, sans pour autant être cruel. Comme la conversation s'éternisait, je commençais à le soupçonner de noyer le poisson à la blague. Gordias dut le deviner. Aussi se leva-t-il pour remplir à nouveau nos gobelets. « Un dernier coup, Lysias, et ensuite je te montrerai quelque chose qui t'intéressera, j'en suis sûr… » Nous trinquâmes. Puis il m'entraîna dans sa chambre. Une pièce vide à l'exception d'un grand lit d'ébène avec des sangles de bœuf. Il pointa du doigt l'un des murs où se trouvait suspendu un portrait. Brandissant son gobelet, il porta une santé : « Salut Marcus Pétrone Arbiter ! » L'effet du vin ajouté à celui de l'émotion le fit tituber. En fait, il était parfaitement rond. Il aimait, je l'ai dit, se piquer le nez, du moins c'est ce que prétendaient ses esclaves. Je n'avais jamais attaché d'importance à ce ragot pour la simple raison que je ne l'avais jamais vu ivre, même lors de la fête des Saturnales. Il se pochtronnait, en fait, en solitaire, probablement pour mieux rêver au passé, à ses amours défuntes, à ce garçon qu'il avait entraperçu la veille, qu'il avait laissé s'échapper et qu'il regrettait car, il en était sûr, ils se seraient follement aimés ; ou plus simplement pour calmer le vieux démon de la mélancolie qui, certains soirs, s'en venait lui titiller l'âme.

Il me poussa violemment vers le mur où se trouvait le tableau que je reconnus pour être une œuvre de jeunesse de Fabulus. Le portrait représentait un jeune homme. « Regarde-le bien, mon chou ! Regarde ! Voilà Marcus, le fils de Pétrone ! Ne vois-tu pas là une ressemblance ? Ne me dis pas Lysias que cela ne te saute pas aux yeux ! Le vin ne t'a pas troublé la vue à ce point. Même moi qui suis complètement gris, je l'aperçois d'ici... » Je ne la voyais que trop bien cette ressemblance. Ce portrait aurait pu être le mien, à l'âge où le duvet des joues devient du poil que l'on rase avant d'abandonner la toge prétexte. Gordias tenait sa main posée sur mon épaule. « Tu comprends maintenant. Pour lui, tu n'es qu'une pâle réincarnation de son fils. Aussi il ne faut pas rêver, gamin ! Jamais il ne te la foutra au cul !... »

8

« Point de servantes, Gordias ! Celles qui sont attachées à ma villa de Cumes suffiront au service pour les quelques jours que j'y demeurerai avant de me rendre à l'invitation de l'Empereur. Point de licteurs non plus. Que l'on joigne uniquement à mes bagages les deux grands vases de jaspe qui ont émoustillé l'œil de Tigellin. Peut-être en ferai-je don à César comme cadeau de bienvenue. Va, Gordias, et veille à tout. »

La nuit était tombée, grasse et charnue, quand Pétrone descendit de ses appartements. Il avait abandonné la toge pour une tunique courte à la grecque par-dessus laquelle il avait jeté négligemment un manteau en fine laine de chameau dont il avait rabattu le capuchon sur sa tête.

La cour des écuries résonnait du hennissement des chevaux. Ils piaffaient d'impatience et les palefreniers avaient du mal à les retenir. C'était de magnifiques montures, pour la plupart entiers. Aux petits chevaux rapides de Numidie, s'ajoutaient des étalons provenant des meilleurs haras de Lusitanie. Leurs crinières teintes en bleu tranchaient sur leur robe de neige. Leurs sabots vernissés étaient enveloppés dans des housses de sparterie. Ils se cabraient, affamés d'espace, ne demandant qu'à s'ébrouer. Il se trouvait également des hongres pour servir aux attelages. Les lads s'affairaient en tous sens à la lumière des torches qui venaient, comme en un miroir, éclairer la croupe bouchonnée des magnifiques coursiers.

Les coffres de voyages en cuir fauve cloutés d'argent furent entassés dans une voiture attelée à un train de mules aux flancs gras et lustrés.

La nuit creusée par les lueurs des torches et des flambeaux, les ombres dansantes des chevaux impatients sur les murs, le bruit des armes, leurs reflets aigus, le cliquetis des mors, les pleurs étouffés des servantes conféraient à ce départ une touche mélodramatique dont Pétrone sembla s'agacer ; encore que son œil d'amateur appréciât ce tableau fait de clair-obscur, ainsi que ces visages juvéniles tirés un instant de la nuit pour y être aussitôt replongés.

Pétrone monta sans plus attendre dans sa litière. À peine s'y était-il placé que le palanquin fut soulevé par huit Numides à la musculature taillée dans le granit et à la dentition puissante, toute prête à dévorer la nuit. La porte de la cour des écuries grinça sur ses gonds et le cortège s'ébranla.

Pétrone ne se retourna pas. Il ne manifesta aucun

signe d'adieu. Pourtant il ne pouvait ignorer que Gordias se tenait, immobile et majestueux, sur la haute terrasse. Rien ne devait troubler la négligence détachée de ce départ à l'improviste.

Notre petite troupe s'engagea dans la sente qui coulait entre les jardins. Laissant sur la droite ceux de Salluste, nous nous engageâmes dans Suburre. Une troupe de fêtards mal intentionnés voulut s'en prendre à nos bagages mais les épées des gardes brillèrent et les rufians à moitié ivres détalèrent.

Nous contournâmes le Capitole, passâmes devant le temple de Mars avant d'atteindre la curie de Pompée ou plutôt ce qu'il en restait depuis qu'elle avait été transformée en latrines publiques. Probablement, un jour, les excréments de la plèbe embrèneront nos plus héroïques souvenirs, puisque l'honnête citoyen chie et pisse là même où, jadis, le grand César fut proprement suriné.

Bientôt, le Tibre fut en vue. Notre troupe dépassa l'île Tibérine puis, à la hauteur du pont Émilien, elle s'engagea sur la rampe qui menait aux quais. Une foule grouillante d'esclaves s'affairait autour des navires amarrés qui ouvraient leur panse. S'en échappaient, à flots continus, les richesses glanées aux quatre coins de l'Empire.

Nous dûmes nous frayer un passage à coups de plat d'épée dans cette confusion de charrettes et de chariots. Les plaisanteries salaces des mariniers faisaient écho aux jurons des galériens qu'on enchaînait. L'odeur fétide du grand cloaque qui débouche dans le Tibre non loin en amont se mêlait aux plus subtiles essences de l'Orient. Chacun allait et venait sans se soucier de l'autre. Ici, un vieux Juif reconnaissable à ses boucles trottait affolé tenant une tablette et un stylet entre des ballots de marchandises empilées. Il comptait et recomptait avec la même application qu'il devait mettre à déchiffrer la Torah, s'assurant de ne pas avoir été estampé. Là un commerçant syrien houspillait ses grouillots qui ne chargeaient pas assez vite, à son goût, les sacs sur ses charrettes. Une troupe de Nubiens crépus, aux lèvres violettes, s'avançait drapée de nuit. À poil, la peau encore poudrée de la terre ocre d'où on les avait arrachés, ils passaient un par un devant le marchand d'esclaves qui les câlinait du regard en pensant au pognon qu'il allait empocher avec de pareils spécimens. De la barbaque humaine qui valait de l'or ! Parfois pris d'un soupçon, il en arrêtait un et lui ouvrait la bouche comme à un cheval pour voir s'il n'y avait pas tromperie sur la marchandise. Pas de dents gâtées. Aucun danger, alors, qu'il s'en aille d'une haleine fétide cunnilinguer le délicieux delta des poupées des beaux quartiers. Car appareillés de la sorte, ils étaient certains, dès qu'ils auraient assimilé les élégances de la langue latine, de faire une belle carrière comme bonbon exquis à sucer dans les partouzes palatines. Les moins bien découplés iraient faire un tour à l'amphithéâtre, comme les tigres non loin de là qui, dans l'obscurité, feulaient, allant et venant au fond de leurs cages.

La litière s'était arrêtée devant une galère liburienne aux mâts de laquelle les marins hissaient les voiles carrées. Les cavaliers de l'escorte mirent pied à terre. Les chevaux furent attachés par leurs rênes à de gros anneaux scellés dans la muraille du quai. Marcellus, qui avait été envoyé en éclaireur, vint à notre rencontre dès qu'il nous aperçut. En deux mots, il expliqua que le brigantin enfin arrivé de Marseille n'avait pu trouver de place pour s'amarrer, malgré le bon vouloir de la capitainerie, et avait été obligé de repartir. Cependant, les matelots avaient eu le temps de décharger du navire quatre viviers remplis d'eau de mer et regorgeant de poissons pour les recharger aussitôt sur la galère de Pétrone.

Marcellus, qui aimait toujours donner de l'épaisseur à ses récits, se mit à décrire à Pétrone l'équipage marseillais. Bientôt, il s'en vint à donner un crayon rapide d'un vieux chnoque qui se trouvait parmi l'équipage phocéen. « Un de ces caractères que tu aurais apprécié, maître. Vraiment un type tout à fait rigolo ; surtout dans sa façon de s'exprimer. Et puis il fallait voir comme il s'était mis sur son trente et un. Tu aurais vu la mine qu'il fit quand le capitaine lui annonça qu'il n'était pas question de t'attendre et qu'il fallait que le brigantin reprenne au plus vite la mer. Il faisait pitié à voir. Je l'ai senti au bord des larmes. Pour un peu, il eût chialé comme un gosse. Il se mit à renifler bruyamment dans un foulard rouge qu'il avait détaché de son cou. Après un moment, sortant son gros nez de l'étoffe dans laquelle il n'avait cessé de se moucher, il me fixa. Et sans préambule, comme cela, tout à trac, il se mit à me dégoiser sa recette : “Il n'y a qu'une façon de la réussir, gamin ! Tu le lui diras bien à mon mignon Caius, hein ! Tiens, prends tes tablettes et note ce que je vais dire, parce que comme je te vois là, avec ta jolie petite gueule d'amour, dès qu'une donzelle passera... vrout ! Tu lui courras après et, alors, la recette, vrout ! Elle sera oubliée ! Note bien ! Car tout arbitre des élégances qu'il soit, il est capable de se foutre dedans, le Pétrone, quand il lui faudra expliquer à ses marmitons comment il faut monter la rouille. C'est qu'il y a si longtemps, il doit même plus s'en souvenir. Et une bouillabaisse, sans rouille, ça n'existe pas. La rouille, petit, ça fait tout le chic de ce plat ! C'est Oscure, Phocéen et homme libre, qui te le dit ! La recette que je vais te donner est pour dix personnes ; à toi après de multiplier selon le nombre de convives. Mais n'aie crainte il y a dans les viviers assez de poissons pour faire saliver toute une légion. Enfin... disons plutôt une cohorte. La recette d'Oscure, et il n'y en a qu'une, la voilà. Tu commences par écraser trois grosses gousses d'ail avec deux bons gros piments de Carthage. Tu me fais une pâte de tout ça en y ajoutant les foies des poissons. Bien moelleuse, la pâte, hein ! Ensuite tu casses trois œufs dont tu ne gardes que les jaunes et tu me les montes avec de l'huile d'olive comme s'il en pleuvait... Un ailloli au piment, tout juste gamin ! Et tu me la mélanges ensuite avec la pâte en y rajoutant ce qu'il faut de sel, de poivre, et tout ce qui te tombe sous la main d'épices fortes à foutre les ovaires de Mme Perséphone en papillote, parce qu'à ce qu'on m'a dit, ça ne baisouillerait plus très fort aux Enfers !..." » Marcellus avait un don d'imitateur qui tenait du grand art. Il aurait voulu faire l'acteur, mais Gordias s'y était toujours opposé car il aspirait, pour son protégé qu'il avait tiré des chemins du dévergondage, à une carrière plus noble. Il le voyait magistrat ou qui sait, consul. Marcellus était chevalier romain. D'ailleurs, il portait l'anneau d'argent de son ordre à l'annulaire. La faillite de son vieux, promptement suivie de son suicide, l'avait laissé sur la paille ou plutôt sur le trottoir d'où Gordias l'avait tiré.

Gordias eut raison finalement de l'empêcher d'embrasser la carrière de comédien puisque nous fûmes, Marcellus et moi, par deux fois collègues. À l'édilité d'abord, l'année où Vespasien et Titus briguèrent la censure et réorganisèrent le Sénat ; à la préture, la première année du principat de Domitien. Quiconque en douterait peut consulter les fastes de Rome à ces dates et ils y liront nos deux noms consignés : Caius Petronius Lysias et Gnaeus Marcellus Gordias.

Grec, j'avais obtenu à la mort de Néron, durant l'éphémère règne de Galba, la faveur d'entrer dans la gens des Petronii et en avais pris le nom ; Marcellus avait gardé le sien mais avait ajouté en souvenir comme surnom celui de son bienfaiteur. Je me suis laissé dire par la suite qu'après mon départ de Rome, il fut deux fois consul.

Bref, Marcellus, dans sa jeunesse, était un acteur né. Et son imitation d'Oscure fut si réussie qu'elle mit en joie Pétrone. Soudain, au milieu de la cohue du port, c'était bien son vieux et brave Oscure qui resurgissait du passé. Celui-là même qui lui avait appris à pêcher à la palangrotte. « Oui ! C'est cela ! C'est tout à fait lui ! Le gandin des barcasses qui a ses élégances à ses heures ! En bon vieux Grec, il ne dit pas Proserpine mais Perséphone. Je crois le voir avec ses accroche-cœurs et son foulard noué négligemment à l'artiste. Ah ! Comme il se rengorgerait s'il pouvait savoir qu'il a lancé une mode. C'est vrai. Un jour, Néron me surprit avec un foulard jeté autour du cou, à la va-vite, il trouva l'invention assez chic. Depuis, il se trimbale partout avec un foulard autour du cou. Ah ! Cher Oscure… » À cet instant, le visage de Pétrone s'assombrit. Je le vis porter une main à sa gorge. Il semblait étouffer. Il était en proie à ce phénomène bien connu quand les souvenirs anciens, enfouis, souvent même oubliés, remontent du passé avec une violence trop soudaine, rameutant en nous la tristesse des jours enfuis. Je m'apprêtais à faire un geste vers lui. Mais devançant ma pensée, il m'écarta. Rien, et surtout pas d'attendrissement, ne devait venir perturber par des bouffées sentimentales la courbe désinvolte qu'il entendait donner à ses adieux à Rome.

Déjà, il s'était repris. S'adressant à Marcellus, il lui demanda : « A-t-il précisé combien il faut mettre de tiges de fenouil pour le fond de sauce ? – Oui, maître. Et il m'a dit aussi qu'il ne fallait pas oublier ni l'écorce d'orange, ni le safran. – Et pour les poissons ?... – Des rascasses, des vives, des baudroies, des saint-pierre, des congres, des langoustes, des gallinettes et aussi des chapons bien qu'ils ne soient pas utiles pour sa recette mais simplement parce que vous en raffoliez, m'a-t-il dit... – Ah ! Cher Oscure !... Mais les autres, les petits pescaillous de roche ?... – ... Un vivier plein. Mais surtout m'a-t-il recommandé que le cuisinier se garde bien de les écailler... – Bien... Maintenant donne-moi tes tablettes, Marcellus, j'en prendrai soin. La vraie recette de la bouillabaisse donnée par un Phocéen de vieille souche, c'est plus important pour la civilisation qu'un discours de notre bavard Cicéron... » Ayant pris les tablettes, il me les remit. Alors il s'adressa aux esclaves qui lui avaient servi d'escorte jusqu'au port. « Maintenant va commencer notre voyage. Encore quelques jours et ensuite je n'aurai plus besoin de vos services. Aussi, dès à présent, vous pouvez vous considérer comme des hommes libres. Ainsi que vos collègues qui sont demeurés à la maison. Marcellus, rapporte-leur mes paroles. Que les servantes et leurs enfants soient libérés aussi... » Il lui tendit le rouleau qu'il tenait à la main. « Remets ce document à Gordias. Tout est en règle. Qu'il se présente chez le préteur demain dès la première heure. Adieu, Marcellus... » Tous demeurèrent muets et Marcellus le premier. C'est alors que se tournant vers moi, il me dit : « Toi, Lysias, tu es du voyage... » À peine avait-il prononcé ces mots qu'il gagnait à grandes enjambées la passerelle de la galère, promptement suivi par ses gardes. « Allez pilote, mets à la voile et conduis-moi jusqu'aux Enfers.

» N'est-ce pas, comme l'affirme un de nos tragiques, entre Baïes et Cumes, auprès des eaux du lac Averne, que s'ouvre la porte profonde de l'Achéron, par où sortent les âmes enveloppées de sombres ténèbres et les fantômes ruisselants qui évoquent le sang des victimes. »

III

LE VOYAGE

(du 25 à la minuit
au 27 septembre au crépuscule)

1

Les amarres larguées, la galère glissa le long du quai. Quelques lattes de la grande écoutille grincèrent. Le charpentier vint y enfoncer un coin. Le vent était tombé. Le pilote donna l'ordre d'affaler la voile. Aussitôt, les matelots grimpèrent dans les gréements pour exécuter la manœuvre. Le pilote ordonna de mettre à la rame. Une rumeur étouffée mais continue monta alors de la panse du navire. Comme le souffle rouge et puissant d'une forge. Par moments, sur cet ahanement se détachaient des bordées d'injures pareilles à des broderies sonores. Un brouhaha confus de voix rauques qui rendait plus mystérieux encore ce départ de nuit.

Ce n'était que le bavardage animé des galériens enchaînés dans les cales. Des êtres en marge de la vie, engraissés de dédain et de haine, sacrifiés à l'austère servitude de la mer. Le baragouin aigu et fébrile des Orientaux se mêlait aux propos éméchés de quelques

Germains qui, à coups de jurons, rejetaient leurs propositions malhonnêtes. Ce bourdonnement confus de voix balayait le pont et s'évanouissait dans l'immense paix de la nuit.

Pétrone s'était retiré dans sa cabine à la proue du navire sous l'aplustre, un alcyon en bois sculpté. La tenture qui fermait sa cabine n'était pas épaisse. On pouvait par transparence l'observer marchant fiévreusement de long en large dans sa carrée. On eût dit qu'il se battait avec ses sombres pensées; qu'il reprenait sans cesse sa difficile querelle avec lui-même.

Les jeunes gardes se tenaient groupés à l'arrière. Certains, enveloppés dans leur manteau, dormaient déjà à même le pont, d'autres bavardaient, d'autres encore, penchés sur le bastingage, tentaient de percer les mystères du fleuve sombre qui les entraînait au cœur d'une nuit plus sombre encore. Les falots qui, de loin en loin, jalonnaient les rives, striaient les eaux noires de rais de lumière. Pas un souffle. Le vent d'Afrique n'avait relâché que pour reprendre sans doute encore plus chaud à l'aube.

Le jour nous surprit alors que, sortant du canal d'Ostie, nous éprouvions l'effet du mascaret. Nous venions de quitter les eaux du Tibre et la galère, déjà, filait vers la haute mer. Le vent se levait lentement. Les matelots se trouvaient dans les gréements quand il se mit à souffler en pleine voile.

2

Cette nuit de veille avait eu raison de mes forces. Aussi aux premiers rayons du soleil, je m'étendis à même le pont et posant ma tête sur le manteau que j'avais roulé en boule, je tentais de trouver le sommeil. Je me laissais bercer par le bruit des rames. De temps à autre, le fouet du maître des galériens venait en interrompre le rythme. Je sombrais bientôt dans une profonde torpeur.

Quand je me réveillai, le soleil était au zénith. La houle s'était levée et le navire, soudain, essuya de brusques risées. À cet instant, la vigie cria : « Galère impériale à bâbord ! » En effet, une des trirèmes de la flotte impériale se dirigeait droit sur nous. Les buccins se firent entendre comme s'il s'agissait d'une sommation. Le pilote donna ordre au maître des galériens de faire rentrer les rames afin de faciliter la manœuvre pour que les deux navires puissent s'aborder, dans le cas où un passager imprévu aurait à monter à bord. Quand le navire impérial fut assez près, on put apercevoir à la poupe un prétorien de la garde personnelle de l'Empereur qui, empoignant un porte-voix, cria dans notre direction : « Par ordre de l'Empereur, un message pour Caius Petronius, sénateur romain et ami du prince. » Les deux navires se trouvèrent bientôt bord à bord. Alors le pilote, s'adressant au prétorien, lui demanda s'il voulait que l'on tirât une passerelle pour qu'il puisse venir délivrer personnellement le message. Il répondit qu'il n'en avait pas reçu l'ordre et que le capitaine soit assez aimable pour le transmettre à l'intéressé. Il tendit à l'un des matelots le rouleau qu'il tenait à la main. Ce dernier s'apprêtait par-dessus le bastingage à le remettre à notre capitaine quand le reflux d'une vague écarta les bateaux. Aussi le matelot jeta-t-il le message qui vint rouler sur le pont. Je saisis le rouleau scellé du sceau personnel de l'Empereur.

Déjà la galère impériale s'éloignait quand j'entrai dans la cabine de Pétrone. Je pensais le trouver endormi ou en train de lire : elle était vide. Je demandai alors à un des marins s'il avait vu le maître. Il me montra une trappe près du mât par laquelle à l'aide d'une échelle on accédait aux cales.

J'avançai le long d'un étroit passage entre les bancs des galériens. Nus pour la plupart, ils offraient des bras, des dos, des torses tatoués comme des chefs cannibales. Je ne perçus là qu'un entremêlement de chairs et de muscles déformés par l'effort. À mon passage se fit un bourdonnement d'où par instants s'échappait un lazzi : « Allez fiston prends ma place ! Tu verras c'est bon pour la santé ! Tu vas t'y faire les biceps, mon mignon… » Suivaient des plaisanteries obscènes, des jurons qui n'étaient que le trop-plein de leur fureur. Certains riaient à en pleurer, de ce rire du désespoir ; d'autre affichaient un sourire stupide, abêtis par leur condition de bagnard ; d'autres encore un air de mépris. Une morgue héritée probablement d'une vie antérieure, qui leur permettait de maintenir malgré leur état méprisable un semblant de dignité. Plongé dans cette atmosphère de moiteur saline et de transpiration humaine, avec ces regards de dédain et de haine fixés sur moi, ces bouches béantes et noires prêtes à vomir l'injure, j'eus la révélation d'un monde d'infamie, loqueteux, privé de tout espoir, d'une dèche absolue, qui n'était peut-être que le prolongement de notre univers brillant, qui sait ? – sa déjection.

J'étais prêt à rebrousser chemin quand je croisai sous une tignasse ébouriffée le regard bleu et rêveur d'un jeune géant au visage imberbe de gosse. Sa peau blanche luisait comme du satin. Il était beau. Et il me toisa avec l'arrogance que la beauté confère. Une lueur malicieuse dansa dans son regard. Je ne pus m'empêcher de lui demander : « Gaulois ? – Non ! Breton… » répondit-il d'une voix où perçait une hauteur naturelle. J'y discernai même une certaine condescendance. Je me trouvais certainement, pensai-je alors, devant un de ces jeunes guerriers qui se peignent le corps en bleu pour s'en venir donner du fil à retordre aux légions romaines. Malgré son air crâne et ses six pieds deux pouces, c'était encore un môme. Dix-sept ans ; dix-huit au plus. En me regardant, j'avais l'impression qu'il embrassait de tout son haut ma sottise de Grec vaniteux. Et avec la mienne, toute la sottise humaine. C'était, à n'en pas douter, un fils de roi, en tout cas, de chef de tribu. Tout l'indiquait. Et en premier cet air de me dire : tu veux encore en savoir plus sur moi ? Eh bien questionne. Vas-y ! Qu'est-ce qui t'en empêche ? Malgré les entraves des fers, il s'était redressé et déjà se levait de son banc, quand sur ses épaules claqua le fouet du maître des galériens. D'autres coups s'apprêtaient à pleuvoir quand je saisis le grand Numide à la tête de mort par le poignet : « Non, plus de fouet ! Le maître n'aime pas cet instrument, tu le sais… »

Sans questionner plus amplement le jeune homme, sans même avoir pour lui un regard – ne fût-ce que de compassion, je poursuivis mon chemin vers l'arrière du navire où je trouvai enfin Pétrone. Il était penché sur les viviers qu'on avait entreposés là. Il regardait, fasciné, tous ces poissons qui allaient et venaient. « Et dire qu'ils ne se doutent pas qu'ils vont finir dans l'estomac de quelques vieilles peaux ridées de la cour de Néron – lesquelles, pour ne pas prendre de poids, iront se faire vomir avec une plume aux latrines durant le souper. Regarde cette grosse daurade, comme elle est insouciante et cette girelle argentée, comme elle virevolte sans se douter que je la scrute un peu comme j'imagine que me scrute Néron. »

J'allais lui tendre le message impérial quand il me saisit la main. « Pour cela, on a tout le temps. Regarde plutôt cette langouste ! N'en as-tu jamais vu une aussi grosse ? Moi, jamais ! Langouste de Marseille, je te nomme Marcus Gabius Apicius, en honneur de ce fin gourmet. Sais-tu Lysias que vers la fin de sa vie, cet exquis sybarite sillonna la mer Tyrrhénienne, la mer Égée et la mer Ionienne en quête de l'idéale langouste, sans jamais la trouver ? Aucune des prises ne le satisfaisait. Il les regardait, hochait la tête et les faisait remettre à la mer. Il y avait là, au-delà de l'obsession du gastronome, une véritable quête de l'absolu. On a dit qu'il s'était suicidé parce que, ruiné par ses folies culinaires, il ne lui restait plus que dix millions de sesterces qui ne lui auraient pas suffi à maintenir son train de vie. C'est faux. Il s'est empoisonné par désespoir à cause de cette langouste inaccessible… » Pétrone à cet instant s'arrêta et, détournant les yeux des viviers, abandonnant Marcus Gabius Apicius et sa langouste à leur sort, il fixa les bancs des galériens, qu'on distinguait à peine dans la pénombre. D'une voix détachée, il me demanda : « J'ai cru comprendre que tu avais eu un argument avec Juba, le maître des galériens ?… » Sans attendre ma réponse, il ajouta : « Tu as eu raison, ce jeune Breton mérite qu'on s'intéresse à lui… Je passais au prétoire quand il fut jugé… Je m'enquis de sa faute… Il s'agissait d'un vol à l'étalage… Rien de vraiment grave… Il avait dérobé un pâté… Malgré mon intervention et celle d'un certain Quintus dont il était l'esclave, le juge rendit une sentence de mort. Ce magistrat était une créature de Tigellin. Ayant vu que je m'intéressais au sort du jeune homme, il émit ce jugement inique pour me contrarier et ainsi faire à bon compte sa cour au maquignon impérial. Toutefois, il laissa au condamné le choix entre la strangulation, la crucifixion au-delà de la porte Esquiline ou un combat dans l'arène lors des jeux de midi. Autant dire que c'était l'envoyer à la mort dans les trois cas… Je lui fis dire, cependant, de choisir le combat dans l'arène. L'empereur Claude, cette andouille impériale qui m'inspira un pamphlet écrit en grec, *L'Élévation des crétins*, qui, je dois l'avouer non sans quelque fierté, enfonce toutes les Citrouillades de Sénèque ; d'autant que cet ouvrage je l'ai commis, moi, du vivant de cet empereur… Eh bien ! Cette andouille sanguinaire raffolait de ces combats de midi où aucun gladiateur ne devait échapper à la mort. Il lui arrivait parfois de se retrouver seul dans l'amphithéâtre pour assister à ce spectacle dégradant ; à l'exception bien entendu d'une poignée de gogos assoiffés de sang qui ripaillaient d'un casse-croûte rapide sur les gradins côté ombre. Le gros des spectateurs avait quitté le cirque pour aller se restaurer et ne revenir que dans l'après-midi pour assister à des combats entre professionnels. Claude prenait un plaisir obscène à regarder les visages de ces combattants inexpérimentés alors qu'ils expiraient. Oui ! Vraiment ! Un drôle de coco lui aussi ! » Pétrone m'expliqua ensuite comment il avait dédommagé le maître du jeune esclave. Ce Quintus lui avait demandé une somme importante car Adminius – c'était le nom du jeune homme – descendait, paraît-il, en ligne directe d'un chef de l'une de ces tribus barbares qui peuplent le pays d'au-delà de la rivière Clyde. D'ailleurs il y eut un Adminius qui, chassé par son père, un roi de cette région, était naguère venu se réfugier auprès de l'empereur Caligula quand celui-ci se trouvait en Gaule. Bref, l'arrière-arrière-petit-fils d'un roi de Calédonie avait volé un pâté et Pétrone, après l'avoir racheté à son patron, s'en était allé trouver le laniste des jeux de midi qu'il soudoya facilement. Libéré, le jeune Adminius servit quelque temps à la demeure du Quirinal. Cependant, l'amitié que Pétrone lui montrait inquiéta Gordias, qui bientôt le prit en grippe. Toutes ces choses s'étaient déroulées durant mon voyage de quelques mois l'année précédente à Alexandrie. À mon retour, Adminius avait déjà quitté la maison depuis plusieurs semaines. Pétrone l'avait envoyé servir sur sa galère. C'était une forte tête. Une semaine avant notre départ précipité, le capitaine pour le mater l'avait mis aux fers avec les galériens. Pétrone avait été surpris de cette décision. Mais comme dans la marine le seul maître à bord est le capitaine, il s'était incliné.

« Donne-moi maintenant le rouleau que tu tiens à la main… » Il le prit, fit sauter de son ongle le cachet et parcourut rapidement la dépêche. « Bon ! Une corvée de moins ! Nous voilà décommandés par le capricieux Néron. Eh bien ! Nous irons à Cumes et il n'aura pas en cadeau mes deux beaux vases. Quant aux poissons que j'ai fait venir à grands frais de Marseille et dont je voulais le régaler, je les destine à un souper que je veux mémorable. Que Néron se le tienne pour dit ! Car s'il lui venait l'idée de donner un raout le même soir, il est fort probable qu'il ne trouverait aucun convive digne de ce nom dans les environs pour se rendre à son invitation. Il y a encore, grâce au ciel, des gens au cap Misène, à

Capri, à Ischia et sur la côte jusqu'à Naples qui savent faire la différence entre un souper chez Pétrone et un dîner chez Lucius Domitius Ahenobarbus… Viens Lysias, nous allons lancer nos invitations… Ah ! Dieux ! Que tout cela est amusant !… J'ai toujours soupçonné en moi un mondain anarchiste ! »

3

Le reste de la journée se passa jusqu'au soir à dresser des listes d'invités. Fallait-il convier celui-ci plutôt que celui-là. Celle-ci plutôt que celle-là. Je jetai en l'air le nom de Valeria. « Non surtout pas Valeria ! Sa laideur était encore passable sous le règne de Claude, mais aujourd'hui elle est à faire peur. Totalement sous la coupe de ses Égyptiens, passés maîtres en cosmétique. Chaque année, elle leur abandonne une véritable fortune. Et on en voit le résultat ! La pauvre, d'année en année, s'est laissée transformer en une momie vivante. Tendue comme une vieille peau de tambour : on aurait mauvaise conscience à raconter devant elle une de ces blagues de fin de repas. Imagine que, sous l'effet d'un éclat de rire, tout ce merveilleux rafistolage se mette à se débiner. D'un coup, crac ! On en entendrait parler jusque sur l'Euphrate où elle s'en va une fois l'an barcaroller chez de vieux parents. C'est dommage, elle avait une fort jolie conversation avec ce tour oriental de perfidie… Son accent était inimitable. Personne mieux qu'elle ne savait roucouler avec des airs de colombe rengorgée les pires saloperies… » Et aussitôt Pétrone de rayer définitivement Valeria de la liste.

Ce fut ainsi, durant des heures, des tergiversations

sans fin. Et à chaque fois, j'avais droit à un crayon succulent et le plus souvent vachard de la personne qu'on excluait. Aucun choix ne semblait satisfaire Pétrone. Si on invitait celui-ci, on ne pouvait inviter celui-là puisque ce dernier, quoiqu'il se soit depuis racheté une vague conduite, avait dénoncé le père du premier à l'impératrice Messaline pour « crime de majesté ». L'impératrice, plutôt que de le faire traîner devant le Sénat, ce qui, vu le motif de l'accusation, eût fait se taper sur les cuisses les pères conscrits, le dépêcha promptement dans l'autre monde. Elle le fit étouffer dans son sommeil par un esclave que l'affranchi Narcisse avait gagné avec de l'or. Son unique tort avait été, lors d'un banquet assez arrosé, de s'être laissé aller à un trait d'esprit qu'a repris depuis Juvénal en un vers célèbre. Il ne faisait que dire ce que chacun dans Rome pensait, alors, plus ou moins bas : à savoir que l'auguste catin, après ses nuits passées dans les lupanars de Suburre, se retrouvait au petit matin « lassée mais non rassasiée ».

Aussitôt Pétrone effaça les deux noms et il se remit à en aligner de nouveaux. Il échafauda ainsi des combinaisons de noms, dressa des listes, imagina des plans de table. Quand Pétrone pensait tenir la solution, au dernier moment il se trouvait toujours un détail, quelque chose qui clochait. Et aussitôt il recommençait à peser le pour et le contre, celui-ci et pas celui-là. Et chaque fois en relisant ses tablettes, Pétrone d'un stylet rageur barrait des noms.

« Il n'y a pas de souper réussi sans quelques ostracismes. Ma grand-mère Fabia Maxima, qui savait son monde, avait l'habitude de dire que si l'on donnait une fête, c'était moins pour ceux que l'on invitait que pour ceux qu'on en avait exclus. Elle avait tant de goût pour la jolie conversation qu'elle avait restreint le nombre de convives par table : un peu plus que les Grâces et un peu moins que les Muses. C'était une loi drastique qu'elle s'était imposée. Ce qui, avouons-le, ne laisse qu'un champ assez étroit aux manœuvres mondaines… T'ai-je jamais parlé, Lysias, de Fabia Maxima, ma grand-mère maternelle ?… Non ?… C'était vraiment un caractère… Elle n'a pas laissé de mémoires, hélas ! Et pourtant elle donnerait matière à un beau portrait souvenir. J'ai pensé quelque jour à écrire sur elle… mais tu connais mon insouciance et surtout ma paresse et puis, aujourd'hui, le temps me presse… Mais tu peux me croire, ce fut une étonnante personne… On a beaucoup dit que j'avais hérité cette négligence qu'elle professait vis-à-vis de tout ce qui pouvait receler ne fût-ce que l'ombre de l'ennui. »

D'après Pétrone la pétulance, la verve, les caprices de son aïeule parurent irrésistibles en un temps où l'empereur Auguste voulait remettre les grandes dames romaines au tissage de la laine. Sous un dehors de frivolité, elle avait su se montrer une redoutable manœuvrière. Par ailleurs, elle possédait un goût très sûr pour les arts et les lettres. Elle tenait un cercle que hantèrent Horace déjà âgé et plus tard Ovide. C'était tout à fait une grande dame cosmopolite à en croire Pétrone. « Peut-être même la dernière de nos grandes internationales », ajouta-t-il.

Toujours par monts et par vaux. Elle faisait armer sa galère et six jours plus tard, si les vents avaient été favorables et les rameurs diligents, sa présence était signalée à l'hippodrome d'Alexandrie où se déroulait une course de chameaux que pour tout l'or du monde elle n'eût voulu manquer. Déjà bien avant son veuvage, elle avait acquis, d'après Pétrone, une solide réputation de tribade qui ne semblait ni lui déplaire ni la gêner.

« Tout au contraire, cela paraissait lui agréer infiniment. Pour le peu que je l'ai connue, je ne saurais dire si cette réputation était à la hauteur de ses pratiques. Jamais, en effet, on ne lui connut de liaisons tapageuses. Non plus qu'autour d'elle ces cohortes de prétoriennes adeptes de l'olisbos que l'on nomme plus communément à Marseille "godemiché" ; pas le moindre escadron de jeunes filles aux paupières bleues dont aiment à s'entourer les grandes gousses du cap Misène. Au fond, c'était une de ces cérébrales qui ne tirent leur plaisir que de l'intrigue. Une scandaleuse ? Non, plutôt un esprit libre et rebelle. C'est ainsi que s'explique le fait de n'avoir jamais voulu démentir cette réputation usurpée. Tout au contraire, elle la fortifiait. En présence de l'empereur Auguste, il lui arriva lors d'un souper de prétendre qu'une personne de son rang se devait d'avoir une fille dans chaque port. »

De naissance illustre, elle considérait la famille des Jules et, partant, des Octave comme de la gnognote auprès de la sienne. Pétrone était dans son élément dès qu'il abordait le sujet des familles nobles. S'il se délectait de la canaille et du populo, il n'en était pas moins fasciné par l'aristocratie. Il est curieux que cet homme délicat et fin ne sentît pas qu'il se mettait, alors, dans la position d'un parvenu faisant mousser les connaissances de son aïeule défunte afin de se donner une surface mondaine. Au fond, il devait souffrir de n'appartenir à la noblesse que par raccroc car l'illustration des Petronii ne datait que du siècle passé. Aussi, avoir une grand-mère qui snobait l'empereur Auguste le mettait dans un état indescriptible.

Fabia Maxima ne se gênait en rien devant l'empereur, qui la considérait un peu comme sa pupille. Elle appartenait à cette génération qui n'avait pas connu les guerres civiles et voulait rompre avec le parti des vieux Romains en professant un élégant scepticisme et un luxe oriental. Un désordre moral ambiant, des énervements aux plaisirs parachevaient le tableau de ce temps où l'Égypte s'emparait peu à peu de ce qui restait de vertus à Rome.

Pétrone prenait un malin plaisir à me décrire les prémices d'une décadence dont il s'était repu dans *La Vie aventureuse d'Encolpe et de Giton*... Il jubilait à la pensée que les lois somptuaires et la loi Julia sur l'adultère, instaurées par Auguste en personne, n'avaient été finalement d'aucun effet. Chacun se sentait comme une obligation de laisser libre cours à ses fantaisies voluptueuses. Les matrones qu'Auguste incitait à retrouver la simplicité des mœurs des premiers temps de la République – autant dire à s'en tenir aux pouponnages et à leurs fuseaux – n'eurent cure du conseil ; et bientôt, grand nombre d'entre elles reprirent en douce leur sarabande. S'il leur fallait du roboratif pour éclairer une fois encore leur salle de bal, alors elles se rendaient avec mille précautions, nuitamment et masquées, chez leurs amants, ou plus sûrement encore dans un lupanar où de petits musclés payés pour leur faire rigoler les cuisses. D'après Pétrone, Fabia s'amusait du spectacle qu'offrait cette société sans y participer. Elle y fit, cependant, ses classes et apprit à vivre chaque jour comme s'il devait être le dernier. Elle ne portait aucun jugement sur le comportement de ses contemporaines, n'ayant rien d'un parangon de vertu ; par disposition d'esprit, elle inclinait plutôt à une bienveillante immoralité. De surcroît il n'est pas exclu qu'une bonne dose de frigidité, ajoutée à une grande déception amoureuse ressentie dans son plus jeune âge, ne l'eût portée vers une manière de voyeurisme. La crainte des foudres impériales ne fut en tout cas pour rien dans la retenue de cette grand-mère, car elle pensait que sa haute naissance, son crédit à la cour, la rendaient intouchable. Ce en quoi elle se trompait. Et l'on vit sur le tard l'empereur se réveiller de son assoupissement et condamner des dames de la plus haute noblesse à l'exil et au port infamant de la tunique brune des courtisanes.

Le vieil empereur était dépassé, il ne comprenait plus rien à cette jeune génération si diverse, si inégale où les vices n'avaient cependant pas complètement étouffé les anciennes vertus. Cette recherche du plaisir et des voluptés importées d'Orient se répandait non seulement dans l'aristocratie mais également dans le peuple. Alors les veilles barbes, les nostalgiques du bon vieux temps, ceux qui n'avaient plus l'âge d'être corrompus ou les moyens nécessaires à l'être, encouragèrent la délation. La très lucrative profession de délateur prospéra. Et nombre de ceux-ci firent d'immenses fortunes.

Cassius Severus, un orateur d'alors non dépourvu de talent, à ce qu'admettait Pétrone, qui haïssait l'aristocratie, vit s'ouvrir devant lui une nouvelle et profitable carrière. Il avait l'imagination féconde et il sut la mettre à profit. Fort de cet art, il grossissait par d'étranges contes le moindre petit scandale, excitant dans le peuple les passions les plus basses. Les tribunaux devinrent la succursale de l'amphithéâtre : ici on égorgeait des gladiateurs, là le reste d'une aristocratie illustre. Cassius Severus fit école et bientôt la pire canaille de Rome put se constituer gardienne de la morale.

« Comme tu vois, rien n'a véritablement changé, Lysias ! Il est étonnant qu'Auguste, qui en avait pourtant vu dans sa jeunesse et pas toujours du bon côté, soit ainsi devenu sur le tard une sorte de pisse-froid. Déjà en ce temps-là, il était de notoriété publique que le grand Jules ne l'avait adopté que pour le dédommager de lui avoir jadis fait craquer la rondelle, alors qu'il portait encore la toge prétexte. Il serait finalement rigolo qu'à cause d'un fondement toujours un peu douloureux, il soit devenu un puritain méticuleux et tatillon. Qu'en dis-tu ? »

Au fond que m'importait Fabia Maxima, ses soupers et ses principes de maîtresse de maison ! Jamais moins que trois mais pas plus que neuf ! La belle affaire ! Qu'elle fût frigide ou de Lesbos, je n'en avais cure ! Et même qu'elle eût reçu chez elle, dans sa maison du Palatin qui jouxtait d'après Pétrone le temple de Cybèle, ainsi que dans sa villa de Cumes, la crème de la crème, vraiment cela me laissait de glace. Et le vieil Horace et le jeune Ovide de même. J'étais alors à cet âge où le passé intéresse modérément. J'allais sur vingt-deux ans et la vie était devant moi, du moins le pensais-je.

Mais Pétrone, lui, je le sentais bien, s'énervait de ce passé… Il se grisait de ses souvenirs tout en essayant de leur donner, au-delà d'une conversation à bâtons rompus, une manière de forme.

C'est bien plus tard que je compris que ce n'était pas tant pour m'impressionner que Pétrone m'entretenait de toutes ces choses, mais pour me léguer, tel un secret, des anecdotes qui sont généralement la sauce des mémoires. Il me refilait, en un futile bavardage, la matière d'un ouvrage. C'était à moi, à présent, de pétrir la pâte et de faire lever le pain. J'écoutais d'une oreille, sans même imaginer qu'il me faudrait laisser s'écouler tant d'années avant que ne remontent à la surface ces pia-pias mondains enfouis depuis si longtemps dans le silence de l'oubli. C'est aujourd'hui seulement que cette part d'héritage que me laissa sournoisement Pétrone se rappelle à mon souvenir. Devenir son biographe, pourquoi pas ? Autant devenir le sien que le mien.

Et maintenant, me voilà coincé pour un long moment sous l'auvent de mon cabanon, face à la mer, à essayer de faire tenir debout tout un pan de vie. La sienne, la mienne, si étrangement mêlées et déjà si loin. Oui, si loin, ce dernier voyage.

Le jour tombait. Le vent avait fléchi. La mer se fit soudain sombre tandis qu'une légère brume se nouait autour du navire et que le soleil d'un rouge sombre – zinzolin comme eût dit Pétrone, toujours à cheval sur la nuance – plongeait lentement à l'horizon. Pétrone demeurait indécis, silencieux. À quoi songeait-il ? À qui ? À lui-même sans doute ? Au bout d'un moment, il rompit le silence. À nouveau, il revint à cette grand-mère dont il n'avait avant ce jour évoqué l'existence et qui à présent semblait lui être devenue indispensable.

« Pour rien au monde César Tibère n'aurait manqué un des dîners de Fabia quand il fut de retour de son exil volontaire à Rhodes puis, par la suite, quand il succéda à Auguste. Et pourtant, personne plus que lui ne détestait le commerce du monde… C'est dire le pouvoir de cette Circé des salons. Et même sur la fin de son règne, alors que dans Capri il s'était exilé de lui-même autant que du genre humain, il attendait impatiemment la saison des villégiatures pour se rendre à une invitation de sa chère Fabia… – Ta grand-mère Fabia Maxima recevait à sa table l'empereur Tibère ?… – En effet, tous deux depuis leur jeunesse étaient intimes. Ils avaient grandi ensemble dans le palais d'Auguste. Quoique Tibère fût de dix ans plus âgé que Fabia, une amitié était née entre l'adolescent pétri de timidité et la fillette prête à toutes les désobéissances. Cette amitié ne se démentit jamais et dura jusqu'à leur mort. Lorsque Tibère quitta Rome pour Capri, il ne manquait jamais de lui écrire chaque semaine… » Pétrone s'interrompit un instant. Sa voix s'était soudain voilée. J'eus alors la confirmation que cette grand-mère qu'il avait à peine connue lui manquait au soir de sa vie. Il tenait à l'évoquer pour que son nom demeurât.

Alors, voilà ce dont je me souviens.

4

Fabia était née en 722, l'année de la bataille d'Actium (31 av. J.-C.), et devait mourir dans sa villa de Cumes en 790 (37 ap. J.-C.) âgée de soixante-neuf ans.

Orpheline de père et de mère encore au berceau, elle fut dépouillée de son héritage par son oncle. Ce qu'elle n'apprit que lorsqu'elle fut en âge de demander son douaire. Toute jeune, elle avait été recueillie par

Marcia, la femme de Paulus Fabius Maximus, le frère cadet de son père. Cette dernière se trouvait être l'intime de l'impératrice Livie, la femme d'Auguste. Livie trouva la petite vive et charmante et décida qu'elle serait élevée auprès des jeunes princes de la maison impériale. Julie, la propre fille de l'empereur Auguste, qui allait à quelque temps de là épouser son cousin germain Marcellus, fut pour elle comme une grande sœur. Une amitié naquit entre elles, qui ne devait jamais se démentir. Fabia, par ailleurs, s'enticha tout de suite de Tibère, fils d'un premier mariage de l'impératrice Livie avec un membre de la famille des Claude. Elle aimait en lui son air ombrageux et fier, et cette distance qu'il savait prendre avec les gens comme avec les événements ; ce qui, au regard de certains, pouvait passer pour de la morgue. Il était en effet un Claude, dur, orgueilleux et impopulaire comme tous ceux de sa famille. Mais ni cet orgueil, ni cette dureté ne la rebutèrent ; tout au contraire, elle se mit à rêver de lui comme rêvent toutes les petites filles. N'était-elle pas d'une famille aussi illustre que celle des Claude ? Aussi s'imagina-t-elle un jour épouser Tibère. De son côté, ce dernier fut touché par la dévotion que lui portait la petite fille, qui le suivait partout et le regardait de ses grands yeux noirs émerveillés.

L'Augusta Livie veillait. Déjà, une guerre sournoise opposait les membres de la famille d'Auguste, les Octave et les Jules aux Claude. Elle maria promptement Tibère à Vipsania, la fille qu'Agrippa, le confident d'Auguste, avait eue d'un premier lit. Tibère apprit si ce n'est à aimer sa femme, du moins à la respecter. Fabia crut mourir de douleur. Les petites filles aussi peuvent avoir de grands chagrins.

Avec l'âge, Fabia comprit qu'elle n'avait rien à espérer de Livie ; et certainement pas un établissement digne de son rang. L'Augusta se méfiait à présent de sa protégée. Elle devina en elle une rebelle. L'ennemie qui, par ses intrigues, risquait de contrecarrer les siennes et de mettre en péril l'équilibre subtil de ses plans familiaux. De surcroît, elle s'impatientait de la complicité qu'elle avait gardée avec Tibère en dépit de son mariage. Mais ce dont elle rageait le plus était l'amitié qui la liait à Julie. Fabia, à part son grand nom et cette amitié, ne possédait rien. Son oncle et sa tante Marcia, ses tuteurs, avaient peu à peu détourné son héritage avec la complicité de l'impératrice. Fabia avait fini par éventer la manœuvre mais trop tard : quand elle fut en âge de demander son douaire, Marcia lui fit savoir qu'elle n'avait rien à espérer. Elle se mit à la détester autant que l'impératrice. La haine généralement obsède et paralyse. Elle eut l'intelligence de passer outre. Aussi remisa-t-elle son ressentiment au fond d'elle-même, se promettant d'y repenser quand elle serait en position d'assouvir sa vengeance. Elle continua à caresser sa tante et à courtiser l'impératrice. Cependant, Livie ne s'en laissa pas conter. Il lui parut nécessaire de se débarrasser de Fabia. Si elle ne pouvait encore s'en prendre directement à Julie, il lui fallait neutraliser Fabia. Elle lui suscita quelques bons délateurs. Mais en vain. Sa grande naissance, sa nombreuse clientèle, la puissance de son innombrable parentèle au Sénat, découragèrent les accusateurs et Livie en fut pour ses frais. Fabia ferma les yeux sur les intrigues de l'Augusta et continua à fréquenter le cercle de Julie.

Julie ! Il n'y en avait que pour elle, alors, à Rome.

Auguste n'avait que le nom de sa fille à la bouche. Veuve de Marcellus, elle venait d'épouser Agrippa. Et régulièrement lui donnait des enfants. Au grand dam de Livie qui voyait à chaque naissance le trône s'éloigner pour sa propre progéniture, Drusus et Tibère. À la mort d'Agrippa, Livie imposa à Auguste comme mari pour Julie son fils Tibère, qu'elle fit divorcer de sa première femme Vipsania. Tibère se soumit non sans regret à l'ordre de sa mère car il avait fini, si ce n'est par aimer, du moins par apprécier sa femme.

Fabia conçut un nouveau chagrin de cette union. Julie était sa meilleure amie et elle aimait en secret Tibère. Aussi reporta-t-elle son ressentiment sur la seule impératrice.

Julie avec les trois fils qu'elle avait eus d'Agrippa – Gaius César, Lucius César et Agrippa le posthume – et les deux filles – Agrippine et Julie, la cadette – assurait à Auguste la pérennité de sa lignée. Par ailleurs, elle était devenue la coqueluche de Rome et ses fils les princes de la jeunesse. Il se forma autour d'elle une coterie de jeunes gens et de jeunes femmes où Fabia tenait une place de choix. Ce qui n'était, au début, qu'un petit clan mondain devint une camarilla qui eut rapidement raison de celui des vieilles barbes traditionalistes qui soutenait Tibère. Cependant, ce dernier ne tint jamais rigueur à Fabia d'avoir été, par fidélité à Julie, son amie d'enfance, dans le camp de ses ennemis.

Auguste venait d'adopter ses deux premiers petits-fils Gaius et Lucius. Julie et ses enfants étaient devenus les idoles de la plèbe cosmopolite.

Julie était coquette. Elle attirait les hommages. Déjà du temps de son second mariage, on lui avait prêté des amants. La vie dissolue de Julie était connue de tout Rome à l'exception de son père. Rapidement, Tibère cessa de faire lit commun. Puis, las de supporter les affronts du parti de sa femme, il se retira à Rhodes. Irrité du départ de son gendre, Auguste se tourna, alors, vers le parti de la jeune génération. Les traditionalistes perdirent du terrain devant les idées nouvelles et les aspirations de cette jeunesse turbulente.

Aidée par Fabia, Julie introduisait dans le vieux monde féminin de Rome la mondanité, les élégances de l'esprit, le luxe, le plaisir, la frivolité ainsi qu'un parfum de scepticisme. Elle se faisait partout accompagner au théâtre, au cirque, à l'amphithéâtre d'un essaim de jeunes hommes élégants et bruyants, l'insolence même. Auguste semblait autoriser cette vie puisqu'il laissait faire. Le temps de la délation semblait révolu. Les juges avaient retrouvé leur mansuétude. On pouvait à nouveau les corrompre. Il fallait les comprendre aussi ; dans ce tourbillon de jouissances, ils aspiraient également à avoir leur part. Seule Livie, dans l'ombre, rongeait son frein, attendant l'heure.

Comme Julie se croyait au-dessus des lois, c'est sans gêne, quasi ouvertement qu'elle affichait ses amants parmi lesquels se trouvait Julius Antonius, l'un des fils qu'avait eus Marc Antoine de son mariage avec la terrible Fulvia, et qu'Octavie, sœur d'Auguste, qu'il devait épouser par la suite, avait élevé après sa mort. L'ancienne maison de Pompée aux Carènes, que Julie avait partagée avec Tibère, était devenue le rendez-vous de la jeunesse dorée. Un lieu de débauches et d'orgies, s'il fallait en croire les agents provocateurs que Livie payait pour répandre des fables obscènes sur sa bru. Ils se glissaient dans les festins jusqu'aux oreilles des chastes matrones, modulant avec art des râles interminables qui, à les en croire, auraient été ceux de Julie quand on la besognait.

Bien entendu, les matrones en veulent toujours plus. Du détail, il leur faut du détail. C'est qu'elles voudraient bien savoir comment baise la fille de César Auguste. À la levrette ou bien à la pépère ? Le prend-elle dans le chouette ou bien dans le régulier ? Il leur faut du salace, du croustillant. Surtout qu'on ne leur cache rien. Et voilà le tableau qui se dessine dans l'ombre. On imagine. On en rajoute. Mais oui ! Le dernier des Scipion la lui fourrait par-devant tandis que l'Antoine en bon fils de son père la lui mettait par-derrière, à l'orientale comme jadis son papa à la Cléopâtre ou comme il la prenait du jeune Curion qui fut le premier, dit-on, à lui débrider le cul. Et le Gracchus ? Mais où avais-je la tête ! Pardi ! C'est qu'en bonne gagneuse, elle la lui suce ! Ceci n'est qu'une figure classique ! Et si vous connaissiez les autres. Et les jours passant, ces contes érotiques vont en s'amplifïant de nouveaux épisodes toujours plus salaces. Bientôt ces officieux chroniqueurs, lorsqu'il leur faut réciter la liste des amants de la fille de César Auguste, en perdent le souffle. Ils prétendent même qu'une nuit, accompagnée d'une poignée de mignons châtrés légués par le tendre Mécène, tenant en laisse un petit singe habillé en gladiateur, elle s'en était allée se livrer à un amant de passage au pied des rostres, autant dire sous la tribune d'où son père avait promulgué la loi sur l'adultère. Mieux, certains l'auraient vue nuitamment, en perruque rouge, hardée telle une catin, se livrer à la retape sur le Forum et attirer dans les coins sombres de petits costauds populaires afin de les leur vider rapide contre un petit cadeau.

L'empereur chassait ce bruit énervant de mouches. Il venait d'avoir soixante-deux ans et n'aspirait qu'à la paix. Il n'aimait pas son gendre Tibère. Il lui en voulait de son exil hautain de Rhodes. Il sentait bien qu'il se trouvait devant un complot ourdi par son parti à la tête duquel s'était placée l'impératrice. Il connaissait sa femme. Il savait de quoi elle pouvait être capable. Mais elle l'avait une fois pour toutes ensorcelé. Il venait de recevoir le titre de Père de la patrie quand il apprit par un affranchi de l'impératrice tout ce qui se chuchotait à voix basse depuis si longtemps sur le compte de sa fille. Toutes les fables obscènes inventées par le clan de Tibère et de Livie. Il appela Livie. Elle feignit d'abord d'être outrée par tant de sales ragots ; puis, peu à peu, en se faisant violence, elle avoua que peut-être certaines de ces rumeurs n'étaient pas entièrement dénuées de fondements ; elle se fit insinuante, souple. Elle jouissait de sa vengeance. Son âme rusée se délectait. Avec beaucoup de réticence, elle finit par lui livrer les preuves.

Le coup porta. Auguste était pris au piège ; prisonnier des rets qu'il avait tissés pour les autres. Les amis de Tibère, rendus furieux par leurs défaites répétées, prêtèrent main-forte à l'impératrice. Quel scandale pouvait mieux abattre le parti de la jeune noblesse qu'un procès d'adultère contre Julie ? Bientôt tout ce qui s'était murmuré depuis si longtemps tout bas, fut crié sur la place publique. Phoebé, une affranchie de Julie, se pendit afin de ne pas avoir à témoigner contre sa maîtresse. Quant à Julius Antonius[1], le plus compromis de tous ses amants, il se donna la mort. Auguste, plutôt que de voir traîner sa fille devant le tribunal, préféra user de son droit de père de famille. Il ne la condamna pas à mort mais la fit interdire d'eau et de feu et la relégua sa vie durant dans l'île de Pandateria. Et c'est de nuit que cette femme, qui avait été adulée comme une déesse, sortit de Rome revêtue du manteau des courtisanes. Au milieu d'un peuple étonné et compatissant qui se pressait autour d'elle, elle dut faire front aux huées des esclaves et des affranchis disséminés avec art dans la foule par les patriciens qui avaient voulu sa chute.

Elle fut assistée dans cette épreuve par sa mère Scribonia, qu'Auguste avait répudiée pour épouser Livie, et également par Fabia, son amie. L'une et l'autre la soutenaient, la tenant chacune par un bras. Il ne devait pas déplaire à Fabia de défier une fois de plus l'impératrice Livie. Elle fit la traversée et ne quitta Julie que lorsqu'elle fut installée dans l'île.

De retour à Rome, Fabia commença à regarder autour d'elle afin de se trouver un parti possible. Elle n'en vit aucun qui lui convenait. Aussi épousa-t-elle le premier venu. Il se nommait Marcus Lollius, il avait été un temps de la coterie de Julie mais avait su s'en éloigner à temps. Il appartenait à ces hommes nouveaux, généralement sortis de familles plébéiennes sans éclat particulier, dont Auguste avait fait la carrière. Cet aimable barbon, à l'exception de l'année où il fut consul, n'avait jamais dépassé le niveau d'une honorable médiocrité. Il était intime de l'empereur qui lui avait sauvé plusieurs fois la mise, entre autres en intervenant en personne pour repousser les Germains, quand gouverneur de la Gaule Lollius s'était laissé surprendre par une de leurs razzias. De plus ce Lollius était par deux fois veuf, et père de deux fils déjà assez débrouillés. L'un commandait une légion et l'autre avait débuté la carrière des honneurs. Ce veuf fut charmé par Fabia. Une alliance avec un membre d'une des cinq familles les plus augustes de Rome confortait sa position sociale. Il avait amassé une énorme fortune lors de ses différents gouvernorats, en Macédoine entre autres. Ce mariage ne dura pas trois ans. Lollius s'empoisonna, laissant Fabia veuve et riche.

Il avait été compromis dans une histoire de pot-de-vin en Orient alors qu'il s'était vu chargé par Auguste d'y cornaquer son petit-fils Gaius César.

Fabia avait accompagné son mari dans ce voyage. Elle avait une idée en tête. C'est, en effet, à cette occasion qu'elle revit Tibère. L'exil de ce dernier à Rhodes, au début volontaire, le devint effectivement quand il se vit refuser par Auguste l'autorisation de revenir à Rome. D'ailleurs, on ne le nommait plus que « l'exilé ».

Il prit sur lui de quitter Rhodes où il vivait en simple particulier, pour venir saluer Gaius César qui se trouvait alors dans l'île de Samos. Tibère considérait toujours ce prince comme son beau-fils, même s'il avait appris d'Auguste son divorce d'avec Julie, qui allait de pair avec le bannissement de cette dernière.

Marcus Lollius s'était empressé de desservir Tibère auprès du prince. Par jalousie sans doute car dans le cercle de Julie, on avait longtemps taquiné Fabia pour l'attirance qu'elle éprouvait à l'endroit de l'exilé, qui perdurait en dépit de l'éloignement.

Gaius César, prévenu par Lollius, reçut froidement son beau-père tandis qu'il visitait l'Hécatompédon. Il ne lui adressa quasiment pas la parole, tout aux propos de l'architecte qui, commis pour restaurer ce temple, lui faisait visiter les lieux.

L'affront était public. Tibère opposa un grand calme

à cet accueil insultant. Il possédait par nature le don de composer son visage et de ne rien montrer de ses sentiments. Il ne disait rien de ce qu'il voulait et il ne voulait rien de ce qu'il disait souhaiter. Ses propos signifiaient généralement l'inverse de ce qu'il pensait. Il était passé maître en camouflage, ce qui était indispensable pour survivre dans la maison des Césars.

Tibère regagna donc Rhodes aussi vite qu'il en était venu. Tout le temps du voyage du retour, il fut en proie à d'amères pensées. Sa disgrâce était devenue patente aux yeux de tous. De surcroît, si ce Gaius César s'était comporté ainsi, c'est qu'il avait l'approbation d'Auguste. Chaque jour, il s'attendait à voir surgir quelque sicaire. Quand son esprit se détournait des dangers qu'il encourait, ses pensées le ramenaient à l'insulte qu'il avait essuyée. Un crachat au visage. L'orgueil antique des Claude, leur sang illustre et violent se rebiffait en lui. Qu'était-il ce Gaius pour le traiter ainsi ? Un mouflet entré par effraction dans la maison des Césars ! Un prince de la jeunesse à la toge embrenée ! Coqueluche de la plèbe qui retrouve en lui les origines obscures de son père Agrippa, brutal et aigri ! Et que dire d'Auguste, son aïeul, et son père depuis qu'il l'avait adopté ? N'avait-il pas pour arrière-grand-père un affranchi et pour grand-père un usurier de Velletri ! Du beau linge ! De quoi être fier, non ? Lui était patricien et de vieille souche. C'était un Claude à la fois par son père et par sa mère. En effet l'impératrice n'était passée dans la famille des Livii que par adoption. C'est d'eux qu'il tenait sa superbe et son ambition.

Au lendemain de sa visite à Samos, il y eut un grand festin donné par le jeune César. Fabia y assistait. Le nom de l'exilé de Rhodes ayant été prononcé par incidence, Lollius s'écria : « Gaius, si tu m'en donnes l'ordre, je pars pour Rhodes à l'instant et je te rapporte sa tête. »

Dès le lendemain Fabia, profitant de l'absence de son mari parti pour Éphèse afin d'y attendre les ambassadeurs de Phraatès, le roi des Parthes, demandait audience au jeune César. Elle exprima le désir de regagner Rome. Il n'y fit aucune difficulté. Il savait le soutien qu'avait apporté Fabia à sa mère lors de sa disgrâce et n'avait rien à lui refuser. Durant ce bref entretien, elle eut le temps de l'éclairer sur les menées de son mari auprès des satrapes perses. Ni le mot concussion ni celui de pot-de-vin ne furent prononcés. Et pourtant, leurs odeurs douteuses flottèrent dans l'air.

Fabia, ayant pris congé du jeune César, alla sans attendre le retour de son mari s'embarquer et, à force de rames, gagna la haute mer.

Dès qu'elle fut assurée qu'aucun navire ne la suivait, elle donna ordre au pilote de mettre le cap sur Rhodes. Le voyage dura deux jours. La galère arriva en fin d'après-midi en vue de l'île. Les quais du port regorgeaient d'espions à la solde de ceux qui voulaient la perte de Tibère. Il n'était donc pas question pour Fabia d'y relâcher. Aussi ordonna-t-elle de croiser au large et de se diriger vers le sud de l'île. Elle évita la ville de Lindos également infestée d'espions et vint mouiller dans une crique à quelques milles de là.

Bientôt, elle aperçoit le signal d'une torche sur la grève. Tout avait été convenu. Comment ? On ne saura jamais. Sans tarder, elle se fait débarquer. Une litière est là, qui l'attend. Le visage voilé, elle y monte et, par des chemins escarpés connus des seuls bergers, toujours en évitant les villages, elle se fait mener par les collines. Elle traverse des forêts de pins. La nuit embaume le térébinthe. À ce parfum succède par bouffées celui des roses. C'est que Rhodes est célèbre pour ses roseraies. Cet afflux de parfums l'aide à se refaire une âme de vingt ans. Resurgissent alors en elle des sentiments qu'elle croyait éteints. Le trajet lui paraît sans fin. Aux roses ont succédé des bois de lauriers. Enfin, au creux d'un vallon, elle aperçoit les feux d'une villa solitaire. Une maison quelconque sans colonnade mais close de hauts murs. Le rendez-vous de chasse d'un simple particulier. La porte de bois cloutée à l'approche de la litière s'ouvre. Fabia, impatiente, tire les rideaux. Tibère est là, au milieu de la cour. Seul, sans suite. Il l'attendait. Il a définitivement renoncé à la toge et à la tunique romaines ; il est vêtu à la grecque et porte des sandales athéniennes. Fabia le scrute. Elle s'était défendue d'être présente à l'entrevue de Samos. À présent, elle regarde son visage marqué par six ans d'exil et de craintes. Elle y lit non tant la vieillesse que l'amertume et le mépris. C'est un homme blessé, poussé à bout, qu'elle a devant elle. Et pourtant dans ses yeux demeure une lueur mal éteinte. Cette lueur caressante et amusée qui passait dans son regard quand, fillette, elle jouait avec son baudrier et son glaive. Rien vraiment n'était mort malgré Vipsania, malgré Julie, malgré Lollius.

Il s'avance vers la litière et devançant l'esclave qui s'approche déjà avec le marchepied, il lui tend la main et Fabia, telle une jeune fille, saute à terre. Les crêtes des collines blanchissent, bientôt ce sera l'aube. Tibère la tenant toujours par la main la conduit à travers la maison jusqu'à ses appartements. Ils y demeureront enfermés tout le jour et, à la nuit suivante, Fabia repartira comme elle est arrivée.

Dès qu'elle fut de retour à Rome, Fabia s'en vint saluer l'empereur et Livie. Elle leur donna des nouvelles de Gaius. Tandis qu'elle racontait son séjour à Samos, elle sentit sur elle le regard de l'Augusta. L'entrevue fut de courte durée mais cordiale. Elle s'apprêtait à remonter en litière quand une femme qu'elle connaissait de vue pour appartenir à la maison de l'impératrice l'arrêta. « L'Augusta tient à vous parler en particulier », lui dit-elle. Fabia la suivit. Sans être immense, le palais d'Auguste sur le Palatin comportait mille détours propices aux entrevues secrètes. Car c'était secrètement que Livie voulait la voir. Finalement, après avoir longé des corridors, traversé des antichambres vides, elle parvint dans les appartements de l'Augusta. Livie était assise et se leva à son entrée. Elle lui tendit les deux mains comme elle le faisait autrefois quand elle était petite et qu'elle courait vers elle mal assurée sur ses jambes frêles. Livie avait le charme féroce des Claude qui ménageait à la fois la douceur et la perfidie. Par ce simple geste elle tenait à effacer vingt ans de suspicions et de brouilles. « Bien, très bien Fabia, j'ai apprécié ton récit de l'île de Samos mais vois-tu je préfère Rhodes. Dis-moi plutôt maintenant que nous sommes seules comment était Rhodes. »

Lors de l'audience de l'empereur, elle avait tout de suite compris que Livie était au courant de son escapade à Rhodes. C'est que l'impératrice entretenait des espions dans l'Empire. Souvent bien plus efficaces que ceux d'Auguste. Ils lui permettaient de déjouer des conspirations non seulement à Rome mais aussi dans les provinces les plus éloignées. Sans scrupule, d'un esprit méthodique et froid, elle savait se donner le beau rôle. Jamais aucun éclat de sa part, mais infiniment de dissimulation. Toujours un visage serein, souriant, réservant le meilleur accueil à ses victimes. Elle les cajolait. Les consolait. Allait jusqu'à partager leurs peines. Les rassurait par mille serments. Usait de toutes les fourberies pour finir par les poignarder dans l'ombre. Depuis longtemps elle s'était persuadé que la fausseté est un moyen assuré de réussir. Si le mensonge est toujours nécessaire aux femmes, c'est surtout lorsqu'elles veulent tromper qu'il leur devient le plus indispensable. Elle allait jusqu'à visiter dans leur exil ses ennemis. C'est ainsi qu'elle fit le voyage de Pandateria pour se repaître tout en la plaignant du spectacle qu'offrait Julie dans son exil. Elle promit d'intervenir pour elle et naturellement n'en fit rien.

On prétend par ailleurs qu'elle usa à différentes reprises du poison. Mais comme elle se méfiait de ceux même qu'elle croyait lui être le plus attachés, aucune preuve n'en a été établie. Il semble qu'une fois pour toutes elle s'était décidée à n'avoir jamais de complices, ou à s'en défaire dès qu'ils lui avaient servi.

Fabia ne chercha pas à éluder la question.

« Pas bien, répondit-elle. – Que veux-tu dire ? – Il est amer et désespéré. Il pense qu'on va l'assassiner et qu'il ne reverra ni toi ni Rome… Son inaction le mine. Il a cessé de monter à cheval ; il a congédié son maître d'armes ; ne prend plus d'exercice physique… – Que puis-je faire ? J'ai tout essayé. L'empereur ne veut pas entendre parler de son retour. Il se venge sur lui de la décision qu'il a dû prendre en exilant sa fille Julie… » Fabia sentit que le moment était venu d'abattre ses cartes. « Tout pourrait changer très vite, Augusta. Débarrasse-toi seulement de Marcus Lollius qui a une très mauvaise influence sur Gaius César et qui ne cesse de le monter contre Tibère… – Quoi ! Ton mari ! Mais comment le pourrais-je ?… Trouver des preuves qu'il fut lui aussi l'amant de Julie… Jamais Auguste ne voudra le croire… – Non. Fais-lui seulement entendre qu'il est corrompu. Je possède les preuves de ses exactions en Macédoine. J'ai le double des lettres adressées aux ambassadeurs parthes pour leur soutirer de l'or et des bijoux précieux dont un magnifique collier d'émeraudes ; en compensation de quoi il s'engage à leur faciliter des entrevues avec Gaius. – Tu as ces lettres ?… – Oui. Et j'ai également les réponses des satrapes… D'ailleurs les voici… » D'une main rapace, Livie saisit le rouleau que lui tendait Fabia. Elles n'avaient plus rien à se dire. Elles s'étaient comprises. Fabia salua l'Augusta. Alors que Fabia écartait la portière du cabinet, elle entendit Livie qui, dans un souffle, lui murmurait : « Petite, pas d'imprudences ! Passé trente ans, c'est durant les premiers mois d'une grossesse que l'on risque l'accident… » Sans se retourner, Fabia laissa retomber la tenture. Elle était enceinte et Livie l'avait flairé.

Marcus Lollius fut rappelé à Rome par l'empereur. Au vrai, quand Gaius César reçut la lettre d'Auguste, il avait déjà été mis au courant par Phraatès, le roi des Parthes, des pressions que ses ambassadeurs et lui-même avaient eu à subir de Lollius. Gaius, qui avait pour la concussion l'horreur naturelle aux jeunes aristocrates nés riches grâce aux rapines de leurs ancêtres, avait chassé aussitôt Lollius. Celui-ci se procura du poison puis alla s'embarquer à Antioche. Quand sa galère accosta, un mois plus tard, à Ostie, c'est mort qu'on le débarqua. Averti de ce suicide, Auguste, qui craignait le scandale plus que tout, autorisa le retour du défunt à Rome et permit à Fabia de l'enterrer avec toute la pompe due à son rang. Ce furent des funérailles magnifiques. Un bûcher fut dressé au champ de Mars. Des parfums furent répandus. Les yeux de Fabia restèrent secs mais les pleureuses louées à grands frais ne furent point avares de leurs larmes. La famille des Lollii ne possédait pas de monument à Rome. Comme il n'était pas dans les intentions de Fabia de lui en faire élever un, elle fit placer ses cendres dans le tombeau des Fabii auprès de celles de l'Allobroge[2] et du Cunctator[3], et elles doivent toujours s'y trouver.

Mis au courant de l'état de Fabia par Livie, Auguste cassa le testament de Lollius qui ne prenait pas en compte l'enfant à naître. Et pour cause : le défunt avait tout ignoré de la grossesse de sa femme. Quatre mois après sa disparition, Fabia donna naissance à une fille qui prit le nom de Fabia Lollia. Livie tint à être présente au moment de l'accouchement. Il ne se passait pas de jour que l'impératrice ne se fît conduire chez Fabia Maxima. Elle paraissait touchée par ce petit être qui semblait sculpté dans un navet fané et qui ne devait pas peser plus qu'un poulet avec les abattis. De ses mains dont les doigts se mouvaient comme de longues pattes d'araignée, elle s'amusait du poupon et parfois allait jusqu'à le langer.

Auguste ayant fait rédiger un nouveau testament, il le remit au fils aîné de Marcus Lollius. L'immense fortune du prévaricateur se divisait en quatre parts. Fabia en héritait d'une ainsi que de la maison du Palatin. Elle héritait également d'une part réservataire qui irait à Fabia Lollia quand elle atteindrait sa majorité.

Fabia était enfin libre, riche et encore jeune.

Auguste gouvernait l'Empire avec une prudence toujours en éveil et une habile lenteur. L'époque cependant le congédiait lentement. La torpeur qui le gagnait s'étendait du même coup aux membres de ce grand corps qu'était l'Empire. Cependant, le monde dans son éternelle jeunesse se renouvelait alors que le vieil empereur fatigué, accablé de gloire, seul au milieu d'une génération fiévreuse, débordante d'aspirations nouvelles, ne percevait rien, n'osait innover.

Sur ses entrefaites (on était au mois de juillet de l'an 755 – 2 ap. J.-C.) Tibère fut rappelé à Rome par Auguste, qui avait consenti à ce retour puisque Gaius, le jeune César, n'y avait vu aucun empêchement.

À peine Tibère se fut-il installé dans l'ancienne demeure de Mécène sur l'Esquilin que la nouvelle de la mort de Lucius César, le frère cadet de Gaius, parvint à Rome. Il était mort à Marseille subitement. On avança une fièvre. Beaucoup à Rome pensèrent au poison.

La tendresse sénile d'Auguste se reporta entièrement sur l'aîné. Il le voyait déjà empereur, prince du Sénat, consul à vie… C'était la chair de sa chair. Un Octave nouveau, qui sait, un Jules ? C'est à peine s'il se souvenait de la part qu'avait prise Agrippa à la naissance de ce nouveau soleil. Tous ses rêves parurent s'effondrer quand il apprit que ce jeune dieu de vingt-trois ans avait été blessé lors de la pacification de l'Arménie devant la cité d'Artagira. Il avait cependant poursuivi la campagne. Mais bientôt sa blessure avait fini par rompre son équilibre déjà fragile. S'étant retiré en Syrie, il avait renoncé, dans un accès de désespoir et de peur, à ses grandeurs. Le jeune César s'apprêtait à s'embarquer pour regagner Rome quand il mourut soudainement. On était alors en février de l'an 756 (4 ap. J.-C.). Trois mois plus tard Auguste adoptait Tibère ainsi que son petit-fils Agrippa Postumus. Ce jour-là, s'il faut en croire les chroniques, Tibère, sortant du Sénat après avoir salué les sénateurs, aurait murmuré en aparté, assez haut toutefois pour qu'on l'entende : « Ô ! hommes prêts à l'esclavage ! » Le trait fut rapporté à Auguste. Aussi quelques jours plus tard, alors qu'il jouait aux dés avec ses intimes après le souper, et que Tibère un peu plus loin s'entretenait avec Livie, il laissa échapper : « Que je plains le peuple de tomber sous des mâchoires si lentes ! » Ce mot fit carrière. Certains s'en servirent pour prétendre qu'Auguste avait choisi Tibère non pour ses qualités de militaire et d'administrateur mais parce qu'il avait découvert, cachée sous les dehors d'un noble caractère et d'une haute intelligence, une cruauté doublée d'une arrogance sans mesure. Ainsi s'assurait-il par avance de sa propre gloire puisqu'on ne manquerait pas de comparer son règne à celui de son successeur.

Avant de partir régler les affaires de Germanie où il allait rétablir la discipline dans les légions, Tibère se fit annoncer chez Fabia Maxima. Rien ne filtra de leur entretien. Il est probable qu'il dut, durant cette visite, demander à voir la petite Fabia Lollia. Ce qui est certain, c'est que pendant les dix années où il gouverna l'Empire, Auguste étant encore vivant, et les treize suivantes où ayant succédé à Auguste il demeura à Rome, il se tint à l'écart du cercle de Fabia Maxima. Ils ne se voyaient que lors de dîners intimes ou en secret et c'est probablement durant l'une de ces entrevues que Fabia obtint de lui un adoucissement au traitement pénitentiaire de Julie qui eut dès lors la permission de vivre à Reggio avec plus de liberté, au grand dam de Livie.

Par ailleurs, tout le temps où Auguste vécut, Fabia veilla sur Tibère. À plusieurs reprises, elle déjoua des complots. Ainsi quelques mois avant sa mort, Auguste se laissa persuader par Paulus Fabius Maximus, l'oncle de Fabia, de se rendre dans l'île où il avait relégué, à cause de son caractère monstrueux, son petit-fils Agrippa Postumus, pourtant adopté. Comment Fabia fut-elle mise au courant, on ne sait. Mais elle avait elle aussi de la ressource dans l'intrigue. Elle se trouva en position d'exécuter la vengeance qu'elle caressait depuis si longtemps. Elle n'avait pas oublié que cet oncle l'avait dépouillée de son héritage. Aussi, dès qu'elle apprit cette équipée qui n'avait d'autre but que de remettre ensemble le grand-père et son petit-fils et du même coup écarter Tibère de la succession à l'Empire, elle prévint Livie. Quelques jours après son retour, Paulus Fabius décédait. On parla de poison. Fabia assista aux funérailles et, sous ses voiles de deuil, savoura sa revanche. Elle s'avança vers sa tante Marcia qui se tordait les mains de douleur et, se penchant à son oreille, lui murmura quelques mots. Quels furent-ils ? Personne ne le sut. En tout cas, ils eurent un effet immédiat sur la veuve. Saisie d'une crise de nerfs, elle se mordait les mains et hurlait des propos incohérents. Par la suite, elle tomba dans un abattement dont elle ne sortit que pour appeler son époux défunt. À plusieurs reprises, elle tenta de voir Livie, qui lui ferma sa porte. Elle végéta ainsi quelques années dans une demi-folie. On ne sait ce qu'il advint d'elle.

Peu après, Auguste mourait dans l'une de ses villas de Campanie, à Nole, non loin de Naples.

Fabia et Tibère entretenaient depuis toujours une correspondance. Celle-ci devait se poursuivre jusqu'à la mort de l'empereur. Certains l'assurent, d'autres le contestent. Mais moi, Lysias, je les ai vues, de mes yeux vues, ces lettres. Elles sentaient la poussière des vieux cagibis et la pisse de souris. Des liasses de papyrus que Pétrone lors de notre dernier voyage sortit d'un coffre et qu'il jeta une à une à la mer. Ainsi s'effacèrent dans l'écume des vagues les paroles amoureuses de César Tibère, peut-être bien les seuls mots d'amour qu'il ait jamais écrits à un humain.

Pétrone alors se mit à crier dans le vent des passages entiers de cette correspondance, qu'il avait retenus : « J'ai parlé de l'amour avant toi, mais je ne savais pas ce que c'est. Je sens que je pourrais être assassin, voleur et incendiaire… Tu es si jolie. Je t'aime mortellement, Fabia. Ta clairvoyance m'épouvante. Tu vois en moi mieux que moi-même. Quelle puissance as-tu pour avoir deviné l'irréel de ma vie… Tu sais ce que Sapho disait de celle qu'elle aimait : “Quand je te vois mes yeux se couvrent de nuit et ma langue de glace. Je tremble.” Fabia, comment faire, j'éprouve tout cela quand je suis loin de toi… » Voilà ce qu'écrivait le jeune Tibère à cette petite fille-femme capable d'obtenir tout par des câlineries, lorsqu'il se trouvait aux frontières de l'Empire à guerroyer contre les Germains. Certains ont cru deviner dans cette correspondance un tissu de cochonneries. De celles – et ils furent plusieurs à le prétendre – que les amants s'écrivent pour tenter par les mots de perpétuer leurs belles amours, alors que les feux en sont depuis longtemps éteints. Des amours mortes en somme. Mieux. D'autres ont prétendu que, vers sa fin, cette correspondance ne contenait plus que les recettes des perversions effroyables dont on taxa par la suite l'empereur. Un jeu cruel et dérisoire auquel se seraient prêtées ces deux vieilles peaux. Fabia aurait ainsi guidé son amant vers des dépravations inimaginables pour mieux gouverner son esprit en gouvernant ses sens. Cette thèse est sans fondement. Aucune preuve ne saurait l'étayer puisque les lettres de Fabia furent détruites par l'empereur, qui les brûla quelques mois avant sa mort.

Tout cela sent sa propagande. D'ailleurs, si l'on y réfléchit bien, quand la fille de Fabia Maxima, Fabia Lollia, jeta son dévolu sur Titus Petronius Liber, personnage consulaire mais d'une famille sans illustration, l'empereur Tibère, outré d'avoir été mis devant le fait accompli et surtout qu'on ne lui eût pas demandé son autorisation pour ce mariage, exila aussitôt à Marseille, sous un prétexte fallacieux, le père de Pétrone. N'était-ce point de la sorte réagir en chef de famille ?

Fabia eut beau intervenir auprès de Tibère, revenir à la charge à différentes reprises, il demeura sourd à ses prières tant qu'il vécut.

De toute sa vie, Fabia Maxima n'eut qu'une seule aventure. Contrariée dans son début, elle devint avec le temps l'émouvant roman de sa vie. Il eut pour nom : Tibère.

Fabia Maxima fut vite jolie, et curieusement séduisante. Vers quinze ans, avec une physionomie ambiguë où des yeux interrogeaient gravement, et une bouche déjà légèrement serrée par l'ironie, elle fut rapidement remarquée. Sa voix ensorcelait. Le vieux poète Horace tomba sous son charme. Car nul mieux que Fabia ne savait déclamer ses vers. Elle connaissait par cœur plusieurs livres de ses *Odes*. Dans le cercle de Julie, c'était toujours elle à qui on faisait appel pour réciter. C'était un chant magnifique, à la fois léger et profond, chaleureux et mordant. Elle savait aussi accompagner sa mélodie d'attitudes délicates. La singularité frêle de ses gestes masquait mal son âme audacieusement sensuelle. Fabia affichait une fragilité qu'aiguisaient les fièvres du désir. C'est qu'elle aimait et ne pouvait le dire.

Pétrone avait gardé d'elle cette image ineffable. Celle que sa mère Fabia Lollia lui avait transmise. Car Fabia Maxima était demeurée belle longtemps. Il était encore enfant quand Fabia Maxima se fit annoncer à Marseille. Comme elle désespérait du retour en grâce de son gendre, elle voulait connaître absolument son unique petit-fils.

Hélas, le temps n'avait pas eu pitié d'elle. Les traits s'étaient empâtés ; les joues, en s'affaissant, avaient rendu carré son menton délicat ; le col de cygne que chantait Horace, raccourci, s'étayait d'épaules robustes. Les yeux étaient toujours beaux mais fiévreux et durcis. Inquiets, ils interrogeaient les témoins de son passé. La voix était à présent coupée de raucités. Elle s'était faite plus autoritaire, plus désireuse de convaincre que de charmer. Et malgré tout, son intelligence n'avait jamais été plus rapide, ni plus éclatante.

La jeunesse l'avait quittée.

Elle refusa de devenir une vieille matrone minaudière. Mais il fallait vivre. C'est qu'elle aimait toujours la vie impétueusement. Sans pleurs, sans plaintes, elle prit le destin à la gueule. Il s'agissait de tirer parti de ce que le temps avait fait d'elle. Ne rien masquer, ni atténuer. Elle se plâtra donc. Crayeuse, la bouche dégoulinante de rouge sombre, elle cerna ses yeux de khôl. Son regard se fit audacieux. On eût pu croire à une de ces douairières inapaisées, quêtant la chair fraîche et vigoureuse, les jeunes mâles qui ne déçoivent point, soupesant la marchandise. Et pourtant son regard n'était ni indécent, ni égrillard. Il était terrible.

Fabia Maxima ne survécut qu'une semaine à Tibère. Pétrone prétendait qu'elle s'était laissée mourir de faim.

5

« Tibère ! » m'étais-je exclamé à l'instant où cet empereur avait été évoqué. Le nom de ce maniaque criminel qui, trente ans après sa mort, faisait encore trembler Rome, ne semblait guère émouvoir Pétrone. Je pense qu'il devina à cet instant mes pensées car aussitôt il tint à m'assurer que l'idée que je me faisais de ce prince était tout à fait injuste.

« Je vois bien, cher Lysias, que ton jugement sur Tibère a été quelque peu déformé par les légendes qu'on a colportées et qu'on colporte encore sur sa personne. Au Sénat, quand par hasard son nom vient à être prononcé, nos pères conscrits que la bravoure n'a jamais étouffés, se touchent les couilles en un ensemble épatant ; et je ne te dis pas le doigt d'honneur que lui font les canailles de Suburre, accompagné de bruits obscènes de la bouche quand il ne s'en trouve pas un au bord de leur cul… Cependant prends garde ! La voix du peuple n'est pas toujours la voix des dieux… »

Selon Pétrone, Tibère, ce prince sans illusions sur lui-même et moins encore sur les autres, avait le premier pressenti le vide que dissimulaient mal l'apparat et la toute-puissance de l'Empire. Il sentit sous ses pieds se défaire les structures morales et politiques de Rome. L'Empire, modèle incomparable dont il était l'emblème, se fissurait et par ses fissures, le premier, il avait aperçu la pourriture blanchie d'un monde à l'agonie. Il finit par en percevoir dans sa chair le processus de décomposition. Sur le tard son corps et son visage, qu'il avait noble et beau, se couvrirent d'abcès.

Peut-être eut-il la prémonition d'une force extérieure, quelque chose que personne pour l'heure n'eût su définir. Oui ! Il se pourrait bien qu'il eût deviné que l'esprit avait des privilèges immortels qui échappaient au pouvoir omnipotent des Césars ; que les splendeurs matérielles ne suffisaient plus.

À en croire Pétrone, cet esprit hautain et discipliné avait été saisi de l'anxiété qui imprégnait alors son époque et imprègne encore la nôtre. Il en fut même la tragique incarnation. Il avait fui le pouvoir et le monde pour se retrouver lui-même mais il ne rencontra que son néant.

Vers la fin de sa vie, croisant un ancien compagnon de jeunesse qui lui demandait : « Te souviens-tu César… ? », il répondit d'une voix sourde, comme venant d'une contrée lointaine où nul humain n'accède : « Non je ne me souviens de rien de ce que j'ai été… »

Durant onze ans il se tint loin de Rome, enfermé dans ses demeures inaccessibles de Capri, errant solitaire dans les chemins surplombant la mer, entouré de soldats armés de piques, convoquant jour et nuit des mages chaldéens qu'il faisait précipiter dans la mer dès qu'il les soupçonnait de supercherie.

« C'était un prince, poursuivit Pétrone, d'apparence austère mais au fond infiniment sociable quoique d'une grande timidité. Tout l'inquiétait et particulièrement ce qui pouvait se produire dans l'Empire. Il en était devenu la sentinelle. Observateur du monde, il lui semblait percevoir certains soirs, tout là-bas dans les hautes forêts, aux frontières, un grignotement sourd, comme des termites s'en prenant aux fondations de l'État tandis que de Rome lui parvenaient le grondement de la populace et le murmure de patriciens factieux, vieilles têtes molles échauffées par des idées de liberté. Aussi fut-il saisi d'angoisse quand lui parvint la nouvelle de la mort d'un dieu… »

Pétrone continuait à parler tandis que j'imaginais Tibère accoudé à un balcon de son palais, accroché tel un nid d'oiseau de mer aux falaises de l'île en ce printemps de l'an 796 (33 ap. J.-C).

C'était par une nuit suave de printemps qui embaumait les orangers et les citronniers en fleurs. Au loin Tibère pouvait apercevoir les lumières de Naples, le dôme empanaché du Vésuve et sur la mer, au loin, le reflet incertain d'Herculanum. De l'autre côté, le fanal solitaire tel un gros œil de cyclope qui se balançait à la pointe du cap Misène. Il écoutait le frôlement régulier des ondes assoupies contre les rochers et le pas rythmé des gardes. En fait le César tragique ne voyait ni n'entendait rien. Amer, mû par une force morbide, il arpentait en aveugle son âme en ruine où soufflait l'épouvante. Quelque chose, malgré lui, germait, s'apprêtait à naître. Quelque chose le dépassant qu'il percevait comme un bouleversement.

Un dieu était mort, lui avait-on rapporté à quelque temps de là. Mais que lui importait cette mort puisqu'il ne croyait ni aux dieux ni aux religions mais au vide infini. Depuis longtemps il ne se voilait plus la tête et n'avait plus recours à leurs images. Il n'avait foi que dans les astres. Aussi avait-il consulté ses Chaldéens qui n'avaient su ni le rassurer, ni l'inquiéter davantage. Les constellations demeuraient muettes quant à cette disparition.

« Si les dieux commencent à se débiner sans prévenir l'empereur, alors c'est le commencement de la fin… » avait-il murmuré non sans humour.

Il avait convoqué à Capri le marin qui avait colporté cette nouvelle incroyable. Il voulait l'entendre de sa bouche.

La nuit était claire. Tibère aperçut au loin sur la mer un point noir qui s'avançait vers l'île. Bientôt, il entendit le bruit lourd des rames battant l'eau. Il vit la grande barque qui abordait au môle du petit port sous la villa Jovis. Le temps lui sembla alors très long. Déjà il s'était replongé dans ses sombres pensées quand lui fut amené un homme au visage morne et aux yeux graves. Il était grand, à demi nu et son front était serré d'une bandelette blanche qui retombait sur ses épaules.

« Parle », lui dit Tibère.

L'homme sans se troubler se mit à parler dans un sabir où se mêlaient à la fois des mots grecs, latins et occasionnellement syriaques, toutes langues que parlait Tibère : « Je me nomme Thamouz, et je suis d'Alexandrie. Je pilote depuis plus de vingt ans des navires et j'ai assisté durant mes voyages à d'étonnantes merveilles. J'ai aperçu de nuit le vaisseau sombre de Sérapis chargé d'âmes, près de Paphos j'ai vu dans les flots l'image d'Aphrodite, sur les côtes de Sicile j'ai entendu le chant des Sirènes… »

« Débarrassons-nous vite du bonhomme… Nous n'en tirerons rien si tout son conte est de la même eau… C'est un de ces esprits frustes et superstitieux. Laissons-lui ses sirènes et ses naïades et le bateau des morts… » glissa Tibère à l'oreille du fidèle Thrasylle. C'est de ce dernier que durant son exil à Rhodes, il avait appris l'art des Chaldéens. Thrasylle était d'Alexandrie. Il était acquis à la philosophie platonicienne et jouait, par ailleurs, du luth selon le mode antique, ce qui ravissait l'empereur. Ce Grec était, peut-être avec Fabia Maxima, la seule personne à laquelle Tibère fît confiance. Il lui avait d'ailleurs conféré le droit de cité romaine et depuis on ne le nommait plus dans les actes de chancellerie que Tiberius Claudius Thrasyllus.

Au contraire de l'empereur, l'astrologue semblait fasciné par ce grand homme à demi nu qui semblait ainsi sous la lune être possédé par ce dieu dont il annonçait la mort.

« … Non jamais, parole de Thamouz, je ne vis pareil prodige. Nous croisions au large de l'île de Paxos, la nuit était silencieuse, la mer calme, les passagers qui ne dormaient pas conversaient familièrement sur le pont quand je m'entendis appelé par mon nom. Thamouz ! Thamouz ! Thamouz ! Par trois fois la voix qui venait de l'île m'appela. Je laissai la barre du navire à mon second et me tournant vers l'île, je criai : “Que veux-tu de moi ? – Va par le monde et fais savoir cette nouvelle ! me répondit la voix : le grand Pan est mort.” Et par trois fois la voix répéta très distinctement “le grand Pan est mort”. Et il s'ensuivit un long chant funèbre ponctué de sanglots courant sur les eaux. Voilà ! Toutefois il y avait parmi les passagers un grammairien qui me dit que je ne devais pas trop m'en faire car Pan n'était, selon lui, qu'un demi-dieu puisque sa mère, Pénélope, était une mortelle… »

Tibère demeura silencieux. Il se tourna vers Thrasylle. « Qu'en dis-tu ? – Je pense que les propos de ce grammairien sont pleins de sagesse. Pan n'étant pas un dieu, il ne peut pas être grand… » Thrasylle se tourna, alors, vers le marin. « Sais-tu ce que signifie ton nom en phénicien ? – Oui ! Ma mère qui était de Byblos me l'a donné à dessein. Thamouz est le nom d'un dieu syrien qui se nomme Adon chez les Phéniciens, ce qui veut dire “Seigneur”. En grec on l'appelle Adonis… » Alors Thrasylle se tournant vers Tibère : « Ce n'était pas notre marin que la voix appelait, César, mais Adonis… Tout ceci est un règlement de comptes entre demi-dieux, rien de plus. Adonis, Thamouz, Pan… qu'importe ! Seuls les astres sont fiables… En Phénicie, en Syrie et jusqu'en Judée dans un bourg près de Jérusalem, on trouve des grottes où se perpétue au printemps, quand les flancs des montagnes de Palestine se couvrent d'anémones rouges, le culte de Thamouz-Adonis. Car ces fleurs sont le sang de Thamouz tué par un sanglier… On dit aussi que Perséphone et Aphrodite se disputèrent le gamin qui, dès son plus jeune âge, ne se débrouillait pas mal du tout entre les bras de ces déesses… » L'idée du crêpage de chignon de ces dames dans les prés de l'Arcadie heureuse fit sourire Tibère, qui renvoya le marin égyptien avec une bourse pleine d'or.

« Tibère par ailleurs, poursuivit Pétrone, avait infiniment de lectures et de savoir. On le disait l'un des hommes les plus cultivés de son temps. Sur le tard, le ressentiment diffus qui, comme une gangrène, s'était emparé, peu à peu, de son être, lui fit comprendre que tout en ce monde est absurde et logique à la fois. Son humour caustique, alors, se transforma, laissant la place à des farces cruelles souvent sanguinaires. On a raconté par la suite bien des choses sur les partouzettes et les tableaux érotiques auxquels il se livrait dans les grottes de Capri avec des adolescents et même de jeunes enfants… Bien évidemment, il s'agit là d'une légende malveillante inventée par l'imagination populaire… »

Dans ses mémoires Tibère avait écrit, s'il fallait en croire mon maître, des choses fort intéressantes sur l'art de recevoir. Il les tenait de Fabia Maxima, ce dont il ne faisait par ailleurs aucun secret. En effet, il la nommait et la citait abondamment comme son inspiratrice pour avouer finalement que jamais une femme d'une aussi grande naissance n'avait su tenir un si grand état avec si peu de monde.

Elle fut, en effet, la première à privilégier à Rome les soupers intimes aux raouts. Si parfois elle condescendait à donner ce qu'elle appelait « une grande lessive », elle s'employait à faire un tri drastique, barrant de ses listes ceux, fussent-ils sénateurs, consuls ou même appartenant à la famille impériale, qu'elle considérait comme des « raseurs ».

Elle aimait à mélanger ses invités. Elle ne concevait

pas de dîner ou de fête sans un peu de canailles. Elle avait toujours en réserve un cheptel de beaux garçons, fils de famille, jeunes poètes, acteurs, tous des professionnels dans l'art de faire bisquer les vieilles. Pour les acteurs, ils étaient généralement juifs ; à l'en croire les meilleurs. Elle s'entourait également de jolies femmes bien nées, exotiques, orientales souvent, et à tout prendre légères. Toutes étaient pourvues d'esprit, d'ironie et, il va sans dire, de ce tour de médisance sans lequel aucune conversation ne vaut.

Et tandis que Pétrone papotait sur tout et sur rien, renchérissant d'un bon mot qu'il attribuait à Fabia Maxima ou d'une anecdote piquante, il imaginait inlassablement des listes dont il bouleversait aussitôt l'ordre.

« Donc un peu plus de trois convives mais pas plus de neuf. Je sens que je vais encore me faire des amis… À moins que je ne fasse trois tables de neuf… ce qui porterait alors le nombre d'invités à vingt-sept… nous deux évidemment compris… »

6

Comme la nuit précédente, je n'aspirais qu'à aller m'allonger sur le pont pour dormir quelques heures. L'air de la mer et les propos de Pétrone m'avaient saoulé. Mais il me tenait. Et quand Pétrone vous tenait sur un sujet, il ne vous lâchait plus. Il devenait obsessionnel du détail. Une fois lancé, rien ne pouvait l'arrêter. Pas question de vous faire grâce du prurit d'un ami ou des exercices gymno-anaux auxquels se livrait avec des maîtres nageurs une sirène de sa connaissance qui pouvait passer encore pour consommable grâce à des onguents. Et s'il se sentait écouté, il en arrivait rapidement à craquer le morceau. C'est ce qu'il s'apprêtait à faire quand il commença à tracer le portrait des invités qu'il avait l'intention de convier à son souper. Il ne pouvait résister à reprendre le motif pourtant déjà cent fois corrigé. C'était tout Pétrone.

En artiste consommé, sûr de son coup de stylet, il amenait la personne à laquelle « il faisait sa fête », comme il aimait à dire, vers ce point délicat où sans lui faire abdiquer son humanité, elle rejoindrait la stylisation. Il espérait, par la précision du trait, atteindre à l'art de ces artistes du trimard, comme il s'en trouve dans tous les faubourgs des grands ports, qui d'une main agile, d'un coup, sans s'y reprendre, vous croquent sur un mur parmi toutes les inscriptions obscènes et les phallus qui s'y trouvent déjà, un type humain reconnaissable à sa panse, à son tarin et, s'il s'agit d'une matrone, à sa poitrine en oreilles de chien battu.

Chaque fois il me refaisait le dessin, oubliant que, peut-être, avec le temps, j'avais réussi à me forger de moi-même une idée sur cette belle humanité dont il se régalait sans fin.

Furent évoqués en premier : Fluvius Fluviolus et sa femme Staphyla, originaire de Cyrène, qu'on appelait dans l'intimité Perlette pour son rire en cascade qu'elle laissait fuser à tout propos. Elle était la fille d'un affranchi du nom de Phileros ; celui-là même qui, en compagnie de plusieurs de ses concitoyens, vint à Rome pour y dénoncer un complot contre l'empereur Auguste, l'année où ce prince fut revêtu pour la onzième fois de la puissance tribunicienne. Ce Phileros avait marié une jeunesse à la peau sombre de la tribu des Tehenous, peuplades du désert. De ce mariage – y eut-il même mariage ? – naquit une fille, Staphyla. Ce métissage expliquait son teint basané et tous les artifices qu'elle employait pour l'éclaircir.

Le rire qu'elle laissait filer au moindre propos n'indiquait pas tant qu'elle aimait la gaudriole, qu'elle appréciait d'ailleurs, mais se justifiait par la peur de rater un trait amusant ou un mot d'esprit. Fluvius et elle formaient un couple de parfaits gogos, d'un intérêt assez limité si, comme Pétrone, l'on ne s'intéressait pas aux bizarreries du genre humain. Lui n'était qu'une outre pleine de sornettes qu'il distillait avec emphase, d'une voix grasse. Il ne parlait pas, il ronflait. Quel que fût le sujet de la conversation, il s'en trouvait être le spécialiste. Il le faisait au flan, avec un culot et également une certaine innocence. Quant à elle, c'était la ruse même à défaut de l'intelligence.

Comment Pétrone les avait-il connus ? Aujourd'hui encore, je me le demande.

Déjà alors j'avais découvert qu'il avait l'art de dénicher ce genre de moutons à cinq pattes qui le divertissaient infiniment. Il possédait ce coup d'œil qui lui permettait dans l'instant de décortiquer le pékin. Aussi est-il probable que bien des traits comiques de ces époustouflantes baudruches qu'étaient Fluvius et Perlette passèrent dans certains des personnages de *La Vie aventureuse d'Encolpe et de Giton*. Il faut bien avouer qu'à eux deux, ils étaient un conservatoire de cuirs.

Pétrone avait une curiosité sans mesure à l'endroit de la nature humaine, toujours à l'affût du moindre événement insolite, du personnage haut en couleur, du fait divers qui fait mouche dans un récit. Il y avait chez lui de l'entomologiste. Rien ne le mettait plus en joie que la bêtise humaine et, dans le cas précis de Fluvius et de Perlette, quand celle-ci se doublait de prétentions. Il aimait aussi en nourrir sa vision drolatique, cynique et désespérée du monde.

Il fallait voir l'expression de bonheur qui envahissait son visage quand, au hasard d'une promenade, il tombait sur un de ces oiseaux rares. Ses lèvres étaient prises de petits mouvements semblables à ceux du nourrisson qui demande la tétée. Son œil se faisait caressant. Il chauffait le personnage, le mettait en confiance, dans la situation où il livrerait le meilleur de lui-même. Il s'adonnait alors à une douce mastication et, au fond de lui, il se sentait reconnaissant pour toutes les platitudes que l'autre lui débitait et également son obligé.

Lorsque Pétrone se trouvait en villégiature dans sa villa de Cumes, il ne manquait jamais d'inviter Fluvius et sa femme Staphyla au moins une fois à souper. Et les années passant, et les habitudes se créant, ils devinrent ses chers amis ou mieux : ses « amis chers » afin de souligner, par ce rejet quelque peu emphatique, l'intensité de cette amitié qui en étonnait plus d'un. Et il n'y avait là aucune ironie de sa part. Il ne tentait même pas d'excuser leurs ridicules. Non. Il avait seulement fini par leur attribuer un peu du sentiment qu'un écrivain réserve aux protagonistes de son œuvre. C'est que le haut chic auquel ils prétendaient, leurs cuirs, leurs perles, leurs pataquès, lui avait tellement apporté, qu'il leur devait bien en retour un peu d'affection, à ces pathétiques épaves.

Staphyla était veuve d'un Juif qui avait commencé simple bistrotier à Delta, le quartier juif d'Alexandrie, pour finir par posséder tous les débits de boissons de la côte d'Afrique et d'Asie Mineure. Il avait ensuite étendu son empire à l'Italie. Les établissements les plus chics comme les rades les plus cradingues, de Naples à Reggio, lui appartenaient, sans oublier ceux de Cyrène et de son port Apollonia. C'est là qu'il avait connu Staphyla. Elle demeura longtemps sa concubine. Il ne l'avait épousée que sur son lit de mort, la laissant unique héritière de son immense fortune. Il se fit enterrer dans le jardin de sa maison de Cyrène, certain qu'elle ne la vendrait pas. Veuve, riche, elle oublia un temps Cyrène et Alexandrie et vint s'installer à Rome avec l'intention d'y poursuivre une carrière mondaine. Elle usa de tous les stratagèmes pour se pousser. Elle eut beau inonder de cadeaux les affranchis des maisons où elle voulait être reçue, ce fut en vain : les portes demeurèrent closes. Elle fit alors savoir qu'elle avait table ouverte dans sa grande maison du Janicule. Elle n'attira qu'une volée d'hirondelles, des crevards de tous bords, pique-assiette de métier, flanqués d'une bande de têtes d'oignons frisées, qui s'étaient refilés entre eux la bonne adresse pour croûter à l'œil. Cela dura plusieurs mois, peut-être même un an. Comprenant qu'il fallait frapper plus fort et que l'art et la poésie lui permettraient de se hisser au statut de mécène, elle s'entoura d'une ragougnasse de rimailleurs et de rapins qui lui soutirèrent des fortunes pour ne lui laisser que des élégies à la mords-moi-le-nœud et des murs barbouillés de scènes cocasses de bordel. Déçue par les peintres et les intellectuels, elle décida de se tourner vers la musique. Elle pensait que la flûte et un orgue aquatique attireraient chez elle le beau monde. Elle ne réussit qu'à appâter ce que les académies recelaient de vieux débris, en citharèdes, en cornistes, en glotteurs asthmatiques qui avaient eu vaguement un filet de voix au début du règne de Claude ou d'anciens aulètes ayant pour la plupart viré aux popographes, qui préféraient de beaucoup initier les freluquets aux cheveux flottants sur la nuque en leur fourrant leur flûte dans le podex. Quand elle mit fin à ces séances musicales, déçue mais pas résignée, ces jolis cocos s'empressèrent de colporter dans tout Rome qu'elle était sourde et qu'elle ne comprenait rien à la musique.

Un après-midi, alors qu'elle prenait place au théâtre de Pompée, l'amie qui l'accompagnait lui montra au premier rang un certain Fluvius Fluviolus. Une sorte de balèze croupionnant, le cheveu gris argenté presque bleu, la lèvre lourde et gourmande déjà prête au cunnilingue – le parfait mari professionnel dont on devine à sa seule apparence qu'il sait s'occuper des vieilles. Il avait déjà usé sous lui, d'une mentule allègre, plusieurs rombières immensément riches ainsi que des chevaliers dont un qui, propriétaire d'une flotte de fret, la lui avait laissée en héritage. Il fit prospérer l'affaire avec le transport du vin de Sicile, très prisé alors dans toute la Méditerranée. Pétrone apprit de lui beaucoup sur ce métier si hypothétique toujours sujet aux colères de Neptune. Il ne fait aucun doute que dans *La Vie aventureuse d'Encolpe*, quand Trimalchion s'écrie « Foutre de Neptune ! Ce salopard de dieu marin m'a bouffé en un jour pour plus de trente millions de sesterces ! », on retrouve en cette exclamation des accents de Fluvius Fluviolus.

Tous les moyens étaient bons à Fluvius pour se servir de son gros machin, encore qu'il en prît aussi à l'occase.

L'amie de Perlette qui en avait tâté et qui faisait office de rabatteuse pour Fluvius le lui présenta au sortir du théâtre. Le soir même, Perlette rouvrait sa petite boutique ; ce qui était aussi héroïque étant donné son âge que de franchir le Rubicon, s'était empressé, alors, de souligner Pétrone. De ce jour, elle ne refusa plus ce client attentionné et si bien achalandé. Elle qui avait laissé, de guerre lasse, en friche sa vieille louve blanchie, fit aussitôt appel aux ustricules de son patelin natal, virtuoses de l'épilation au sucre et au jus de citron qui vaut infiniment mieux que l'emplâtre de poix et d'huile nommé dropax pour vous rendre une motte de gamine.

À quelque temps de là, ils se retrouvèrent mariés. Alors commença la vie à grandes guides. À défaut de griser les autres, ils se grisèrent eux-mêmes. Elle ressortit toute sa quincaillerie dont elle fit retailler les pierres au goût du jour. N'arrivant toujours pas à attirer dans leur demeure du Janicule le grand chic romain, ils décidèrent de transporter leurs pénates en Campanie où Perlette possédait une immense villa les pieds dans l'eau avec un port particulier qui avait jadis appartenu à un affranchi de Séjan, le sanguinaire ministre de Tibère. Ils devinrent ainsi des municipaux incontournables, d'autant mieux qu'ils dotèrent les galeries publiques de Naples et de Pompéi d'œuvres d'art très importantes comme des monochromes d'Apelle, plusieurs tableaux de Zeuxis et deux très grandes statues de Miron – l'une représentant une Vénus callipyge, l'autre un Marsyas ithyphallique ainsi qu'un Zeus chryséléphantin dont ils n'étaient pas peu fiers.

Ils ne virent jamais que des gens de deuxième garniture. Pour la plupart des affranchis et souvent même des affranchis d'affranchis. S'y mêlaient quelques Orientales ayant fait carrière dans la haute galanterie, des cabots, généralement cachetonneurs au rabiot toujours en quête d'un théâtre où fourrer leur talent méconnu, des marchands grecs et syriens, un adjudicateur de biens, natif d'Antioche, du genre beau mec huileux qui, avec son œil de velours, son ton radouci doublé d'une disposition à payer de sa personne, savait vous embobiner les veuves et faire sa pelote en vendant à l'encan leur mobilier. Parmi ce beau monde, on comptait aussi quelques fonctionnaires du municipe, tous gonflés d'importance, qui parlaient sous eux.

Cependant, il régnait dans cette petite société cocasse, cancanière et bon enfant que Fluvius et Perlette avaient su délivrer des angoisses de la pauvreté et souvent de la dèche, une insouciance et une gaieté qui avaient aussitôt ravi Pétrone.

Quand ce dernier, par on ne sait quel hasard, tomba au milieu de ce groupe, il fit l'effet d'un astre. Sur le coup, ils n'en revinrent pas. Ayant repris leurs esprits, ils se firent soupçonneux. C'était trop beau. Ils pensèrent qu'on leur montait un bateau. Et se mirent à traiter Pétrone de haut. Quoi, ce faiseur ! Un mythomane qui voudrait nous bourrer le mou ! Un consul, un sénateur, ça ? Du vent ! L'Ami du prince, l'Arbitre des élégances… un truqueur, oui ! Qui n'a trouvé que ce piètre stratagème pour se pousser dans notre intimité. Un entrant ! De cette engeance que l'on met à la porte et qui trouve toujours le moyen de revenir par la fenêtre. Ils durent bientôt constater leur erreur quand, un après-midi, au cirque de Naples, ils aperçurent Pétrone dans la loge consulaire, entouré de ses licteurs, alors que les buccins entonnaient la marche des gladiateurs. Ils furent alors bien obligés d'en convenir : le petit-fils de la célèbre Fabia Maxima, demeurée encore bien après sa mort une icône du chic romain, Caius Pétrone, personnage consulaire et poète à ses heures, était de leurs connaissances.

En arrière toutes, ils ne furent plus que sourires et plates excuses. Bientôt ils ne se sentirent plus. Ils lâchaient son nom à tout propos : « Notre ami Pétrone nous a assuré que… Comme nous disait hier notre cher Pétrone… » C'est qu'ils se devaient de faire miroiter aux yeux de tous leur nouvelle relation. Ils ne négligèrent aucun coup de trompette. Perlette voulait absolument donner des petits soupers « autour de… (et ici elle minaudait comme une petite fille)… Oui, vous savez bien cet ami si intime de notre Empereur bien-aimé ». Et Pétrone se tapait les cuisses de joie en entendant cette expression « autour de… ». Ils firent tant et si bien qu'une gazette locale qui se piquait de pointer du doigt le grand chic du cap Misène et de la côte napolitaine, les élut comme le couple incontournable ajoutant qu' « il recevait avec un grand raffinement et selon un rituel charmant ».

Bientôt perdant toute réserve, les Fluvii proclamèrent haut et fort à qui voulait les entendre : « Nous sommes de l'autre bateau ! Pas de ces navets ou de ces poires qui gobent n'importe quoi. Rien de ce qui est du dernier cri dans l'art ne nous est inconnu… » Fluvius eut un mot sublime. Quand on lui demanda s'il connaissait Pétrone, l'Ami du prince, il répliqua qu'il le connaissait depuis toujours, bien avant de le connaître.

Et Pétrone continua à parler ainsi jusqu'à plus d'heure.

Je me tirai en douce et gagnai le pont arrière, laissant Pétrone avec ses futurs invités.

Une légère brume courait sur le navire, j'étendis mon manteau et je m'allongeai. J'imaginais les galipettes que devaient se payer au même moment dans leur plumard Fluvius et Perlette et la douce musique du craquement de leurs vertèbres. Déjà le sommeil me gagnait quand je me sentis fléché, oui, littéralement harponné par Cupidon. Flottant dans une demi-rêverie, je n'avais pas senti l'haleine chaude dans mon cou, ni l'odeur musquée du corps nu qui s'était glissé sous mon manteau. Quand je repris conscience, c'était trop tard, quelqu'un me besognait le croupion tandis que de ses mains il s'amusait de mes bourses tout en m'astiquant la queue. Comme je montrais tout de même quelque surprise, j'entendis murmurer à mon oreille : « Combattras-tu longtemps un amour qui te plaît… » Je connaissais ce passage de l'*Énéide* de Virgile. Étonné, je tournai la tête. Dans l'obscurité au milieu d'une crinière blonde qui masquait son visage, j'aperçus un grand œil bleu malicieux qui me fixait. C'était assez pour deviner, en cet assaillant nocturne, le jeune galérien breton. Au bout d'un moment, sa paupière aux cils dorés s'abaissa ; je compris qu'il déchargeait. Dans l'instant, je déflaquais à mon tour dans sa main qu'il porta rapidement à ses lèvres.

Nous dormîmes comme deux chiots entremêlés. À l'aube nous remîmes cela.

Les clameurs des matelots envahissaient le pont. La galère, qui s'était mise au mouillage pour la nuit dans une crique non loin du cap Circé, appareillait.

Pétrone parut à la poupe au moment où le pilote ordonnait de lever l'ancre. Il ne sembla nullement étonné de voir Adminius auprès de moi. « Lysias, me dit-il, je crois que tu seras assez content de ma liste d'invités… Il y a à boire et à manger. Mais comme tu sais, cette petite société m'enchante toujours. Maintenant, il faut que je m'assure de la présence de Mamercus Creticus, notre célèbre auteur d'atellanes, parce qu'avec lui, comme le dit si finement Perlette, on est toujours certain de s'en payer une tranche. »

Il faut avouer que comme langue de vipère, on ne faisait pas mieux que Mamercus. Dans le genre, il était suprême. Il eût aimé passer pour une bonne âme bénisseuse mais, au premier verre de vin, il vous lâchait des horreurs et chacun en prenait pour son grade. C'était d'autant plus réjouissant que ce qu'il balançait était exact. Pétrone l'avait connu naguère en pleine gloire, il faisait les beaux soirs d'Alexandrie où ses pièces cassaient la baraque. Il était l'amant de la femme d'un des grands marchands de papyrus du coin. Une fabuleuse galette, m'avait assuré Pétrone. Il l'appelait ma petite chamelle adorée… et il ajoutait : elle est douce, douce si vous saviez et si idiote, c'est un vrai bonheur… En fait, il n'aimait que les jeunes Gaulois blonds et roses. Et encore raffinait-il car il les lui fallait de la tribu des Séquanes ou des Helvètes. Des « prouts » disait-il, ajoutant qu'il n'avait jamais eu de goût que pour les tapettes éthérées, de grandes jeunes filles aux airs penchés mais mâtées comme des malabars. Question braquemart, on ne la lui faisait pas. Il racontait assez joliment ses déconvenues à ce sujet. Il avait d'ailleurs inventé des expressions savoureuses. S'il tombait sur une goujonnette qu'il remettait à l'eau aussi rapidement qu'il l'avait levée, il s'écriait : « Fi ! Que Jupiter me garde de ce microgénitomorphe ! » Par ailleurs, devant une prise trop conséquente qu'il ne se sentait pas le courage de consommer étant donné la taille du fruit : « Aïe ! Maman ! » l'entendait-on gémir d'une voix où tintait déjà le regret.

Il n'avait d'après Pétrone aucune illusion sur lui ni sur le monde qu'il fréquentait. Aussi professait-il l'ingratitude. Il avouait volontiers que « l'ingratitude ne libère pas seulement celui qui l'exerce, mais celui contre qui on l'exerce. Double profit. Non ?… ». En sortant d'un souper, il en laissait échapper souvent de bonnes : « Les gens qui m'ont reçu ce soir, charmants par ailleurs, croient que je me souviendrai, la babine affriolée, de leur médiocre souper. Ils pensent certainement qu'ils se sont faits avec leur frichti un ami pour la vie. Autant dire qu'ils tireront une de ces figures quand, dans quelques mois, ils me présenteront l'addition du repas sous forme d'un service à leur rendre, et que je les enverrai au bain… »

Célibataire, très peu aimé des gens de théâtre, il passait son temps à grappiller ce qu'il pouvait de la vie. Cela ne l'empêchait pas de se retrouver souvent les mains vides, au bord du désespoir.

Les méchancetés qu'il servait aux autres, il s'en réservait également à lui-même. Selon Pétrone, c'était un être délicieux. Du vitriol à l'état pur mais avec une invention langagière si virtuose que Pétrone me faisait noter certaines de ses trouvailles.

« J'espère pouvoir lui mettre la main dessus s'il se trouve dans sa villa de Capri. C'est qu'il est toujours par monts et par vaux bien qu'il soit assez handicapé par ses rhumatismes. Il ne se déplace que si on lui envoie une litière ou au besoin une galère quand on veut l'avoir à souper sur le continent. Personne mieux que lui ne sait avec autant de grâce vivre sur l'habitant… Mais on lui pardonne car à l'époque où il était riche, il s'est montré la générosité même. Il avait un talent exceptionnel. Avec moins de mondanité, il eût pu devenir un nouveau Plaute. Mais il ne peut résister aux invitations. Le moindre pince-fesse le fait courir comme un dératé… »

À sa grande époque, que je n'ai pas connue mais que Pétrone se rappelait parfaitement, il dirigeait les répétitions de ses pièces d'une main de fer. Le plus insignifiant détail attirait son attention. Il réglait tout, l'entrée des figurants comme celle des premiers rôles. Il faisait recommencer dix fois le plus petit mouvement, donnait des inflexions, gesticulait, bondissait, rampait, et finissait par jouer tous les rôles. Une idée lui venant, il sautait sur la scène, et le casse-croûte qu'il s'apprêtait à manger serré sur son cœur, il roulait des yeux blancs pour expliquer à l'actrice comment devait mourir l'héroïne. Et Pétrone d'ajouter : « Je ne peux pas mieux dire, oui, c'était le théâtre fait homme… et tout cela gâché par des mondanités… Il y a des jours où l'on se ficherait des claques… »

Toutes les choses que Pétrone avait apprises sur sa grand-mère, Fabia, c'était en grande partie de Mamercus qu'il les tenait. Tout jeune, ce dernier avait été son sigisbée… Il lui devait beaucoup et le reconnaissait.

Pétrone s'apprêtait à retourner dans sa cabine quand, brusquement, il se tourna vers moi : « Je vois que vous avez fait connaissance. Vous êtes du même âge, je pense que vous vous entendrez bien. De ce jour Adminius, je te donne à Lysias… tu le serviras… – Mais je ne veux pas qu'Adminius soit mon esclave… m'écriai-je. – Eh bien soit ! Il ne le sera pas… Et comme je te connais, Lysias, mieux que tu ne te connais toi-même, et que je m'attendais à ta réaction, je l'ai devancée. Adminius est un homme libre… J'ai fait valoir à Épaphrodite qui règne sur toutes les paperasses de la chancellerie impériale qu'Adminius est petit-fils de roi. Très impressionné, il lui a accordé le droit de cité romaine… »

De ce jour, Adminius et moi allions vivre une de ces amitiés grecques non dépourvues d'orages. Quinze ans de compagnonnage avec ses hauts et ses bas.

C'est qu'il aimait à laisser son destin flotter à l'aventure, le Breton. Il appréciait la vie aux mille rebonds, le sang tumultueux. Peu à peu il devint son génie contraire. Quand je lui représentais le chagrin que me causaient ses virées, il me répondait avec ce détachement des jeunes hommes qui pressentent que leur vie sera brève : « Laissons faire le destin, Lysias, il sait notre jour… » Je l'aimais et lui pardonnais ses nuits de bringue. Et également les garces qu'il se tapait durant ces vadrouilles nocturnes. Lorsqu'il revenait à la maison après plusieurs jours, il rapportait parfois du gibier. Tantôt il s'agissait d'un bel éphèbe tantôt d'une fille. Qu'ils fussent de l'un ou de l'autre sexe, nous nous les partagions. Et je dois confesser qu'à trois, ainsi, j'en tirais du plaisir. Du moins jusqu'au jour où Adminius se laissa monter le bourrichon par une poupée de lupanar, gladiatrice qui combattait dans l'arène sur un char. Elle tenta de s'introduire dans notre particulier. En vain. Je ne voulus ni la connaître ni la recevoir. Alors elle décida de se venger. C'est elle qui lui mit en tête de tout abandonner, de quitter Rome, de me quitter pour aller reconquérir son royaume de Calédonie. Je ne sais quel conte elle s'était imaginé mais elle se voyait déjà reine au fin fond des monts Cheviot. Elle était ambitieuse et fièrement balancée. Aussi tenait-elle Adminius par où il fallait le tenir. Elle lui disait qu'elle serait pour lui une nouvelle reine Boudicca. Qu'elle saurait donner, elle aussi, du fil à retordre aux légions romaines puisqu'elle savait conduire un char et qu'elle était rousse, comme cette reine, et, comme elle, portait de gros colliers d'or qu'elle avait gagnés au cirque. Elle dut aussi lui faire le coup du polichinelle dans le tablier. L'enfant qu'elle sentait depuis quelque temps remuer était évidemment de lui. De qui donc pouvait-il être ? Les tapettes ne résistent pas à l'idée de voir fleurir leur semence.

Adminius me plaqua un beau matin. Il sortit de Rome. Quelques jours après lui, je quittai la ville et me retirai à Marseille.

Par la suite, bien des années plus tard, je compris que Pétrone, en favorisant notre amitié, avait probablement voulu nous accorder ce qu'il avait comme écrivain refusé à ses deux héros Encolpe et Giton, globe-trotteurs du trou de balle. Encore qu'il soit fort possible que ces derniers, ayant échappé à son contrôle, et vivant leur propre vie, se soient d'eux-mêmes essoufflés en courant derrière cette chimère qu'est l'amour. Peut-être ne faisaient-ils que se donner le change, ne recherchant dans la volupté qu'à conjurer le vertige de leur néant. Pitié, reconnaissance, amour : aucun de ces sentiments, d'ailleurs, ne leur est connu si l'on regarde de près leurs aventures.

IV

L'ARRIVÉE

Notre galère arriva en vue du port de Cumes alors que le soleil plongeait dans la mer. Depuis quelques instants nous longions la côte d'assez près pour apercevoir les belles villas perchées sur les hauteurs, dont les jardins descendaient en espaliers vers la mer et leurs piscines taillées dans les rochers. Le long des criques de sable fin qui alternaient avec les promontoires, les guinguettes allumaient leurs lampions.

Généralement, à cette époque de l'année, ces établissements étaient démontés. Sur cette côte qui va de Cumes à Pouzzoles, en passant par le cap Misène et Baïes, la saison chic commence au solstice d'été pour se terminer aux calendes de septembre. La probable arrivée de l'Empereur avait, cette année-là, prolongé la villégiature. Il faut dire que ce moment de l'année est de loin le plus agréable en Campanie. Jusqu'à la fin octobre on s'y baigne délicieusement et, dans les jardins, les roses et les jasmins qui renaissent après les ardeurs de l'été exhalent un parfum indéfinissable. La nature est tout emplie de cette mélancolie des choses qui s'achèvent.

La société de mondains désœuvrés, de poules de luxe, de gigolos, qui hante cette côte ne sait pas ce qu'elle perd en sacrifiant à cette absurde habitude de la mode qui veut qu'on s'en retourne à Rome pour la réouverture des jeux du cirque, occasions de raouts auxquels se doit de sacrifier toute maîtresse de maison dans le coup pour signaler qu'on est encore bien là, que l'on n'a pas fait naufrage durant l'été et que le prince vous tient toujours au chaud dans ses petits papiers.

Le maître des bains repliait les tentes sur la plage. Ses acolytes tiraient les barques de louage sur la grève. On plantait des torches dans le sable.

La nuit se mettait en place, tandis que déjà de Naples, d'Herculanum et de plus loin encore des noctambules arrivaient par bandes. « Aubergiste ! Du vin et qu'on nous ouvre des plateaux d'huîtres, les plus grosses les plus charnues, celles du lac Lucrin. Et par Neptune qu'on s'en fasse péter la sous-ventrière ! » C'était les heureux de la nuit et ils se foutaient bien que le couchant voie derrière lui se lever les aurores comme s'en inquiète le Faune dans la longue bucolique du poète Calpurnius.

Pétrone se tenait à l'avant du navire. Seul. Aux pêcheurs qui sortaient du port pour s'en aller tendre de nuit leurs filets et qui, l'ayant reconnu, approchaient leur barque pour le saluer, il répondait par un geste amical. Depuis le temps, il les connaissait tous et aurait pu les appeler par leur nom. Au bout du môle venait de s'allumer le fanal. Les rames avaient cessé de battre la mer. La manœuvre pour entrer dans le port de Cumes, toujours délicate, fut exécutée à la voile. Pour parvenir au chenal, il fallait contourner les balises qui signalaient les hauts-fonds où plus d'un navire était venu déchirer sa coque.

La capitainerie, avertie, avait réservé une place pour le mouillage face à la maison des galériens, grand portique passé à la chaux bleue sous lequel sont enchaînés les forçats de la mer. Celle-ci se trouvait flanquée à sa droite comme à sa gauche d'estaminets profonds et enfumés dont les tables et les bancs, tirés sur le quai, encombraient le passage. Ces tavernes étaient fréquentées par des marins toujours à la recherche d'un engagement et dont, généralement, aucun équipage ne voulait.

Avides d'aventures, pour deux as, ils y noient leurs désillusions. Ils demeurent le regard vague, rêvant à on ne sait quelle équipée, le jour et la nuit. Se joignent à eux des esclaves fugitifs ou en passe de l'être qui, à moitié ivres, débinent leurs anciens maîtres ou ceux qu'ils ont l'intention de quitter. Des voleurs, des assassins y reprennent leur souffle entre deux mauvais coups. Le gargotier, généralement un gladiateur à la réforme, se fait à l'occasion receleur. Ces tavernes sont le repaire de la pire racaille. Tout ce que la société a décidé de mettre à son ban s'y retrouve. Une belle humanité qui s'y assomme en vidant des cruches de vin cuit de Crète afin d'oublier son état. Une odeur fade de viande bouillie s'échappe des cuisines et empeste l'air. Le cuistot est allé l'acheter dès la première heure auprès des sacrificateurs victimaires mais plus probablement chez les équarrisseurs du cirque. Ainsi, selon le calendrier des fêtes publiques, on peut y manger du ragoût de lion ou d'ours. Et personne ne songerait alors qu'il y a quelque chose d'atroce à se gaver ainsi, sur le pouce, de viandes de fauves repus de chair humaine. Quelques-uns cependant jouent aux dés et souvent rectifient la malchance à coups de poignard.

Querelles d'ivrognes, concluront les vigiles en ramassant le corps d'un malheureux. Parfois, un des joueurs se lève de la table et s'en va titubant au bord du bassin se soulager. Il arrive qu'il ne revienne pas. Personne ne s'en soucie. Le lendemain, on le retrouvera dans le port, flottant sur le ventre, entre deux eaux.

Ce soir-là, une fille de port, sans âge, mais souple comme le serpent, exécutait une danse faite de cambrures arrachées au feu en s'accompagnant de castagnettes. Des marins applaudissaient à ses ébats en chantant des couplets obscènes. Plus loin, étendu de tout son long sur un banc, un prêtre de Cybèle ronflait en cuvant son vin. Des esclaves qui appartenaient à Pétrone se tenaient sur le quai pour l'accueillir et aider à la manœuvre. Les matelots du pont leur jetaient des bouts qu'ils tiraient amenant lentement le navire, par tribord, parallèlement au quai tandis qu'on basculait de lourdes défenses en cordes tressées pour prévenir le choc de l'accostage. La manœuvre terminée, la galère arrimée, des passerelles furent jetées. Pétrone le premier descendit. Aussitôt à terre, il monta dans une voiture attelée de trois mules et, sans plus attendre, ordonna qu'on le conduisît à sa villa.

Il croisa en passant devant l'une des tavernes la femme qui dansait. Elle était vieille. Seule sa silhouette donnait le change de la jeunesse. Il crut la reconnaître. Ce n'est qu'un peu plus loin qu'il fit arrêter sa voiture et donner l'ordre de rebrousser chemin. Quand il fut à nouveau à sa hauteur, il l'appela. L'autre, surprise, s'arrêta de danser. Pétrone l'appela par son nom une seconde fois, certain, à présent, qu'il ne commettait pas d'impair et que c'était bien elle. Il lui fit signe d'approcher. Elle vint à lui. Une torche à cet instant éclaira son visage grêlé par la maladie. De sa beauté de naguère il ne demeurait rien à l'exception d'un regard profond que soulignaient de larges cernes bleus. On n'aurait su lui donner d'âge. Décharnée, osseuse, vêtue de haillons calculés, elle gardait cependant un port de tête qui ne trompait pas. Plus encore que celui d'une danseuse au sommet de son art, c'était celui d'une patricienne. Comment en était-elle arrivée à cet état de déchéance ? se demanda Pétrone. Car elle possédait ce génie qui en impose à tous. Et sa danse était de celles qui répandent la sorcellerie.

Pétrone la dévisageait comme s'il se trouvait devant une énigme. Oui, c'était bien elle. Sans plus attendre, il descendit de sa voiture. Et se fit un devoir de la saluer non tant comme la grande artiste qu'elle demeurait mais comme une patricienne d'une très auguste famille et, qui plus est, ancienne vestale. Cette danseuse des rues n'était autre, en effet, que Manlia, l'amante volage de Tuccia, la gousse de choc qui s'était ruinée en perles précieuses pour sa murène. Pétrone savait son monde et aussi ce que représentait dans l'histoire de Rome l'illustre famille Manlia.

Marcus Manlius Capitolinus n'avait-il pas sauvé Rome des Gaulois et Rome ne l'avait-elle pas fait mourir ignominieusement en le précipitant de la roche Tarpéienne ? Autant dire de ce Capitole qu'il s'était employé à défendre si héroïquement.

Manlia ne chercha pas à dissimuler son identité. Elle répondit comme il le fallait au salut de Pétrone. Elle possédait cette politesse innée propre à sa caste.

« Je donne après-demain, lui dit-il, un souper chez moi à la villa. Je pense que vous connaissez ma maison pour y avoir été reçue du temps de ma grand-mère,

Fabia Maxima. Elle était une passionnée des danses de Bétique… La villa des Jasmins, vous ne pouvez vous tromper. C'est l'une des premières maisons que l'on trouve au sortir de Cumes, à trois stades sur le chemin du cap Misène, juste avant celle qu'on dit avoir appartenu jadis à Lucullus et dans laquelle Tibère mourut. J'aimerais vous compter parmi mes invités. Et puis, si d'aventure, mise en verve par mon vin, vous désiriez esquisser quelques pas, je serais le premier à y applaudir. Car je sais, pour vous avoir jadis vue exercer votre art, la magie que vous mettez dans vos danses. C'est tout à fait unique… Dès demain matin, je vous enverrai deux esclaves que vous garderez à votre service. Ne vous fiez pas à leur jeunesse, ces filles sont expertes en ce qui touche à la toilette. Pour l'heure, acceptez cette bourse… Le jour de la fête mon intendant vous enverra soit une litière, soit une barque, si la mer est calme, pour vous conduire à la villa… Je tiens infiniment à votre présence, chère Manlia, infiniment et je ne saurais assez remercier le hasard… »

Pétrone était déjà remonté en voiture et ces derniers mots se perdirent dans le brouhaha du port et le grincement des roues de sa voiture.

Nous avions récupéré les chevaux sellés et bridés qui nous attendaient sous le portique du port. Nous laissâmes aux matelots et aux galériens la tâche de décharger les baquets qui avaient servi de viviers aux poissons. Notre troupe, à présent, entourait la voiture de Pétrone. Armés de torches, nous allions au petit trot. Ainsi, nous sortîmes de Cumes.

Je chevauchais en tête. Adminius se tenait en croupe.

Notre cortège s'engagea sur la route du cap Misène. Les flammes des torches dansaient dans la nuit. La nature exhalait des parfums qui rameutaient en moi bien des souvenirs.

Je connaissais cette route pour l'avoir faite si souvent à pied, de nuit, l'été, lors de mes virées au port. Pétrone ignorait tout, du moins je le pensais, de mes bourlingues nocturnes. C'était une époque où j'imaginais qu'il avait quelques sentiments pour moi : aussi j'essayais de tenir secrètes mes escapades. Pour rien au monde je n'aurais voulu qu'il fût mis au courant de ces bordées et surtout qu'il en prît ombrage.

Je m'étais épris d'une fille de mon âge. Elle devait avoir quinze ans. Je venais d'en avoir seize. Elle se nommait Œnothéa. Son père, un certain Herméros, avait été un gladiateur thrace assez renommé à Naples. Il avait racheté sa liberté et était venu, au sortir de l'arène, s'installer dans les faubourgs de Baïes. C'était un esprit industrieux. Aussi, profitant des gogos qui s'étaient établis à l'année sur la côte, il avait eu l'idée de relancer la mode des jeux mortuaires. Il les persuadait facilement que cette coutume, héritée des Étrusques et qui n'avait plus cours depuis longtemps, était de la dernière mode.

Ces petits combats organisés soit dans les arènes personnelles du défunt soit près de son tombeau se trouvaient être bien entendu de la frime, car arrangés par avance. Les combattants s'empoignaient pour du beurre. Des truquages de théâtre aidaient aux ultimes sursauts du rétiaire. Une poche en cuir contenant du sang de bœuf, dissimulée sous l'épaulière d'acier du gladiateur, percée avec art et au bon moment, faisait la farce. En tout cas suffisait à contenter la famille du défunt et les ancêtres potiches de ce dernier dont on promenait avec d'autant plus d'ostentation les images. Herméros avait formé une petite équipe de gladiateurs, « les hommes du bûcher funèbre » comme l'on disait jadis. Il les recrutait parmi d'anciens collègues du cirque ou encore auprès des traîne-savates, généralement d'assez beaux gaillards qui, attirés sur cette côte par l'odeur du fric, étaient prêts à tout pour survivre, en attendant de trouver la belle occase qui les mettrait définitivement à l'ombre du besoin.

D'organisateur de jeux funèbres, Herméros n'eut qu'un pas à faire pour devenir croque-mort. Il se constitua une véritable entreprise avec toilettage pour viande froide, pleureuses, dresseurs de bûcher, buccinateurs et tout le tremblement. Aussi étrange que cela puisse paraître, cette nouvelle profession lui en fit entrevoir une autre, encore plus lucrative : celle de maquereau. C'est qu'il avait l'âme tendre, Herméros, et ses veuves éplorées lui fendaient le cœur. D'autant plus qu'elles étaient bourrées aux as. Il se faisait fort de leur caser un des beaux gosses qu'il couvait sous son aile. Non sans avoir pris auparavant ses sûretés en leur faisant signer un papelard par lequel ils s'engageaient à lui verser une rente annuelle. Généralement cinq pour cent des revenus de la future épouse. Fallait bien vivre. Et le parfum du bonheur coûte un peu.

Je retrouvais Œnothéa presque chaque nuit près d'une tour de guet en ruine. Elle était experte aux choses de l'amour. Au début, j'étais assez dadais entre ses bras. Elle eut la bonté d'être patiente. La pudeur interdit généralement aux femmes de provoquer certaines caresses. Œnothéa n'était pas fille à avoir ces retenues. Elle prit rapidement l'initiative et m'initia à des voluptés que je n'aurais pu imaginer. C'était une effrontée à laquelle il ne fallait pas en conter. Nous avions élu pour tanière un gros buisson de lauriers dont les branches, retombant en arceaux, faisaient une cabane naturelle. Au petit matin, nous nous séparions avec mille serments, nous promettant de nous revoir dès la nuit suivante. Mon corps conservait toute la journée l'odeur de sa peau de rousse et aussi celle de l'armoise, de la menthe sauvage et du romarin dont il s'était imprégné durant la nuit.

Ces rendez-vous duraient déjà depuis plus d'un mois. Chaque nuit je m'avançais parmi les sauges sauvages, le cœur battant, toujours inquiet de ne pas la revoir. Elle m'aimait sans doute ; mais je la sentais frivole, peu sûre. Elle jouait de mes nerfs. J'étais possédé. À plusieurs reprises, j'avais essayé de me guérir d'elle, de la laisser tomber. En vain. Elle me tenait. Nos amours brutales, sans tendresse, avaient un goût de rage. Nous y donnions carrière plusieurs fois par nuit et parfois à l'aube encore. Malgré ses leçons, je demeurais un amant assez décevant. Un peine-à-jouir. Ce soir-là, alors que je la besognais grossièrement, je sentis sa main glisser le long de ma colonne vertébrale et au moment où je m'y attendais le moins, elle m'introduisit rapidement trois doigts dans le cul. Je me sentis frissonner et sans me soucier plus amplement de sa jouissance, je déflaquai comme un goujat en solitaire. Ma médiocrité d'amant était patente. Elle se dégagea et la phrase cingla : « Mon petit chou, déserte le chemin des dames et va-t'en plutôt apprendre la rhétorique avec les garçons. » Sur ces paroles qui blessaient ma vanité de jeune mâle, elle écarta les branchages et disparut. Je voulus la rattraper. Mais le champ était vide et la nuit épaisse. Rien. Pas un bruit. Au loin seulement, par intermittence, les sonnailles d'un troupeau de moutons.

Le lendemain la journée me parut sans fin. J'attendis avec impatience le soir. Allais-je la revoir ? À l'heure où, comme chaque nuit, je quittais la villa, je m'avançai tel un voleur sur la route. Je marchai deux stades puis je grimpai en direction de la tour. Je sifflai par trois fois. C'était mon signal pour la prévenir. Elle devait y répondre par un hululement de chouette. Je sifflai une seconde fois. Toujours rien. Elle était en retard. C'est qu'elle venait à pied de Baïes par la route souterraine. Je n'imaginai pas qu'elle pût m'en vouloir de ma minable prestation de la veille. Je pensai qu'elle faisait exprès de ne pas répondre. Œnothéa était d'humeur fantasque. Je grimpai vers la tour. Je m'approchai du laurier. Je me glissai dans notre repaire. Je fus alors saisi par deux bras. Je voulus me débattre. Mais il n'y eut rien à faire, je ne pus me dégager. J'étais plaqué au sol. C'est alors que j'entendis à mon oreille une voix d'homme : « Alors beau mec ! On aimerait, à ce que l'on m'a dit, en tâter. Allez, agite les hanches, mignon ! Tends bien ton petit cul, que j'y fourre mon épieu… » Il m'écarta les fesses et sans plus de façon me pénétra. Combien de fois me prit-il ainsi, je ne sais plus. Je me souviens seulement de cette sauvage agression, que je subis. Je crois cependant l'avoir injurié. Et lui éclatait de rire. Ensuite, je me laissai faire. Ainsi fus-je initié à la bougrerie. Car son dessein n'était pas de me foutre le cul en compote mais de me mener sur le chemin de la volupté. Quand il vit que je me soumettais, il eut même des gestes tendres. Et c'est en drauque ou si vous préférez en queutard de première, qu'il déflaqua plus de quatre fois de suite. Et à chaque fois, quand il déchargeait, il se mettait à rire. À un certain moment, alors qu'il me retournait pour me prendre dans une autre position, je vis son visage. C'était un jeune Gaulois reconnaissable à la boucle qu'il portait à l'oreille. Il appartenait sans doute à la bande d'Herméros. À un moment, n'en pouvant plus de tant de jouissance, je m'assoupis sous lui. Quand je me réveillai, l'aube pointait et le jeune Gaulois avait filé. Je rassemblai rapidement mes frusques et regagnai la villa. La première personne sur qui je tombai dans l'atrium fut Gordias. Il me regarda d'un air goguenard. L'idée me vint qu'il pouvait être pour quelque chose dans mon initiation. En fait, il n'en était rien. Toute l'aventure avait été ourlée par Œnothéa, non par vengeance mais pour me faire prendre conscience que ce n'était pas auprès des femmes que je me devais d'apprendre la volupté mais plutôt du côté des garçons.

Je ne sais comment Pétrone fut mis au courant de mes frasques. Peut-être ne fût-ce que le fruit du hasard ? Quoi qu'il en soit, un matin, alors que nous nous étions mis au travail sur la terrasse d'où l'on aperçoit la mer, il me dicta un épisode de *La Vie aventureuse d'Encolpe*.

Il venait depuis peu de s'atteler à cet ouvrage. Il me dictait son texte, généralement sur le ton de la conversation et moi j'attrapais au vol ses paroles grâce à la méthode de sténographie inventée par Tiron, le secrétaire de Cicéron. De temps à autre il jetait un coup d'œil dans ma direction. Ainsi pouvait-il facilement juger, d'après mon expression, de l'effet de ses phrases. J'étais son secrétaire et aussi son premier lecteur. Parfois, il lui arrivait de reprendre un enchaînement de mots trop colorés, une chute, une plaisanterie risquée qui ne m'avait pas fait sourire… Bref, ce matin-là, il élabora tout un épisode. Encolpe son héros y faisait les frais d'une aventure si semblable à la mienne que je faillis en laisser tomber mon stylet. Je cachai mon trouble et continuai à noter sur mes tablettes toutes ces saloperies bien agréables, il me faut l'avouer, que j'avais été obligé de subir. Pétrone décrivait avec crudité sans aller chercher ses métaphores auprès de Jupiter et de Ganymède, de Hyacinthe ou d'Apollon, comment le jeune Gaulois manipulait la grosse anguille d'Encolpe pendant qu'il l'enfilait.

Quand Pétrone eut fini de dicter, il se tourna vers moi : « Vois-tu, Lysias, bien que j'aie préféré comme dit mon cher Ovide "le plaisir qui de part et d'autre éjacule", autant dire celui qu'on prend avec une femme, je ne supporte pas pour autant cette discrimination que l'on fait dans les amours masculines entre l'acte actif et l'acte passif. S'il faut en croire Catulle, César ne refusait jamais de s'en prendre une bonne saccade de son commandant du génie en Gaule, ce Mamurra que le poète appelait par ailleurs "grosse biroute". »

Et Pétrone de se mettre à réciter de mémoire : « L'accord est parfait entre ces enculés infâmes, le giton Mamurra et César… » Et de continuer de mémoire toute cette élégie du popotin. Cependant, pour faire un compte juste, il ajouta : « Par ailleurs, Catulle ne dédaigna pas de tâter de l'anguille auprès d'un certain Juventius. Mais le petit gars ne dut pas s'y retrouver car il s'en alla rapidement voir ailleurs. Il fallait qu'il fût un bien mauvais coup, notre poète, pour tomber ainsi sur un bec… Après ses amours malheureuses avec Clodia dont il nous a laissé tout un fameux potage… Eh oui ! Clodia ! Lesbie, Clodia ce sont mêmes personnes. Clodia, la sœur de ce sacripant de Clodius, amant de Curion et de Marc Antoine, partant la belle-sœur de ma chère Fulvia qui fut tour à tour la femme de ces trois gaillards. Oui ! Clodia qui, un temps, avait bien voulu écouter Catulle mais qui s'en était lassée. C'est que la dame avait besoin d'une nourriture plus substantielle que les hendécasyllabes du poète pour occuper ses nuits… ».

C'était la première fois que Pétrone, depuis notre retour de Bithynie, évoquait devant moi ces personnages dont aucune des aventures amoureuses et politiques ne devait par la suite m'être épargnée. Les tuniques d'or ! Oui ! Elles étaient présentes dès nos premières séances de travail en cette fin de printemps. On eût dit que *La Vie aventureuse d'Encolpe et de Giton* ne prenait son envol que comme l'extension de leurs aventures transposées parmi une pègre joyeuse.

Pour Œnothéa, qui participait en tant que grande initiatrice, Pétrone avait trouvé un nom différent, Licinia je crois bien, – c'est qu'il y a bien longtemps que je n'ai pas relu *La Vie aventureuse*… Quant à son père le gladiateur, il en avait tout simplement fait un bistrotier du port de Tarente. Cependant, quel ne fut pas mon étonnement de voir par la suite apparaître le nom d'Herméros comme celui d'un gladiateur très prisé par Trimalchion, personnage cocasse de cette vadrouille satirique. Il y avait là un peu plus qu'une coïncidence. Or, quand une semaine plus tard, on en vint au chapitre où l'on voit une vieille édentée qui, pour raffermir le sexe flageolant d'Encolpe, lui introduit délicatement dans son cul mignard un phallus en cuir frotté d'huile et de poivre et que cette sorcière directement sortie des enfers se trouvait avoir pour nom Œnothéa, je n'eus plus aucun doute : Pétrone était au parfum de mes aventures. Comment ? Par qui ? Je ne l'ai jamais su et sans doute ne le saurai-je jamais.

Toutes ces choses vieilles déjà de six ans m'étaient revenues, alors qu'à petit trot, sur mon cheval, je respirais l'air embaumé de ces nuits qui ne sont plus tout à fait celles de l'été mais où l'on sent les dernières tendresses des beaux jours qui coulent vers l'automne. Il y avait une rousseur dans la nature qui se mêlait à l'odeur d'Adminius lequel, en croupe, me tenait à bras-le-corps. J'avais deviné ce qui se cachait derrière ce souper auquel Pétrone accordait tant de prix. Et malgré tout quelque chose riait en moi. Ce rire grec où le bonheur et l'effroi sont si proches.

Quelle ne fut pas notre surprise lorsque, arrivant enfin à la villa des Jasmins, nous nous aperçûmes qu'un détachement de gardes prétoriens, commandé par un centurion, entourait le parc. Pétrone ne s'en étonna pas. Il pencha simplement sa tête hors de la portière et fit signe au centurion d'approcher. Celui-ci s'exécuta sans difficulté. Il approcha son cheval. Quand il fut à la hauteur de la voiture, il mit pied à terre. Avant même que Pétrone ne l'interroge sur ce déploiement de force, il l'informa que c'était par ordre de l'Empereur qu'il se trouvait là. Il ajouta que César Néron, soucieux du repos d'un Ami du prince, avait veillé personnellement à ce que des gardes soient postés autour de sa demeure. « C'est que l'arrivée de l'Empereur et de sa cour amène toujours dans la région une recrudescence de cambriolages… – Bien… bien…

fit Pétrone... je remercie l'Empereur de cette amicale intention... Je vous ferai porter du vin afin que vos hommes ne puissent dire que celui qu'ils gardent est un ingrat... » Sur ces mots, il fit un signe amical au centurion et la voiture pénétra dans la propriété par le portail que flanquaient deux cyprès centenaires. À cet instant, j'entendis Pétrone, comme se parlant à lui-même, dire : « Des gardes, certes ! Mais ensuite quels gardes viendront surveiller ces gardes ?... »

V

LE SOUPER

(le 30 des comices de septembre)

Depuis la veille, l'orage tournait au-dessus du golfe et des îles sans éclater. Ici et là, des éclairs de chaleur striaient le ciel. La mer étale et mate donnait l'impression d'être du plomb liquide. Dans l'air, pas un souffle. Le vent d'Afrique était tombé durant la nuit, laissant la nature exsangue. À l'horizon, on devinait une violence accumulée.

La villa des Jasmins possédait la simplicité du grand luxe. Posée sur un ensemble de terrasses, elle paraissait assez vaste pour avoir à demeure une vingtaine d'invités avec leur domesticité. Chaque invité était logé dans un appartement qui donnait sur un atrium au milieu duquel bruissait une fontaine. Les murs étaient décorés de peintures représentant des scènes mythologiques. Ainsi y avait-il l'appartement de Diane, celui de Vénus… Un grand péristyle conduisait à la salle à manger qui ouvrait par une baie sur un hippodrome privé.

Pétrone avait développé très tôt la passion des chevaux. Il possédait de magnifiques coursiers dans ses haras près de Rome qu'il aimait faire courir, attelés à des quadriges, lors des courses, au Grand Cirque.

J'avais une préférence pour quatre Lusitaniens de robe blanche. De magnifiques étalons que l'Empereur lui enviait. Pour son haras de Cumes, il était principalement composé de petits barbes ardents et aussi de persans impétueux. Il les connaissait par leur nom et lorsqu'ils se trouvaient au pré, il n'avait qu'à les appeler pour qu'ils galopent vers lui en piaffant, le naseau frémissant. Parfois, il s'en faisait seller un, mais c'était rare. Au fond, ce qu'il aimait chez les chevaux, c'était de les voir évoluer en liberté plus que de les monter. D'ailleurs, il avouait à qui voulait l'entendre qu'il était un assez piètre cavalier. Ce qui n'était pas vrai. Car lorsqu'un des lads ou même l'écuyer en chef rencontrait des difficultés durant le dressage d'un cheval, Pétrone prenait une chambrière et un trident, et, longe en main, en moins d'une heure, le cheval se trouvait bien mis.

Par une seconde baie, la salle à manger donnait sur les terrasses d'où se découvrait le jardin qui, en pente douce, descendait vers la mer.

Pétrone, dès son arrivée, s'était retiré dans ses appartements. Ceux-ci occupaient l'aile gauche de la villa. C'était une série de petites pièces dont les murs étaient en partie recouverts de plaques de marbre, chacune de teinte différente et agencée en un subtil dégradé. Le reste des murs ainsi que les plafonds étaient peints à fresque : de simples verdures toutes pleines d'oiseaux, de scènes bucoliques et de chasse, ou plus simplement de natures mortes. Il s'y trouvait même une peinture de la maison avec sa colonnade palissée de jasmins, ses cours intérieures et ses fontaines. Ainsi, on comprenait mieux le dessein qui avait guidé Fabia Maxima lorsqu'elle avait fait construire cette villa un peu sur la hauteur, en retrait de la mer.

La vue directe sur la mer avait dû lui sembler trop

violente. Elle avait préféré en tamiser par des pins la lumière.

C'était, en effet, Fabia Maxima qui avait fait édifier cette demeure quand elle avait su que Tibère s'était porté acquéreur du domaine qu'avait possédé Lucullus, un siècle plus tôt, sur cette route du cap Misène. Il est probable que Tibère lui procura le terrain.

On prétend encore aujourd'hui qu'un long souterrain reliait la villa des Jasmins à celle de l'empereur ; et que si Tibère, sentant ses forces l'abandonner, avait fui ses palais de Capri pour l'ancienne villégiature du « Xerxès en toge », c'était plus pour se rapprocher de sa chère Fabia que pour parer aux différents complots qu'il était las de déjouer. On avait dit également qu'elle était accourue par le passage secret dès qu'elle avait été prévenue par un de ses espions de l'agonie du prince. Et c'est voilée de noir, ainsi qu'une pleureuse, qu'elle fit pivoter la colonne derrière laquelle s'ouvrait le passage. Elle se retrouva dans un cabinet attenant aux appartements impériaux où, depuis l'avant-veille, était parqué un troupeau de pleureuses. L'état de l'empereur s'était subitement aggravé. Aussi Macron, le nouveau préfet du prétoire depuis la chute de Séjan, avait fait venir de Rome, en toute hâte, ces professionnelles de la douleur, dont le haut chant pouvait rendre neurasthénique le plus primesautier des bouffons.

La cour, et surtout la camarilla qui s'était formée depuis quelque temps autour de Gaius César[1], le petit-neveu de Tibère et son fils adoptif, espéraient une issue rapide. La maladie allait enfin réussir là où plusieurs tentatives d'empoisonnement avaient échoué.

Fabia se mêla facilement aux choreutes de la mort, d'autant qu'elles étaient ivres. Elles attendaient là, depuis déjà deux jours, l'issue fatale. Au début, elles avaient consciencieusement répété leurs rôles, gémissant, modulant leur douleur sur tous les modes. Elles avaient pleuré, crié. Elles entraient dans le malheur des autres très consciencieusement, avec délectation même. Déjà, elles étaient prêtes à se déchirer le visage. C'est que ce n'était pas tous les jours qu'on avait la chance d'accompagner à son bûcher funèbre un empereur et de surcroît un dieu. Toutefois, Tibère s'acharnant à demeurer en vie et les heures passant, leur émotion s'émoussa ; et se sentant peu aidées par le sort, leurs lacrymations se tarirent. Pour se remettre de leur hystérie collective, elles se mirent à se pincer comme des gamines. À se raconter des gaudrioles ayant trait à leur métier, comme le mort qui bande encore. Et de fil en aiguille les voilà réclamant du vin et des friandises. On leur en apporte. Et aussitôt elles se mettent à bambocher. Et c'est dans cet état de noceuses que Fabia Maxima les découvre, cheveu défait, œil vitreux, titubant. Bientôt s'élève un murmure dans le palais qui va en s'amplifiant. La rumeur s'étoffe. César Tibère est à l'agonie. Il est mort. La foule des courtisans reflue des antichambres et des appartements impériaux, délaissant la dépouille du vieil empereur, pour se diriger vers le pavillon du nouveau prince, Gaius César Caligula. C'est qu'il faut faire vite pour être les premiers à saluer le nouvel empereur. Il n'est plus temps pour les pleureuses de cuver tranquillement leur vin. Elles s'enfoncent les doigts dans la gorge pour se faire vomir. Se rafistolent comme elles peuvent. Certaines, trop promptes à suivre le mouvement, glissent dans leur dégueulis alors que d'autres dégobillent encore. Fabia Maxima se fraye un chemin à contre-courant de la foule. Sans être vue, elle parvient jusqu'à la chambre impériale. La porte en est grande ouverte. Les gardes ont déguerpi. Elle s'approche du lit. Et soudain pousse un cri. On a prétendu depuis que ce cri, dont nul ne sut jamais par qui il fut émis, donna l'alerte.

Fabia, saisie d'effroi, se tient près du lit où Tibère, l'instant précédent, gisait sans connaissance. Le vieil empereur est là, redressé sur ses oreillers et réclame ses gardes. « Où sont mes prétoriens, crie-t-il, et mon préfet ? Ils m'ont abandonné… Oh je comprends… » La mort qui avait été constatée n'était qu'une profonde léthargie, qui en avait toutes les apparences. Les médecins s'étaient laissés abuser. Pourtant, plus d'une heure durant, ils avaient passé et repassé leur miroir à la hauteur de la bouche et du nez du vieil homme sans déceler la moindre buée.

Dans les appartements de Caligula, au même moment, la foule qui acclame le nouvel empereur entend le cri et, plantant là le nouveau prince, s'en retourne vers la chambre du mort.

Déjà les pas d'un esclave qui accourt se font entendre et, par-derrière, la meute grondante des courtisans. Fabia n'a que le temps de se dissimuler derrière une tenture. Le médecin Chariclès et le préfet du prétoire, Macron, paraissent à leur tour. Non seulement Tibère a repris ses esprits mais il commande. Il veut boire, il veut manger. Encore quelques instants et il comprendra tout ce qui s'est tramé durant sa perte de connaissance. Macron sent qu'il en va de son crédit, de sa vie. Il s'est livré trop tôt au parti de Caligula. Tibère l'apprendra par ses espions. Le jeune prince non plus ne sera pas épargné. Tibère a depuis longtemps percé sa nature féroce. Il n'a pour lui que mépris. Lors d'un souper, il y a peu à Capri, alors que le dictateur Sylla était évoqué dans la conversation et que le jeune Gaius s'en moquait ouvertement comme d'une vieille lune, ne lui avait-il pas froidement rétorqué qu'il en aurait tous les vices mais aucune des qualités ?

Macron, sans perdre de temps, fait signe à Chariclès de sortir, puis donne l'ordre aux prétoriens de fermer toutes les portes et de boucler les appartements impériaux. Il demeure seul auprès de l'empereur avec l'esclave qui l'a prévenu de cette résurrection imprévue. Il faut faire vite. D'un geste, il lui ordonne d'étouffer le vieillard alors que lui-même s'avance vers le lit pour baiser la main de Tibère en acte de soumission. Tibère, qui a vu le piège, se débat. Il saisit la main de Macron et la mord au sang. L'esclave s'est jeté sur l'empereur et appuie de tout son poids. On entend à travers le coussin les vertèbres craquer. Tibère se débat encore. Ses forces bientôt cèdent. L'acte est accompli. Macron et l'esclave, sans attendre plus longtemps, sortent de la chambre. Derrière la tenture, Fabia a tout entendu. Rien ne lui a échappé de l'assassinat. Maintenant il lui faut faire vite. Elle sort de la chambre. Un des prétoriens veut la retenir. Elle le toise. « Qui es-tu pour t'adresser de la sorte à la Grande Vestale ? » Sans attendre sa réponse, elle passe outre et gagne le cabinet aux colonnes. Elle fait jouer le mécanisme. Le passage secret est là, devant elle, avec son escalier qui plonge dans le noir. Elle s'y engouffre. Le soir même, elle donnera l'ordre qu'on le mure définitivement après en avoir fait écrouler une partie.

Pétrone prétendait que sa grand-mère Fabia était morte de chagrin. C'était enjoliver le conte. Au vrai, elle avait été dénoncée par un des esclaves qu'elle avait chargé des travaux du souterrain. Cet homme l'espionnait depuis quelque temps pour le compte de Lollia Paulina, la petite-fille de son mari. Cette dernière, déjà la favorite du nouvel empereur qui, à quelque temps de là, devait la faire brièvement impératrice, recherchait par tous les moyens des preuves pour susciter contre elle des délateurs afin de la traîner en justice.

Alertée, Fabia n'eut que le temps de s'ouvrir les veines. Elle prévenait l'ordre de mort qui n'aurait pas manqué de lui être signifié après un jugement expéditif. Ainsi empêcha-t-elle ses biens, qui étaient immenses, d'être saisis par le prince et restitués par lui à Lollia, déjà sa maîtresse. En effet, un jugement de lèse-majesté l'aurait privée de ses droits, de sa fortune et même d'une sépulture. Par cette mort volontaire, elle échappait au jugement ; et son testament fut respecté au grand dam de Lollia Paulina. Quant à sa dépouille, elle reçut les honneurs d'une sépulture digne de l'illustre famille dont elle était issue.

On ne sut jamais très bien où ce souterrain prenait naissance. Je pense même que Pétrone l'ignorait malgré ses airs entendus quand on évoquait devant lui ce passage. Le plan de la maison et du parc, ainsi que les vues de celui-ci peintes sur les murs de la salle de repos de son appartement n'en laissaient rien deviner.

Toutefois, peu de chose dans la villa avait changé depuis l'époque de Fabia ; à l'exception de l'hippodrome que Pétrone avait fait aménager et de quelques statues dont il avait agrémenté les terrasses et certains bosquets. Mais les futaies de grands pins maritimes, les cèdres, les bosquets d'yeuses, la roseraie, les massifs de buis taillés, le labyrinthe, le théâtre de verdure, tout cela se retrouvait sur le mur peint au moindre détail. On y voyait l'immense pelouse qui descendait en pente douce vers la mer ainsi que le jardin de rocaille et la petite crique fermée par une jetée où seuls des bateaux de plaisance pouvaient venir s'apponter. Dans les rochers, on devinait la piscine d'eau de mer et plus loin une série de viviers. Par un effet de perspective très savante, le peintre nous faisait pénétrer dans les grottes et les nymphées.

Le domaine possédait ses vergers, ses vignes, un grand jardin potager ordonné avec art. Plus loin au-delà des figuiers, Pétrone s'était ménagé un jardin clos de simples.

La veille, Pétrone était demeuré toute la journée reclus dans ses appartements. On ne le vit paraître ni à la collation de midi ni au souper qu'il prit seul dans ses appartements. Vers le soir, cependant, alors que le soleil plongeait dans la mer, je l'aperçus, descendant vers la plage. Il aimait se baigner seul à cette heure entre chien et loup. L'orage menaçait. La mer, à cette heure violine, était mate.

Je crois bien que c'est à cet instant que me vint l'idée que cet élément pouvait être un splendide linceul pour l'homme. Nager jusqu'à la limite de ses forces, nager jusqu'à l'épuisement. Disparaître, se fondre. Plus de traces, plus d'histoire, aucun mot de consolation, le néant.

La nuit fut lourde. Je rêvai abondamment ; et quand je me retrouvais au bord du réveil je tentais de poursuivre mon rêve en lui inventant d'autres épisodes. Un petit jour malingre pointait alors que j'avais l'impression de chercher encore le sommeil. À mes côtés,

Adminius dormait comme une souche. Après le souper, la veille, il s'était éclipsé et n'était rentré que très tard dans la nuit. Il avait dû se rendre dans l'une des guinguettes du bord de l'eau.

Cette longue série d'escapades devait durer quinze ans, jusqu'au jour où il fila sans demander son reste. Pas un mot, pas une lettre, ne fût-ce que trois lignes. À moi de deviner. Il était si fort et depuis si longtemps abandonné au jeu que je crus un moment qu'il avait fui ses créanciers. C'est, évidemment, ce qu'il aurait voulu que je croie. Il voulait me ménager, car la bonté et le calcul avaient une part égale dans sa conduite. Je pense, oui vraiment je le pense aujourd'hui, après tant d'années, qu'il m'était attaché, à sa manière.

C'était un de ces êtres qui savent vous rendre précieuse la fragilité de l'instant qu'il vous abandonne. Un matin qu'il n'était pas dans sa chambre, il ne me fallut pas attendre jusqu'au soir pour deviner ce qui s'était passé. Je ne le reverrai plus, me suis-je dit alors. J'en eus la certitude quand l'autre, l'horrible femelle, cette gladiatrice des enfers qui se l'était empoché, vint chez moi, dans ma propre maison, me narguer.

Il dormait, ce matin-là, épais dans son sommeil, le visage boudeur de l'enfant capricieux, il avait dix-sept ans et j'allais en avoir vingt-deux.

La journée se passa en préparatifs.

Les esclaves s'affairaient de partout, l'œil vague, indifférents, ne sachant à quelle tâche s'adonner – du moins pour ceux qui n'appartenaient pas à la cuisine. Ils tiraient leur flemme le long des galeries et des antichambres quand soudain, une odeur d'ail et de poissons se répandit dans toute la maison. Une odeur empoissée de vieux port, tenace, qui sentait sa tambouille de matelot. Pas l'odeur de ces gargotes comme à Alexandrie où l'on vous sert de ces vieux poissons séchés dont raffolent ceux qu'on nomme les mangeurs de choses immondes. Non. Mais une odeur spirituelle, joyeuse qui m'était, jusque-là, inconnue et que je devais découvrir sur le tard de ma vie dans les ruelles avoisinant les quais de Marseille.

Les esclaves surpris se pincèrent le nez. Et tous d'y aller de leurs commentaires obscènes, l'air dégoûté.

C'est dans ces moments que resurgissent leurs rancœurs. Bien que les esclaves de Pétrone, tant à Rome que dans ses diverses propriétés, fussent bien traités, considérés même, il demeurait chez eux cette amertume de leur état. Une haine mal éteinte. Ils se devaient d'expier mais également de faire expier.

Toujours prompts à la révolte ; qu'il se trouve parmi eux un chef et les voilà qui s'arment. Plus insidieusement, ils affichent leur mécontentement par une attitude nonchalante et sournoise qu'ils graduent avec art, du simple tire-au-cul à l'espionnage puis à la délation. Ce sont des donneurs-nés.

Pour les esclaves de Pétrone qui résidaient à l'année dans sa villa de Cumes et n'avaient pas été à l'école de dressage du subtil Gordias, on les sentait prêts à toutes les lâchetés. Ils avaient compris que, pour leur maître, les carottes étaient cuites. Un petit nombre avait, déjà, fait amitié avec les prétoriens qui entouraient la propriété. Ils ragotaient à qui mieux mieux. Inventaient des fables, des conjurations inexistantes, tâchaient de se faire valoir, c'était pour eux le moment ou jamais de gagner leur affranchissement. Ils ignoraient encore que Pétrone le leur avait accordé.

Dès qu'ils perçurent cette odeur marseillaise dans l'air, ils allumèrent un peu partout dans la maison des cassolettes d'encens et de santal. Mélangé à l'odeur des cuisines, c'était à vous révulser l'estomac.

Le tonnerre commençait à gronder. La nuit était venue et les éclairs qui déchiraient le ciel illuminaient le jardin bien mieux que les torches qui avaient été disposées le long des allées. C'est alors que plusieurs coups de buccin retentirent. Ils annonçaient l'arrivée des invités qui venaient de débarquer au port privé.

Les litières que Pétrone avait dépêchées à la jetée procédaient lentement par les allées, à la queue leu leu, mantelets baissés. Les porteurs étaient de grands balèzes ; à l'exception toutefois de ceux que Pétrone avait voulu personnellement choisir pour une des litières. Ceux-ci étaient blonds et roses et le cheveu flottant à l'artiste. La marche incertaine et dangereusement oscillante de la litière qu'on leur avait confiée laissait deviner qu'ils étaient plus propres à se faire les biscotos en soulevant une flûte ou une harpe qu'à s'appuyer cette tâche avilissante de fort-à-bras. À chaque pas, la litière risquait de verser. De l'intérieur s'échappaient des cris de pintade. Le convoi des trois litières se rapprochant de la villa, ces cris parvenaient plus perçants. Bientôt on distingua mieux les paroles. « Foutre des dieux ! Mais c'est que ces crevettes vont nous balancer dans la luzerne ! » Et puis suivaient des petits cris, couverts par d'autres cris plus aigus encore. Et de nouveau une autre bordée. « Merdouille de merdouille ! Mais c'est que ces fiottes vont nous faire verser ! Tu parles d'une bande d'emmanchés ! Et qu'est-ce qu'un vieux croûton comme moi avec une jeunesse comme toi, foutriquet de mon cœur, peut faire dans la luzerne à cette heure ? Hein ! Dis-le-moi, mon Giton ! Car ce soir chez Pétrone, pour complaire à notre hôte tu es Giton... C'est bien entendu... tu oublies que tu t'appelles Nicias, Nicias de Délos, le suceur de queues le plus émérite que la Grèce ait vu naître sous son ciel... Un trésor national en un mot... Car même dépourvu de tes belles couilles dorées, de ton lourd braquemart, il te restera toujours ta bonne travailleuse de langue et ta rondelle. Oh ! Petit sagouin, c'est que tu aimerais bien que ton vieux papa, pourtant bardache des bardaches, te la fasse péter, ta rondelle. Je te jure mon cœur que si on va dans la luzerne je te la mettrai ma mentule et de bon cœur encore... »

Heureusement, la litière arriva à bon port. Et cette scène panique nous fut épargnée. Un pied chaussé d'un cothurne de comédien attaché à un mollet bronzé et entièrement épilé, sortit de la litière pour chercher nerveusement le marchepied. Rassuré par sa présence, un autre pied s'extirpa à son tour. Puis les cuisses se montrèrent suivies d'une bedaine sénatoriale et enfin tout l'individu fit son entrée avec la majesté d'un dieu qui descend d'une gloire sur le théâtre. Un dieu de théâtre, certes, mais qui aurait mis la gomme dans le maquillage. La tronche frottée à la mie de pain et enduite d'une poudre légèrement violacée, les lèvres carminées et portant sur la tête un diadème, d'où s'échappait en pétard une perruque carotte toute en accroche-cœurs. Il était vêtu d'une tunique en soie de la Chine, finement brodée de perles et d'or avec d'amples manches de satin. Par-dessus, il avait jeté, en un drapé artiste, un mantelet pourpre que retenaient deux précieuses fibules.

Tel apparut Mamercus Creticus. Il avait emprunté à son savoir de vieux théâtreux son maquillage outrancier, les cothurnes et sans doute la tunique.

Même retiré dans sa maisonnette de Capri, il se tenait informé des moindres potins de Rome et de la Cour. Où qu'elle fût, il s'y trouvait toujours un affranchi, affranchi lui-même d'un affranchi de Néron ou de l'un de ses ministres, pour le mettre au parfum. Sa lucidité par ailleurs lui présentait des réalités tellement amères qu'il préférait se jouer du destin par le rire et la dérision plutôt que de céder à de vagues terreurs. Il savait que le feu couvait depuis longtemps entre l'Empereur et Pétrone. Aussi se douta-t-il, aussitôt qu'elle lui fut transmise, de ce que cachait cette invitation à souper. Il avait donc décidé, pour honorer son hôte et faire la nique au destin, de paraître en Trimalchion, l'amphitryon ridicule mais tellement humain de *La Vie aventureuse d'Encolpe et de Giton*. Il se trouvait flanqué d'une manière de Giton, une fleur de tapin, qu'il était allé cueillir dans les coulisses d'un théâtre de Pompéi, où le gosse panouillait dans une de ses pièces qu'on reprenait chaque année à la morte-saison.

Pour son vieil ami en disgrâce, il avait vaincu sa peur. Car il était trouillard de nature et assez précautionneux mondainement. Il se doutait bien que son apparition chez Pétrone serait dès le lendemain portée à la connaissance de l'Empereur ou, pire, à celle de

Tigellin. Même s'il était passé de mode, certains le recherchaient encore pour convive. Dès les premières coupes de falerne, il se lâchait. C'est qu'il avait la dent dure. Le trait pouvait être féroce. Il n'épargnait personne. Mais ses propos étaient toujours très enlevés et drôles. Il avait vu le monde, et bien plus encore des coulisses du théâtre. Son jugement était sans illusions. S'il lui arrivait de balancer exagérément et que le lendemain on lui répétât les propos qu'il avait tenus la veille au souper, il faisait son œil rond et, avec cette moue inimitable de l'enfant pris les doigts dans le pot de confiture, il avouait : « Dieu des dieux !... Je n'ai rien pu dire de la sorte... Ce n'est pas possible... J'adore Cloelia... Positivement je l'adore... Bon, elle a bourlingué son cul... Et puis alors ?... Foutre de Jupiter ! Me voilà encore brouillé avec un être que j'aime... Car sans doute on aura été lui répéter je ne sais quoi... » Au vrai, il s'en tamponnait de Cloelia dont il disait, dès qu'il le pouvait, les pires horreurs. Et souvent sous son nez.

Au fond, il était assez peu sûr de lui. Aussi compensait-il ce manque de confiance en faisant montre d'un esprit toujours prompt à déceler chez les autres leur point faible. Il considérait chacun comme un rival potentiel ; à l'exception de ceux à qui il avait fait subir, comme il disait, un examen de passage en amitié. Avec ceux-là c'était à la vie à la mort. Pétrone appartenait à ce petit groupe. Et puis Pétrone se trouvait parmi les connaisseurs, peu nombreux il faut dire, qui tenaient son théâtre pour excellent, presque supérieur à celui de Plaute.

Il était passé de mode et il était facile de dire que son œuvre théâtrale n'était qu'une blague bien ficelée, de ces bouffonneries populaires, cependant sous le gros rire, se dissimulaient de violentes satires. Il n'y épargnait ni les grands ni les petits et bien des travers de l'époque s'y trouvaient épinglés. De hauts personnages y étaient brocardés. Mais les vices et les ridicules du temps étant si communs, chacun soupçonnait l'autre d'avoir servi de modèle à telle ou telle pièce. Jamais Perlette et son doux époux Fluvius Fluviolus, par exemple, ne se reconnurent dans la *Langouste épileptique* qui avait tenu dix années plus tôt l'affiche, durant trois saisons de suite, à Naples, dans un théâtre de ces quartiers populaires où il était, alors, très chic de se rendre. Il avait créé un genre avec ces couplets absurdes et pleins de gaieté que les acteurs balançaient généralement en aparté au public et que celui-ci sifflotait longtemps encore après avoir quitté le théâtre. Dix ans plus tard, on retrouvait ces rengaines au coin d'une rue, chantonnées par un mendiant.

Du jour où Perlette et Fluvius Fluviolus eurent conquis l'amitié de Mamercus, il interdit qu'on reprenne la *Langouste épileptique*. Il avait même honte certains jours, par exemple quand il recevait un magnifique cadeau du couple ou une bourse bien dodue pour faire la fin de mois, de l'avoir écrite.

Tel était Mamercus Creticus.

Mamercus avait réussi avec le temps à dompter sa peur, mais également ses démangeaisons mondaines.

La cour impériale se trouvant à Baïes, il est à peu près certain que ce soir-là, il avait dû refuser un souper où devaient se trouver des gens dont il aurait adoré faire la connaissance. Cependant il avait préféré accepter l'invitation d'un ami en disgrâce, quitte à entraîner la sienne.

Il était au bas de l'escalier par lequel on accédait à la grande terrasse quand à son tour s'extirpa de la litière Giton, alias Nicias. C'était une de ces belles petites roulures qui fricotent de groupe en groupe, passant d'un protecteur à l'autre. Certains font leur chemin. On les retrouve à la table d'un consulaire, les ayant quittés l'année précédente à celle d'un cabaret de troisième zone. D'autres, comme Nicias, proviennent des coulisses d'un théâtre. S'ils désirent faire l'acteur, c'est que par le biais des planches, ils pensent se faire remarquer plus pour leur belle gueule que leur talent ; et ainsi percer plus rapidement dans la galanterie. Nicias était beau mais son regard était morne et dénué de toute intelligence. Il était beau voilà tout ; et content de l'être. Peut-être même content de tout. De la vie, de se faire caresser, de donner du plaisir. Tout bonnement d'exister. Il ne se posait pas de questions.

Il se trouvait à ce moment près de la litière et aidait une troisième personne à s'en extirper. Celle-ci dédaigna sa main et bondit plutôt qu'elle n'en descendit. Ses pieds ne semblaient pas toucher terre. Ce fut comme un vol gracieux dans un remous de voiles légers. La femme avait masqué son visage. En signe de remerciement, elle inclina sa tête en direction de Giton, puis s'avança vers Mamercus. Lorsqu'elle parvint à sa hauteur, elle fit glisser le voile qui lui cachait le visage. Mamercus eut un mouvement de surprise. « Quoi ! Est-ce vraiment toi Manlia ?... – Eh bien oui ! C'est moi ! Ai-je tant changé pour que tu paraisses si surpris ?... »

Mamercus était sans voix. C'est que la présence de l'ancienne vestale le ramenait trente ans en arrière. Il la dévisageait. Elle avait pris un sacré coup de vieux.

Mais il lui restait son regard, ce regard de feu et ce maintien qui l'aurait fait reconnaître entre mille. Soudain, il fut saisi de panique. Et si ce nonchaloir, cette grâce, ce port aristocratique, pour n'être qu'une bouffée de nostalgie, allaient s'évanouir ? C'est que Mamercus, contrairement à Pétrone, n'était pas tourné vers le naguère et encore moins vers le jadis. Il tenait même pour des nuls ceux qui ne considéraient la vie qu'au travers des lunettes du passé. Aussi se méfiait-il de ses élans de nostalgie.

« Surpris ! Moi ! Mais pas un instant… simplement je m'en veux de ne pas t'avoir reconnue tout de suite en dépit de tes voiles quand, sur la jetée, je t'ai proposé de monter avec nous. Étant donné ce qui va nous tomber dessus, j'ai pensé que c'était plus amusant pour toi de te faire saucer en compagnie que seulette en litière… »

Ils se regardaient tous les deux. Chacun scrutant chez l'autre les outrages du temps. Manlia, grande femme sexagénaire, sèche, brune, au visage grêlé mais non sans charme ; pour l'esprit, il l'en savait dotée plus que le rusé Ulysse – et du plus caustique et du plus redoutable. Elle avait été, par ailleurs, mêlée pour son propre compte ou pour celui qui voulait la rémunérer à toutes les intrigues galantes de la Côte. Il la savait pleine de précipices et encore capable de tout. Son chic naturel doublé d'une morgue aristocratique et d'un talent de danseuse incontestable l'avait gardée du beau nom de rufianne. On la disait aussi cleptomane. En fait, c'était une indicatrice. Les maisons qu'elle fréquentait finissaient toutes par être cambriolées.

De son côté, elle le considérait comme une vieille baderne fielleuse ; toujours prête à lancer son venin. Elle savait qu'au temps de ses belles amours avec Tuccia, il avait caressé le projet de faire une comédie sur leur liaison et n'en avait abandonné l'idée qu'après leur séparation. Elle le soupçonnait, comme beaucoup, de tenir une sorte de mémento ; un journal où il consignait tout ce qu'il pouvait glaner au jour le jour de ragots, de potins, d'anecdotes généralement salaces… Il aurait voulu, toujours selon les rumeurs, le publier avant sa mort pour voir l'effet de cette catapulte dans une latrine. « Mais à ce compte-là, tu appartiendras alors à la tribu des minables qui ne peuvent envisager l'avenir que dans le souvenir du passé », lui aurait rétorqué un ami à qui il avait confié ce projet. Et lui de réfléchir et de balayer l'argument du revers de la main. « Ce sera de l'Histoire prise sur le cru que le temps aura seulement cuit. Mon nombril et mon trou de balle deviendront de l'Histoire. Il n'y a que l'anecdotique, le scandaleux et le croustillant pour se maintenir dans l'Histoire. Même les éléphants d'Hannibal dans les Alpes, tout le monde s'en fout ! »

Manlia prit cependant la main de Mamercus pour l'aider à gravir l'escalier. Il fut surpris mais ne la rejeta pas. Au contraire, il la serra fort. Ce fut leur façon de se dire : enterrons nos vieilles rancunes.

Pendant ce temps, de la seconde litière descendaient Perlette et son mari suivi d'un personnage, prototype même du dernier chic balnéaire, huilé, lissé, calamistré… La quarantaine, baraqué, genre maître nageur à la retraite mais encore assez comestible pour celles ou ceux qui ne tiennent pas aux primeurs.

Perlette s'était entremise auprès de Pétrone pour le faire inviter. Envoyant plusieurs messages, toujours plus dithyrambiques à propos de leur ami et ne manquant pas de souligner qu'il était pour elle comme pour Fluvius « leur nouveau meilleur ami… ». Pétrone agréa la demande pour faire plaisir à Perlette. D'autant mieux que l'un des convives, Marcus Aelius Lamia, le petit-fils de l'ami du poète Horace qui fut préfet de Rome, s'était fait excuser pour une indisposition dont Pétrone avait tout de suite deviné la nature. Encore un qui me lâche, s'était-il dit.

Il s'attendait au pire avec le nouveau venu. Dès le premier message de Perlette, il avait deviné que cet ami ne pouvait être qu'un de ces aigrefins dont ils avaient le secret.

C'est alors que du haut de la terrasse parut Pétrone. Il portait une tunique de lin blanc rebrodée d'or et pour tout bijou, son anneau de sénateur. Il marcha lentement vers l'escalier, ouvrant les bras. « Venez, montez vite, mes chers amis, l'orage menace. Il est vrai qu'il tourne depuis hier matin sans se décider à éclater… » Et il serra chaleureusement dans ses bras les premiers arrivants. « Merci, chère Manlia d'être venue… Quels admirables pendentifs d'oreille vous portez… – N'est-ce pas », fit simplement la vestale. Puis, laissant passer un temps, elle ajouta : « Ils me furent offerts jadis par votre aïeule Fabia Maxima, un soir que je dansais chez elle… J'étais bien jeune alors et c'était le premier bijou qu'une femme m'offrait… » Pétrone, afin qu'elle n'aille pas plus avant dans son insinuation, se retourna vers Mamercus : « Cher, bien cher ami ! Quelle jolie idée ! Il n'y a qu'un artiste comme toi pour déceler la complexité d'un personnage comme Trimalchion… Par Cupidon ! Tu as amené avec toi cette petite fripouille de Giton… »

Mamercus était aux anges. Il avait réussi son effet.

Se tournant vers Nicias : « Allez petit, vas-y de ton compliment… » Et aussitôt, le pseudo-Giton de sauter au cou de Pétrone et de lui débiter sur un ton monocorde : « Homme divin !… je vous adore !… Qu'il faut avoir d'esprit et de courage pour avoir, comme vous, goûté tous les plaisirs ! C'est à l'homme de génie seul qu'est réservé l'honneur de briser tous les freins de l'ignorance et de la stupidité. Baisez-moi, vous êtes charmant… » Un peu encombré par toutes ces lècheries, Pétrone eut du mal à se défaire du gamin. Il sentit qu'il lui fallait répondre à ce compliment. S'adressant à Giton, il lui dit : « Quelles excellentes dispositions ! Un peu moins d'ardeur, cependant, beau Giton, ce n'est que de l'attention que je vous demande pour l'instant… » Déjà des esclaves s'empressaient sur la terrasse avec des amuse-gueules, quand le second groupe formé par Perlette, Fluvius et leur nouvel ami se porta à sa hauteur. Perlette, pour ne pas déroger à la réputation qui lui avait valu son surnom, émit en cascade de petits rires à tout ce qu'était en train de lui glisser à l'oreille le fameux nouvel ami. Probablement des platitudes. Mais peu importait : traits d'esprit ou platitudes, Perlette ne faisait aucune différence. Dès qu'elle mettait un pied dans le monde, elle n'était plus que rires et cocottes. Elle allait sur ses quatre-vingts ans et ses gloussements étaient ceux d'une jeune fille chatouillée.

Elle s'était mise en grande peau. Peut-être un peu trop habillée pour un dîner entre amis. Mais le fait que Pétrone fût l'Ami du prince la chamboulait chaque fois. Aller souper chez lui, c'était pour elle un peu comme être conviée à la Maison dorée de Néron. Pour dire qu'elle était loin d'être au courant de la position inconfortable de son hôte auprès de l'Empereur. Comme il lui restait très peu de cheveux, elle portait perruque. Celle qu'elle arborait était un monument d'ingéniosité. Une pièce montée toute en bouclettes entièrement constellée de perles. D'ailleurs, sa parure consistait en perles grosses comme des œufs de caille. Sa tunique était également rebrodée de perles. On l'eût dit sortie d'une huître.

Pétrone, en lui tendant les bras, ne put s'empêcher de s'exclamer : « Ô ma Staphyla, ce soir tu seras ma Vénus Anadyomène… ! » Perlette ne comprit pas l'allusion mais elle se mit à glousser tout de même : « Ô toi, mon chou, c'est que tu en as toujours de bien bonnes… Mais vraiment, où vas-tu chercher tout cela ? Vénus d'accord mais ton truc “mède” je n'en veux pas. Les Mèdes sont comme les Parthes, c'est du kif-kif au même. Ils ont toujours une flèche à vous fourrer quelque part… » Pétrone la caressait du regard, il aimait à la folie sa bêtise. Humainement, cela vaut une Bucolique de Virgile, avouait-il parfois. « Mais non, ma chérie, pas mède mais mène… Anadyomène… cela veut dire en grec : Vénus émergeant des ondes… – Bon mon petit chou pour toi je veux bien émerger… je serai donc ce soir ta Vénus… comment dit-il cela ?… Oui Vénus Analyomède… N'est-ce pas charmant Fluvius… Vous cher, qu'en dites-vous ?… » Le nouveau meilleur ami acquiesça d'un signe de tête. « Au fait, cher Pétrone, je te présente Statilius Torquatus, c'est notre nouveau meilleur ami… Je suis certain que tu vas l'apprécier, mon Pétrone… » Et en aparté, d'ajouter tout bas mais assez haut tout de même : « Tu verras, c'est un être exquis… adorable… Nous ne le connaissons que depuis peu mais on en est fous… Il s'est déjà proposé pour redessiner mon jardin… Je ne te dis pas… Il a la main verte… Tout ce qu'il touche se met à croître en un instant… » Mamercus, qui s'était approché, laissa fuser : « Même la queue de Fluvius… » À ce moment-là, un esclave fit tomber par mégarde un plateau chargé d'amuse-gueules ; en dépit du bruit, la réflexion ne fut pas perdue pour tout le monde. Manlia étouffa un fou rire. Statilius feignit de ne rien avoir entendu et salua avec empressement Pétrone. Il lui balança un clin d'œil comme le font entre eux ceux qui sont du même bord. Pour se situer encore mieux, il lui dit doucement sur le ton de la confidence : « Je crois que nous avons un ami commun… – Ah bon… » Pétrone était prêt à tout subir de ce genre d'individu. Décidé à être aimable, il lui demanda : « Mais qui donc, grands dieux ? – Octavius Musa… – Je crains de ne pas le connaître… Octavius Musa me dites-vous… » Il réfléchit un instant. « Ah oui ! Ne serait-ce point ?… – Justement, lui-même… – C'est bien ce patricien que sa famille avait fait interdire parce qu'il se ruinait pour un petit jeune ; et qui pour se venger, se produisait dans un cabaret de Suburre… Comment se nommait cette gargote ?… La Lune Rousse. Oui c'est cela. La Lune Rousse… – Tout juste, c'était lui et le petit jeune, c'était moi… » et pour souligner ce « moi », il lui décocha un nouveau clin d'œil encore plus appuyé que le premier. « Il avait bien du talent… Il vous larguait des paquets d'immondices avec un sourire délicieux… Pour ça, il n'avait pas peur d'aller farfouiller dans les égouts de Rome… Vraiment, quelle truculence ! Quelle faconde !… C'est drôle, je le croyais mort depuis longtemps… Il est vrai que j'ai perdu l'habitude de m'encanailler dans les cabarets de Suburre… » Pétrone vit, alors, le visage du gigue se décomposer. Son regard s'était embrumé. Ses yeux étaient remplis de larmes, prêtes à couler. « Il est mort la semaine dernière… fit en reniflant Statilius. J'étais auprès de lui. Nous n'avions pu lui faire quitter son galetas de Suburre. Depuis quelques mois, il éprouvait une terrible démangeaison de la peau qui l'empêchait de se rendre au cabaret. Puis survint un œdème des jambes. L'asthme se déclara bientôt. Il ne pouvait garder aucune nourriture et vomissait de la bile noire. Ensuite, ce fut la gangrène qui s'attaqua aux couilles. Je fis venir un médecin égyptien mais aucune des drogues que celui-ci lui administra ne put le soulager. J'essayais de le consoler comme je pouvais. Et lui riait à toutes mes plaisanteries. Cela ne l'empêchait pas de me dire. "Ce n'est pas à moi mon greluchon qu'il faut la dorer… Ne vois-tu pas que je claque en beauté ? Je suis devenu Rome… Ma Rome… Celle des grandes déflaques. Purulente, gangrenée… Je crève comme un chien… ce chien aboyeur que j'ai toujours été… Et je vous lègue ma vérole…" Voilà ce que furent ses dernières paroles. Après cette bordée, il demeura muet et la nuit suivante, il s'éteignit comme une chandelle… » Et Statilius se mit à chialer. Ce grand gaillard, qu'aucun scrupule n'avait jamais empêché de maquereauter à droite et à gauche, pleurait une vieille fripouille patricienne, et sans doute était-il le seul dans l'Empire.

Pétrone trouva cela touchant et décida, pour le temps qu'il lui restait, de le prendre en amitié : « Mort ! s'exclama-t-il. Nous sommes tous dans le même bateau. Défions les augures. Il y a une providence particulière à la chute d'un moineau. Si c'est maintenant, ce n'est pas à venir. Si ce n'est pas à venir, ce sera maintenant… Si ce n'est pas maintenant, pourtant cela viendra. Le tout est d'être prêt puisque, de ce qu'il quitte, nul ne sait quel est le bon moment pour le quitter… » De la terrasse se firent entendre de tonitruants bravos. C'était Mamercus qui, la bouche pleine de petites saucisses grillées et tenant à la main une huître qu'il s'apprêtait à gruger, manifestait son assentiment en connaisseur. « Très beau Pétrone ! Vraiment digne d'Euripide. Pourquoi n'as-tu pas mis ces mots dans la bouche de Trimalchion, cela lui aurait donné une épaisseur métaphysique ?… – Crois-tu que cette outre ait encore besoin d'épaisseur ?… – Sans doute, sans doute as-tu raison… Pas de surcharge… Mais cependant consigne ces paroles, elles sont dignes de passer à la postérité… – Trop tard, avoua Pétrone, trop tard… Ces paroles sont déjà envolées, et le vent les porte ailleurs… Peut-être quelqu'un les entendra-t-il et les redira et ainsi de suite jusqu'à ce qu'elles s'en viennent titiller la cervelle d'un poète qui les consignera sur le papier. Et ces mots seront autant de lui que de moi puisque lui et moi les entendons de même… Rien n'est à personne… Tout est en l'air, en mouvement… il faut simplement saisir le moment… Ce que je viens d'exprimer, il se peut qu'un autre l'ait déjà dit ou pensé, un philosophe dans Athènes sous Périclès, un mage en Médie du temps de Cyrus, un subtil Égyptien rongé d'angoisses au fond de sa bibliothèque… qui sait ? Oui qui sait… »

Les convives étaient réunis sur la terrasse et regardaient comme un spectacle étonnant le vent qui venait de la mer, tordant les arbres d'où s'échappait une myriade d'oiseaux qui obscurcissaient encore davantage le ciel déjà si sombre. Mamercus, qui avait un petit coup dans l'aile après trois coupes de vin miellé, s'était penché à l'oreille de Perlette. Il lui refilait des saloperies et elle, parfaitement sourde, riait, riait… Un peu plus loin Fluvius, rengorgé comme un pigeon amoureux, proclamait devant Pétrone et Statilius que rien ne se faisait dans l'art qui lui fût inconnu, à lui comme à sa femme. Et pour mettre Perlette dans le coup, il se tourna vers elle. « N'est-ce pas Staphyla ? – Votre cher et tendre vous demande si c'est vrai… » lui hurla dans l'oreille Mamercus. Elle eut un petit moment d'hésitation. « Mais voyons bien sûr… tout ce que tu veux mon amour… Tu sais bien… » Et elle reprit son petit rire.

Les invités passèrent lentement dans l'atrium et de là sous le péristyle dont les colonnes étaient en marbre veiné de Caryste, la console où généralement on disposait les dieux lares était vide à l'exception d'une statuette de Cupidon, original d'un marbre de Praxitèle. Depuis longtemps, Pétrone avait donné l'ordre de remiser dans un débarras les ancêtres et les dieux du foyer.

Le parfum des tubéreuses qui croissaient en grandes touffes autour de la fontaine, n'arrivait pas à masquer les odeurs de cuisine. Et le mélange de la tubéreuse, de l'encens, du santal, du relent de l'ail et du poisson parut étrange aux invités. Pétrone laissa simplement tomber, comme si c'était une évidence pour ces gandins du faux chic : « Ce soir, figurez-vous que vous êtes à Marseille. Vous flânez dans une de ces rues aux pavés gras qui mènent au port. Ça poisse. Vous entrez dans la première taverne pleine à craquer. Y abondent le matelot en rade, la pute héroïque et le marlou toujours prêt à jouer du couteau. Vous vous asseyez à une table… » Pétrone précédait ses invités et le reste de la phrase se perdit. Du péristyle, il gagna une enfilade d'antichambres qui débouchaient dans la salle à manger. Cette pièce était ornée de colonnes et pavée de mosaïques. Des statues porte-torchères éclairaient la salle. Un velum de soie pourpre et transparente pendait de la voûte afin de protéger la table et les lits des convives disposés autour de celle-ci. Les lits étaient incrustés d'or et d'ivoire et les matelas de duvet sur lesquels on s'étendait étaient recouverts de splendides housses de soie que Pétrone faisait faire à Babylone. Les lits disposés en fer à cheval entouraient la table en citre, ce bois précieux de Mauritanie, ocellé comme le plumage du paon. Cette table avait, disait-on, appartenu à Cicéron qui, en son temps, l'avait achetée un million de sesterces. Pétrone l'avait rachetée à peu près la même somme, non parce qu'elle avait appartenu au grand orateur mais parce que la patine en était de toute beauté. À ceux qui connaissaient la provenance de ce meuble, il avouait volontiers qu'il préférait qu'on dise qu'on venait de dîner à la table de Pétrone plutôt qu'à celle du phraseur.

La table était dressée de vases précieux, d'aiguières en or ciselé avec leur bassin, d'autres en argent incrustés de camées et de pierres précieuses, des cratères en murrhine, des canthares en verre mosaïqué, des lécythes, une collection de hanaps que les Grecs appelaient rhytons, plus spectaculaires les uns que les autres, certains en verre, d'autres en or ou en pierre dure, et, trônant au milieu de ces merveilles, les deux vases de Polyclète en jaspe qui avaient allumé le regard jaloux de Tigellin. L'arrangement des fleurs, la vaisselle d'or sur les petites tables particulières dressées devant chaque lit, le gobelet, enfin le raffinement sans ostentation de chaque objet devant être utilisé pour le repas, ne fut véritablement apprécié que de Mamercus. Un coup d'œil sur l'ensemble lui suffit pour comprendre : il y avait là de la part de Pétrone une manière de délicatesse qui n'appartenait plus à leur époque. Rien d'écrasant dans la richesse, seulement un luxe de bon aloi.

Dans son costume de Trimalchion, Mamercus se sentait même un peu déplacé. En effet, on ne retrouvait pas chez Pétrone la magnificence orientale des parvenus et des affranchis dont le faste époustouflant avait fini par contaminer leurs anciens maîtres et la cour impériale elle-même. Pétrone, durant les dix ans où il sacrifia aux mondanités, avait trouvé une expression quand il devait se rendre à l'invitation d'un de ces nouveaux riches qui formaient le gros de la société « dite élégante » du règne de Néron. Par instinct grégaire ou pour s'épater les uns les autres (car sinon à quoi eût servi ce luxe intempestif) on retrouvait les mêmes bobines à chaque festin. Aussi, avant de plonger dans ce ramassis d'individus improbable, Pétrone les regardait se démener comme des insectes, papoter de tout, de rien, intriguer, médire sans esprit, distiller leur mépris en cascade ; et tout en les caressant du regard il laissait tomber ces simples mots « hoi polloi[2]… » Cela voulait dire « les multitudes… » en grec. « Hoi » étant le pluriel de « ho », article défini masculin – lequel n'existe pas dans la langue latine – et « polloi », le nominatif pluriel de pollus, voulant dire : beaucoup, nombreux. Dans sa bouche, ces mots prenaient un sens particulier. On y percevait, certes, un léger mépris, toutefois teinté d'une ombre de pitié pour ces malheureux humains parmi lesquels, finalement, il devait se compter. Ô multitude !

Perlette et Fluvius, en revanche, se regardèrent un peu déçus de l'arrangement de la table. Ce n'était pas assez luxe ; peut-être même un peu chiche. « C'est bien, vraiment bien que nous ayons accepté son invitation… Ce n'était pas des ragots… Notre pauvre ami est vraiment à la côte… » glissa Fluvius à l'oreille de sa femme qui lui répondit : « Bien sûr mon chéri… »

Pétrone plaça ses invités. Il avait réservé pour Manlia l'extrémité droite des lits du haut. C'était la place d'honneur. Même tombée dans la misère jusqu'à devenir une danseuse des rues, Manlia n'en demeurait pas moins une patricienne de vieille souche. Il s'attribua, sur la rangée de gauche, le lit le plus haut et prit à sa droite Perlette et me fit signe de me placer à sa gauche, sur le lit du bas ; ainsi, je me trouvai à la droite de Perlette. Les trois lits du côté gauche pourvus, Pétrone s'attaqua à ceux du côté droit. Il plaça Fluvius en haut face à lui, qui prit à sa gauche Giton, lequel eut à la sienne Adminius. Adminius et moi nous trouvions ainsi face à face en bout de table ; ce qui était normal puisque nous étions de la maison. Les deux lits qui restaient allèrent à Mamercus, qui se retrouva à la gauche de Manlia, ayant lui-même à sa gauche Statilius. Manlia se fit une joie d'affranchir Mamercus sur ce dernier, qui passait pour le catamite de Fluvius, ou si l'on préfère, comme on dit chez nous en Grèce, son Ganymède. Un Ganymède aussi frais et pimpant que ces laitues aux feuilles pendouillantes, déjà rincées par la pluie. Mamercus ne l'ignorait pas, mais il fit semblant de gober le ragot comme s'il s'agissait d'une nouveauté.

Nous étions à peine allongés sur nos lits, débarrassés de nos chaussures qu'une série d'éclairs vint frapper les fins carreaux d'albâtre de la baie, suivie par d'effroyables coups de tonnerre. On découvrit à la lueur des éclairs l'hippodrome en contrebas. Un coup de vent avait éteint les torches qui l'éclairaient. La foudre n'avait pas dû tomber loin. Chaque éclair inondait la salle d'une lumière d'acier. C'était spectaculaire. Perlette se cramponna au bras de Pétrone. « Mais c'est la fin du monde !... Le ciel va nous tomber sur la tête !... – Oui peut-être... » fit Pétrone froidement, en essayant de dégager son bras que labouraient ses ongles laqués et griffus. N'entendant rien, Perlette poursuivait. « Mais c'est épouvantable... Cette lumière... On est faits comme des rats... » Se souvenant alors qu'elle avait fréquenté les nombreuses synagogues de Cyrène du temps de son premier collage afin de se convertir au judaïsme comme se doit, paraît-il, la compagne d'un Juif n'appartenant pas à la communauté, elle s'écria : « Ça recommence comme à Sodome et Gomorrhe ! C'est le pompon !... on veut nous faire frire... Yahvé ! Pardonne-moi ! Je suis une renégate... Mais épargne-moi... » Et elle criait à Fluvius par-dessus la table : « Alors qu'est-ce que t'attends, tocard, pour me passer mes amulettes... Oui ! Mes amulettes mais où sont-elles ? » Et elle farfouillait dans son décolleté entre ses faux seins pour trouver ses grigris. Deux minuscules petites statuettes en or. L'une représentait Artémis, l'autre la nymphe Cyrène, déesse éponyme de sa ville natale, mère d'Aristée, le premier apiculteur. « Mais foutre de foutre ! Artémis ! Où ce que t'as pu bien aller te nicher… C'est un monde. Non, non, ça ne me fait pas rire… » Et de fait elle ne riait plus, la Perlette. Elle avait même repris l'accent populacier des bas quartiers qu'enfant, elle avait hantés.

Manlia et Mamercus avaient retrouvé leur vieille connivence et se pinçaient l'un l'autre pour étouffer leur rire. Statilius avait pris la main de Fluvius et lui glissait à l'oreille : « Ne t'en fais pas mon chou… Tu sais bien qu'elle ne pense pas ce qu'elle dit… Elle est paniquée c'est tout… Et puis tu as bien vu ce qu'elle a descendu sur la terrasse… Quatre coupes au moins… Elle est pompette… Tu sais bien, quand elle est ivre, elle balance n'importe quoi… » Et Perlette, la main toujours dans son décolleté, continuait : « Et dire que cette sale gouine de Chasseresse était à côté du lit quand je me suis fait dépuceler… » Un nouvel éclair vint l'interrompre. En retirant trop vite sa main, elle fit sauter hors de son corsage une de ses prothèses en verre couleur chair, qui s'envola pour atterrir aux pieds de l'esclave qui, au même moment, lui remplissait sa coupe de vin. Celui-ci embarrassé, ne sachant s'il fallait se baisser pour ramasser l'objet du délit quitte à renverser son aiguière sur la tête de la noble dame, donna un coup de pied dans le sein pour le faire disparaître sous la table.

« Bravo, archibravo ! » se mit à crier en connaisseur de gags Mamercus, soutenu dans ses applaudissements par Manlia. Celle-ci n'ayant pas apprécié « le sale gouine » se tourna vers Perlette et parodiant son accent elle lui cria : « Boucle-la, la vieille !… » Perlette comprit par le regard que l'autre lui jetait que ces mots qu'elle n'avait que vaguement saisis lui étaient adressés. « Qu'est-ce qu'elle m'a dit, cette vieille chouette ? » me demanda-t-elle en m'agrippant le bras. Je la rassurai comme je pus. Manlia lui faisait compliment de la façon dont sa chevelure avait été ordonnée. « Ah bon ! Alors je retire la vieille chouette ! » Et se tournant vers Manlia, elle lui sourit de toutes ses fausses dents.

Le silence revenu, Pétrone s'adressa à ses hôtes : « Ah ! Oui, j'avais oublié de vous dire que pour notre souper que je veux gai et bon enfant, j'ai convié aussi de très vieilles connaissances. Elles se font un peu attendre mais dès qu'elles seront arrivées je vous les présenterai… C'est à leur attention que j'ai fait dresser cette seconde table dans l'ombre… C'est que ces chères âmes craignent la lumière… Vous savez comment sont les fantômes… si délicats, si transparents… Un rien les effraye… – Des fantômes ! Mais j'adore les fantômes !… » d'applaudir toujours théâtral Mamercus. « Pour la courte durée où par nécessité j'eus à faire l'acteur j'aurais adoré interpréter le rôle d'un fantôme plutôt que ceux de jeunes amoureux aux yeux cernés et au teint blême… Imagine-moi Pétrone dans le rôle de Polydore, oui imagine-moi… » Oubliant ses rhumatismes, Mamercus, d'un bond, avait sauté sur le lit et surplombant la table et les convives, il agitait son mantelet « Houuu ! Hoooo ! J'arrive, moi, Polydore né d'Hécube la Kissenne et de Priam… quittant la caverne des morts et les portes de l'obscurité où loin des dieux habite Hadès … » Pétrone l'interrompit par de violents applaudissements qui lui coupèrent son élan. Les autres convives l'imitèrent. C'est que Pétrone, le voyant gesticuler de la sorte, avait eu peur que ce vieux cabot ne perde l'équilibre, ainsi grimpé sur des coussins instables, et ne finisse par se ficher par terre. Une chute à l'âge de Mamercus aurait pu lui être fatale. « Tu es magnifique, Mamercus, vraiment magnifique, moi qui ne t'ai jamais vu jouer, à l'exception des rôles que tu te taillais sur mesure dans tes comédies, que des vieux maquereaux comme Ballion dans le *Truqueur* de Plaute, tu m'épates… Tout d'un coup tu donnes du poids à ce jeune gandin… parce que si l'on y réfléchit, quand Polydore fut trucidé pour son or par le roi de Thrace, Polymestor, ce n'était qu'un jeunot… Bravo, encore bravo… » Comme Perlette était complètement à la dérive et qu'elle n'applaudissait pas, Mamercus, qui voulait depuis longtemps se la payer parce qu'elle avait refusé tout net d'entrer dans une de ses combines qu'il tenait toujours au feu, une de ces bonnes affaires où l'on se retrouvait à coup sûr de la revue, lui cria : « Alors vieille Juive, ça t'écorcherait les mains d'applaudir un copain qui chante pour son souper ! – Que dégoise-t-il ? – Il dit qu'il salue en vous la Juive la plus élégante de la côte… – Juive ! Mais je ne suis pas juive du tout ! Qu'il retire ce mot… Pas juive ! Pas juive un instant ! Pas pour un as, moins encore pour un denier ! Ils peuvent se les mettre au cul les sesterces qu'ils me demandent, ces culs-bénits de la synagogue ! »

Elle se souvenait avec terreur de l'édit sur les Juifs de l'empereur Claude. Celui-ci avait proclamé, après leur avoir graissé le museau : « Je les châtierai comme des gens qui provoquent une épidémie pour le monde entier… » Lors de la promulgation de cet édit, elle se trouvait à Rome et portait encore le nom de son premier époux. Elle avait pris pour prénom Esther, quoiqu'elle se fît toujours appeler Staphyla. Mais pour l'état civil, elle était encore bien Esther femme

Ezéchias ben Chobaris d'Alexandrie, magnat des débits de boisson dans l'Empire. Tous les matins, elle avait à sa porte une flopée de rabbins sacrificateurs qui venait lui chanter leur ritournelle : « Esther femme Ezéchias ben Chobaris nous avons besoin de fric… Fric, fric, fric, jolie poulette… »

Encore actuellement, bien qu'elle fût remariée à Fluvius Fluviolus, Romain sorti d'on ne sait où, les synagogues la harcelaient afin d'obtenir d'elle de l'argent.

Depuis les derniers événements d'Alexandrie, chaque jour lui arrivaient des demandes. C'est que le mois précédent, il y avait eu une révolte dans la ville contre la communauté juive. Non seulement on en avait massacré dans l'amphithéâtre mais encore au Delta, leur propre quartier. La population de la ville les y avait poursuivis, avait mis le feu aux maisons. Des femmes et des enfants avaient été tués. Certains parlaient de 10 000 morts, d'autres avançaient le chiffre de 50 000. Le préfet de la ville Tibère Alexandre, neveu du célèbre philosophe juif Philon, partant juif lui-même, avait pris le parti des massacreurs.

Pétrone fit signe à Mamercus de reprendre sa place et, d'un geste crapule, de la fermer. Mamercus, qui savait jusqu'où il pouvait pousser le bouchon et qui d'ailleurs ne voulait pas se brouiller avec Perlette et son mari qui n'avaient eu que des gentillesses pour lui, se conforma à l'ordre de Pétrone. Cependant, ne lui déplaisait pas au fond de lui-même de mordiller de temps à autre la main qui le nourrissait.

Pour détendre l'atmosphère, Pétrone claqua dans ses mains. À cet instant, un petit orchestre de flûtes, de tambourins, de harpes et de luths entra et se mit à jouer des petits airs guillerets. On eût pu penser que les danseurs les suivraient. À leur place parurent quatre serviteurs qui transportaient à bras, aidés de deux limons en ébène incrusté d'or et d'argent, un immense chaudron. Pièce d'argenterie unique que Pétrone avait fait exécuter à dessein pour le dîner. Une odeur inconnue des invités se répandit dans l'instant. Pétrone était comme transporté. Il revoyait toute sa jeunesse. Il s'écria : « Voici mademoiselle Bouillabaisse. Elle est délurée, coquine, un peu canaille même, mais elle a bon cœur, elle se donne sans faire de manières et ne se reprend jamais. » Se tournant vers la seconde table, il s'adressa à l'un des convives fantomatiques qui avaient fini par gagner leur place. « N'est-ce pas grand Jules… Tu n'as pas manqué d'en tâter de mademoiselle Bouillabaisse, bien que tu ne le consignes pas dans ta *Guerre civile*… Oui souviens-t'en, grand César… Quand assiégeant Marseille, les quinze anciens du gouvernement de la ville que tu avais convoqués dans ton camp, parurent suivis par ces dames de la halle assez fortes en gueule qui portaient une grosse marmite… » Pétrone s'interrompit.

Nous étions hébétés. L'orage qui tonnait au loin, les fantômes, la musique qui jouait en sourdine… tout concourait à ce qu'on se prenne au jeu auquel il nous conviait. Au bout d'un moment Pétrone eut un soupir de soulagement. « Ah bon ! Tu me rassures grand Imperator… Tu as trouvé ce plat étrange mais au fond tu ne l'as pas détesté… » Il se pencha alors vers Perlette, tout en prenant les autres convives à témoins. « Perlette, mon trésor, ne fais pas la grimace devant cette soupe pleine de poissons délicieux si spirituels, des petites crapules des calanques bien meilleures que tous ces gros surmulets dont on essaie de nous rebattre les papilles… » Et ici de lui détailler tous les poissons dont les morceaux flottaient dans le bouillon. « César, qui s'y connaissait en canailles, était prédisposé à aimer ce mets de poissons. C'est qu'il n'était entouré que de jeunes truqueurs de génie ; ces blousons dorés comme je les appelle. Les Clodius, les Curion, les Marc Antoine, les Dolabella… et tant d'autres encore. On prétend même, encore que je ne sois pas certain qu'il ait participé à ses partouzettes, qu'il aima Catilina et lui prêta en sous-main son concours lors de sa conjuration. C'est qu'il appréciait sa fougue et son courage et surtout sa façon d'attirer à lui une jeunesse oisive, ouverte à tout, disponible, habitée par une soif de conquête, prête à se dévouer, à s'émanciper par la révolte… Eh bien, le grand César apprécia à sa juste valeur la bouillabaisse… Il en goûta et en redemanda… Quand il passa en Espagne pour combattre les légions fidèles à Pompée, il pria son chef cuisinier de lui préparer le même plat. Ce fut un désastre. Il y manquait la rouille… Et la rouille, c'est ce qui fait tout le chic de ce plat. »

Comme un serviteur présentait au même moment à Perlette un bol de cette émulsion, Pétrone lui conseilla de s'en servir abondamment. Il lui en tartina même un petit croûton qu'il lui tendit. Elle le prit en minaudant. Et le porta à sa bouche. Aussitôt qu'elle l'eut enfourné, elle passa par toutes les couleurs de l'arc-en-ciel. Son visage se contorsionna. Pétrone riait sous cape. Mamercus, observant la scène, se mit à hurler : « Mais c'est qu'elle va exploser, la Perlette. L'immense travail de ses chirurgiens égyptiens qui lui ont ravalé la tronche va être réduit à néant… » Pétrone lui jeta un regard de travers tandis que Perlette déglutissait sa rouille à grand-peine. Mamercus poursuivit : « Pétrone, de grâce, éclaire-nous ! Qui occupe cette seconde table ?... Tu t'es adressé au grand Jules... Bon... Mais avec qui partage-t-il son souper ? – Autour de lui, Mamercus, se retrouve Publius Clodius Pulcher qui lui fit porter des cornes en s'introduisant dans sa maison alors qu'il venait d'être nommé grand pontife. Déguisé en matrone, il prétendait aller chatouiller la boîte à bijoux de Pompeia, la digne épouse de César, alors qu'elle célébrait le culte de la Bonne Déesse. César répudia Pompeia dont il se fichait bien et pardonna à Clodius. » Pétrone était parti. Il expliqua avec force détails que Clodius avait trois sœurs avec lesquelles il fit la bête à deux dos. L'une avait épousé Lucullus, l'autre Marcius Rex et la troisième Metellus Celer. Cette dernière fut la plus chaude de la pince, selon Pétrone. Elle avait désespéré Catulle le poète... Mais, selon Pétrone, cela avait permis au poète d'écrire des vers sublimes... « Sublimes ! Tu l'as dit Pétrone... s'exclama Mamercus. Souviens-toi de ces vers d'une exquise poésie non inspirée par Clodia mais par le plus illustre de tes blousons dorés, comme tu les nommes si justement, Pétrone... Tu hésites ? Mais voyons, le plus grand de tous n'est-ce pas César en personne ?.. Oui ! Le Jules, le grand Julot... Écoute comment Catulle te le cajole : “Mamurra possède tout ce que possédait avant lui la Gaule Chevelue. Oh ! Romulus enculé, général unique, pourras-tu le supporter ?”... » Pétrone fit mine de se boucher les oreilles. « Assez, Mamercus... Je t'en supplie, ne poursuis pas... – Bon d'accord ! Mais alors pourquoi ne l'as-tu pas écrit dans ta *Guerre civile* qu'il prenait du rond, notre Imperator... Que Lucain dans son long poème fasse le cul serré, bon, c'est un Espagnol sectaire, un blême moraliste… Mais toi… C'est quand même intéressant de savoir que César sauva la mise à Clodius en le faisant nommer tribun de la plèbe bien que celui-ci l'eût fait cornard… Ne me dis pas que ces deux-là ne bricolaient pas ensemble… Et Scribonius Curion, l'élégant et adorable Curion, ne fricotait-il pas lui aussi avec Clodius et avec Marc Antoine ? Curion l'entretenait à grands frais l'Antoine et très ouvertement et je te parie des prunes en hiver que ce n'était pas par simple altruisme… Alors même qu'il dépensait par ailleurs une fortune pour faire construire le premier théâtre de Rome… »

Mamercus fit la description de ce théâtre en bois.

En fait deux théâtres côte à côte qui, pivotant chacun, grâce à un mécanisme ingénieux, se transformaient en cirque. Ainsi, on pouvait donner une pièce le matin sur chacun des théâtres et ensuite, sans que le public puisse s'éclipser, on raccordait les deux édifices et alors en avant la marche des gladiateurs… Mamercus prétendait avoir connu enfant un vieil histrion qui se souvenait d'avoir vu jouer sur l'une des scènes un drame d'Ennius, suivi d'un combat de gladiateurs… Curion donnait ces représentations et ces combats pour apaiser les mânes de son père, le grand orateur et ami de Cicéron… Au fond il ne faisait que préparer, selon Mamercus, son élection à la préture… Curion, au début de sa carrière, avait été à cause de son père très lié avec Cicéron… Il apprit beaucoup à son contact. D'ailleurs, Curion allait devenir lui-même un remarquable orateur. Mamercus poursuivait : « Entre nous soit dit, je pense qu'il aurait bien aimé en tâter du Curion rose et blond, notre avocat… Aussi me demandai-je dernièrement, en reprenant ses derniers discours qu'il nomme *Philippiques*, en hommage à Démosthène, et où il mouille jusqu'au trou de balle Marc Antoine, si sa haine pour lui ne provenait pas d'une jalousie rancie remontant à l'époque où Curion était son amant?… » Pétrone écoutait avec délice Mamercus vidanger les fosses d'aisances de la République. Il ne disait rien à dessein et le laissait venir. « Et quand Clodius fut assassiné et que Rome fut mise à feu et à sang, qui secourut la veuve et l'orphelin? Qui? Curion, pardi! Il prit pour femme Fulvia et se chargea d'élever la fille de Clodius encore en bas âge… N'est-ce pas des petits services qu'on se rend entre copailles?… Tu ne me rétorques rien parce que tu sais que j'ai raison… – Sans doute tu as raison… Mais toutes ces choses étaient infiniment plus moirées… Moins crues que tu ne les dis… » lui répondit Pétrone en se tournant vers la table dans l'ombre : « Fulvia, qu'en dis-tu… toi qui fus la première femme romaine dont le profil orna un quinaire d'argent?… » Puis de nouveau, en direction de Mamercus : « Tu entends, Mamercus, ce qu'elle me répond : que le sexe ne l'intéressait pas. La seule chose qu'elle recherchait chez un homme c'était sa volonté de puissance et son appétit de pouvoir… C'est vrai, elle aimait les âmes violentes, elle-même en étant une. » Et Pétrone de brosser un portrait de Fulvia. Selon lui elle affichait ouvertement le dégoût que lui inspirait la République. Elle eût aimé gouverner par la terreur. « C'était sa façon à elle de balayer tous ces papotages sur la fin de l'histoire, le crépuscule des idéologies, la sénescence des valeurs républicaines. Au vrai, elle avait de la violence et peu de cervelle.

Elle se pensait un grand politique, elle n'était qu'une agitatrice. Mais dans ce rôle, elle fut sublime. Elle était sans merci. C'est elle qui, lors des proscriptions d'Octave pas encore devenu l'empereur Auguste et de Marc Antoine, obligea ce dernier, qu'elle avait épousé à la mort de Curion, à porter sur la liste des condamnés le nom de Cicéron. C'était l'homme à abattre. Il l'avait insultée nommément, avait défendu le meurtrier de Clodius son premier mari et de plus il était riche et elle vénale. Quand elle sut que la tête de Cicéron, entourée de ses deux mains, était exposée sur les rostres, elle se rendit en grand arroi au Forum. Tout autour chacun retenait son souffle. De la même voix qu'elle eût prise pour demander un siège, elle pria un de ses esclaves de monter à la tribune et de soulever les paupières du grand orateur. Elle voulait le toiser une dernière fois et tandis qu'elle essayait de percer ce regard vide pour tenter de connaître les dernières pensées qui avaient traversé l'esprit de celui que tout Rome appelait le père de la Patrie, elle retira de sa coiffure une épingle d'or. Dans l'instant sa chevelure fauve se défit. Une flaque de sang se répandit sur ses épaules. Déjà elle bondissait à la tribune pour y empoigner la tête. Elle força la mâchoire puis lentement elle lui perça la langue. Son visage reflétait aux dires des témoins l'extase amoureuse. Avait-elle eu alors la sensation d'atteindre aux mystères de cette parole qui l'avait non seulement marquée au fer rouge elle, mais également Catilina, Clodius, Curion et Marc Antoine ? De percer à mort les mots qui s'était échappés de cette bouche ?

» Ignorait-elle que les mots une fois prononcés s'envolent et vivent… éternellement… » conclut Pétrone.

C'est alors que Perlette, complètement larguée, se pencha à son oreille : « Dites-moi cher hôte, de qui parle-t-on ? – Mais très chère, de Fulvia ! – Connais pas... Mais si vous le dites elle doit être tout à fait charmante la cocotte. Une de vos nouvelles conquêtes ?... Ah Pétrone, savez-vous que vous serez toujours un coquin !... La prochaine fois que vous viendrez souper à la maison vous me l'amènerez... C'est dit... Hein !... Comment dites-vous son nom ?... Aucune importance, je le ferai demander à Gordias... Au fait, comment va-t-il ? – Très bien... Je l'ai laissé à Rome... Sans doute viendra-t-il me rejoindre ici dans quelques jours... Rien de meilleur pour la santé que les derniers bains de la saison... »

Perlette, qui levait sa coupe pour redemander des munitions, m'empêcha à cet instant de voir le visage de Pétrone. Sa voix ne me parut pas altérée par la moindre tristesse. Or, le matin même, je devais l'apprendre par la suite, un messager était arrivé de Rome pour lui remettre une lettre de Gordias. Celui-ci lui annonçait son prochain suicide. Plus tard, quand je revins à Rome, Marcellus, dont Gordias avait fait son héritier, me montra le double de la lettre. En quelques mots, sans pathos, comme une banale constatation, Gordias annonçait à Pétrone sa décision de se tuer. Il ne pourrait pas se résoudre à vivre sans lui, lui disait-il. Et plutôt que de lui survivre, il préférait le devancer dans le grand saut...

Quand tout fut consommé, de retour à Rome, j'interrogeai le messager qui avait délivré la lettre sans en connaître la teneur. Pétrone l'avait lue devant lui, sans changer de visage. Puis l'avait brûlée. C'est bien, tout va rentrer dans l'ordre, avait-il murmuré. Il s'était, ensuite, adressé au courrier. Il n'y aura pas de réponse, lui avait-il dit, en le congédiant.

Pétrone finit par se montrer légèrement agacé par l'insistance de Perlette qui lui redemandait une fois encore le nom de « cette personne ».

« Ce n'est pas une personne, c'est Fulvia, lui dit-il en élevant la voix. Son nom. Oui. Fulvia !... Voulez-vous en savoir plus ? Eh bien ! C'est elle qui secoua, la première, le carcan dans lequel les Romains avaient enfermé leurs femmes. Une sorte de pionnière, si l'on veut !... Oui, vraiment une pionnière ! Avant elle, les matrones ne s'intéressaient qu'à leurs dieux lares, à leur cuisine et à leurs enfants... Elle se grisa de ces moments délicieux qu'elle sut se ménager entre l'ordre et le désordre. Pour elle, c'était une fronde apparemment sans risque. Elle jouait sur les deux tableaux : elle goûtait d'un côté les avantages du patriciat et de l'autre les excitations des débordements plébéiens. Cette petite guerre lui plaisait. Ce n'était, au début, que des envols de toges et de paroles qui lui paraissaient ne faire aucun dommage à l'existence supérieure dont elle jouissait... Elle ne se contenta pas de se mouvoir dans la sphère politique de quelques meneurs, elle donna le ton... »

Pétrone analysait fort bien l'état d'esprit de Fulvia, ses aspirations, ses revendications. Les folies et l'héroïsme ayant fait leur temps, alors commença pour elle le désenchantement. Fulvia fut, peut-être, l'âme de la guerre civile mais elle y perdit sa grâce.

« Ce n'est pas pour autant qu'elle négligea, poursuivait Pétrone, l'éducation de sa fille Clodia qu'elle s'arrangea à fourrer dans le lit d'Octave... Eh oui ! Clodia, fille de Clodius le démagogue, aurait été l'Augusta si Octave ne l'avait répudiée avant de devenir empereur. La vertu et la modestie n'étaient pas le fort de Fulvia. En revanche elle savait faire manœuvrer des légions, soutenir un siège comme on l'a vu dans la seconde des guerres civiles quand, après avoir levé huit légions et occupé Rome, elle fit retraite dans Pérouse. Octave, qui venait de lui renvoyer sa fille, vint l'assiéger dans cette ville. Il faut bien avouer qu'avant de se rendre, elle lui en fit voir la Fulvia... À cette époque, veuve de Curion, elle était devenue la femme de Marc Antoine et lui avait donné deux fils... »

Pendant ce temps, Giton bayait aux corneilles et Mamercus faisait des mines. Il s'éventait avec ostentation. C'est qu'il voulait parler lui aussi. Ajouter son grain de sel. D'ailleurs pourquoi ne parlerait-il pas puisqu'il connaissait lui aussi tout le remue-ménage de ce beau monde. Fulvia ! De celle-là, il pouvait en dégoiser... Quand on touchait au grand monde, son côté pointilleux se révélait soudain. On remarque, souvent, ce trait de caractère chez ceux qui, par leur naissance, n'ont pu regarder la société brillante que par le trou de la serrure. Toute mésalliance d'une famille patricienne les concerne bien plus que les membres de cette famille. Un accroc dans l'arbre, et les voilà qui poussent des petits cris de désespoir lesquels finissent toujours par un appel à quelques rois légendaires ou plus sûrement à l'Olympe. Et on les entend alors soupirer : « Et dire qu'il descendait en droite ligne de Junon. »

Mamercus savait tout du beau monde, ou du moins croyait le savoir et vivait le déclin des grandes familles avec une douleur non feinte. Il interrompit donc Pétrone, qu'il pressentait prêt à partir dans un de ses grands dégagements épiques. Il entendait d'ici les bruits des armes, la grande baisouille des corps et des âmes, la généalogie des grandes familles patriciennes… Une sauce que Pétrone savait parfaitement faire monter.

« Ta Fulvia, tu veux que je te le dise, Pétrone ? Eh bien, ce n'était qu'une de ces femelles fouteuses de merde ! De celles qui ne supportent pas les affaires d'hommes entre eux… Que leurs bonhommes puissent avoir du plaisir sans elles, ça les dépasse !… Elles veulent voir, connaître, savoir comment cela se passe… Et puis la Fulvia, c'était vraiment la lie du peuple. Un papa bègue dont chacun se moquait, un grand-père quasiment clochard. En tout cas dérangé de la citrouille… » Pétrone prit un air offusqué. Il aimait à mettre hors de lui Mamercus. Il le laissait venir. Puis la bouche en cul de poule et l'œil frisé, il le relançait par un « Ô vraiment tu crois ?… »

« Bon c'est d'accord ! J'en conviens Mamercus. Du côté paternel ce n'était pas très brillant. Le père, Fulvius Flaccus Bambulus, était bègue et tout juste affranchi depuis une génération. Le grand-père était fou… mais pas dangereux. Mais du côté de la maman, c'était tout autre chose. Eh oui ! Mamercus, sa mère était une Sempronia, la propre fille du tribun Caius Gracchus, grand démagogue et réformateur comme son frère Tibère… Les lois frumentaires… À chacun son lopin de terre… Oui c'était eux… Un beau projet… Si beau que la multitude porcine toujours à gueuler jeta le premier dans le Tibre… Et contraignit le second à se tuer. Sa tête fut portée à la Curie au bout d'une pique après qu'on y eut coulé du plomb car elle avait été mise à prix à proportion de son poids... Tout ça fait partie des fièvres de notre belle et défunte république... Son arrière-grand-mère n'était ni plus ni moins que la fameuse Cornelia ; et son trisaïeul tout simplement Scipion l'Africain. Dis-moi, peut-on mieux dans le grand genre ? On comprend qu'avec un sang si chargé d'histoires, elle fut au fond, comme tu l'as si bien dit, une fouteuse de merde... Et pas seulement au plumard mais parmi la plèbe... Si elle possédait l'orgueil patricien, je ne suis pas si certain que son cœur battît pour le peuple... Ce dont je suis sûr, c'est qu'avec Clodius, puis Curion, puis Antoine, elle trouva de quoi picorer... »

Pétrone, qui s'était échauffé, commença à décrire Curion comme le véritable ange de la révolution. Celui-ci était la mouche de César. Il avait bourdonné pour lui dans le camp de Pompée, l'homme du Sénat, soutenu par les patriciens. Depuis longtemps César avait été séduit par ce beau garçon. Comme il était tribun de la plèbe il faisait obstruction à toutes les décisions qui auraient avantagé Pompée. Ce dernier, bon général et grande andouille, ne se doutait de rien. César avait payé les dettes de Curion. Une somme considérable... Soixante millions de sesterces. On achète une province avec cette somme. Mais lui-même jeune, avec ses goûts dispendieux, n'en avait-il pas contracté d'énormes... Et puis c'était aux vieux de payer pour les jeunes.

Bien que grand manœuvrier, Curion fut découvert et son double jeu porté sur la place publique. Il n'eut plus qu'à s'enfuir de Rome et rejoindre de nuit César, qui hésitait à la tête de ses légions de Gaule à franchir le Rubicon. Curion le poussa à faire ce premier pas. Fulvia lui avait fait la leçon. Aussi, selon Pétrone, ce ne fut pas tant Curion que Fulvia qui vendit la République. On sait ensuite comment César l'employa en Sicile et comment, plus tard, il trouva la mort en Numidie. César à Rome reçut cette nouvelle. Il loua son courage et sa jeunesse. Son hommage fut vibrant. C'est qu'il lui avait été rapporté que Curion avait refusé de fuir. Il s'était enfoncé dans les rangs ennemis, préférant mourir plutôt que de se présenter vaincu devant César.

« Tous ont acheté Rome, lui seul la vendit… C'est ainsi, je crois bien, que notre très probe et courageux Lucain – que les muses du Parnasse l'aient en leur sainte garde ! – lui tresse une épitaphe dans sa *Guerre civile*, ajouta Pétrone. Alors si c'est ainsi… Mort aux épitaphes, au pathétique et à la mort ! César avait casqué mais pouvait-il faire moins pour un jeune homme qui lui rappelait tant le César qu'il avait été ? Avait-il perçu en Curion une étincelle de son génie ?… »

Mamercus s'était levé pour porter une santé à Pétrone. Les autres convives chipotaient le nez dans leur assiette les poissons de la bouillabaisse. Perlette crachotait les arêtes d'un filet de rascasse en marmonnant. « Mais qu'est-ce qui m'a foutu un truc pareil ? C'est une vraie pelote d'épingles, ce machin… » Giton lui aussi avait quelques problèmes. Un jeune esclave avait sa main presque totalement engagée dans sa bouche et tentait désespérément de lui retirer l'arête qu'il avait au travers de la gorge. Et tandis que Phidias – c'était le nom du jeune esclave – s'acharnait au fond du gosier de Giton, celui-ci ne perdait pas son temps et lui pelotait les couilles. Mamercus haussa le sourcil. Le petit manège de son protégé ne lui avait pas échappé. « Veux-tu cesser de le palucher ainsi, il va finir par gicler par-dessus la table et son foutre ira droit se nicher dans le décolleté de Perlette, son demi-décolleté plutôt… » La vanne balancée, il se retourna vers Pétrone. « Bravo ! Bravo ! Tu m'as convaincu Pétrone ! Je me rends à tes arguments !… Sans doute une grande dame ta Fulvia… Oui une grande dame… mais tout de même une fouteuse de merde… » Pétrone l'arrêta et, rajustant sa toge – c'était généralement le geste qui préludait à une longue envolée de mots, souvent une parodie –, il jeta aux convives une friture de faits et de gestes en marge de l'histoire. L'assassinat de César vu de son trou par une souris. Le remariage de Fulvia avec Marc Antoine ainsi que leur nuit de noces, racontée par un gladiateur. La capitulation de Fulvia dans Pérouse et son exil forcé à Sicyon[3] en Grèce. Son vieux fibrome dégénéré en cancer, enfin son agonie, alors qu'à Rome, se préparaient les noces d'Octavie, la sœur du futur Auguste, avec le volage Marc Antoine et qu'au loin, à l'horizon, sur la mer, se dessinaient les voiles de la flotte de Cléopâtre, reine d'Égypte… Et pour conclusion à cette farce : Clodius, Curion, Marc Antoine… enfin tous ses petits blousons dorés, se l'étaient fait mettre dans l'os. Et le monde allait son train comme avant. Quant au peuple, ce sot fretin, comme au théâtre, il n'avait pas vu les guindes de la gloire et se pâmait devant son envol… Et Pétrone revenait sur l'écœurant optimisme. Et d'avouer que la révolte n'est pas plus sympathique que la passivité devant les conventions les plus absurdes.

Pétrone s'arrêta et tendit l'oreille. En effet, quelque chose roulait au loin. Ce bruit se rapprochait, d'instant en instant. C'était l'orage qui revenait par les terres avec sa batterie d'éclairs et de tonnerre. Le même qui avait troublé le début du repas. Probablement avait-il dû tourner sur le golfe de Naples sans éclater et là, comme certaines tornades parfois à cause des vents, avait-il été contraint de rebrousser chemin. On l'entendait se rapprocher. C'est alors que Pétrone s'écria : « Voyez-vous, mes chers amis, ainsi que je vous le disais, il y a un instant, il n'y a rien vraiment de satisfaisant dans cette vie… La révolte certes… mais également la littérature… Je croyais, par le jeu des mots et la griserie de l'intrigue, m'être fondu dans le lacis des phrases, eh bien non. Voilà qu'on vient me rappeler à l'ordre et m'expulser de ma demeure bâtie de paragraphes et de chapitres… Non, rien n'est satisfaisant. Par la littérature je pensais me tirer du désordre du monde et acquérir une manière d'unité acceptable pour l'esprit. De tous ces efforts que reste-t-il ? L'appel du néant… et autour, comme une poussière lumineuse, l'impalpable souvenir d'instants heureux… »

Pétrone promena un regard sur les convives. À l'exception d'Adminius et de moi, tous les autres étaient écroulés sur leur lit. Mamercus ronflait ouvertement, la perruque de travers. Manlia était tout accaparée à lui faire les poches. Giton, enlacé à Phidias, gobait les mouches en se curant le nez. Quant à Fluvius et à Statilius, ils profitaient de l'absence de Perlette pour s'embrasser. En extase, les yeux révulsés, ils mettaient les bouchées doubles. Perlette, en effet, avait disparu. En fait, elle avait glissé de son lit pour tenter de retrouver sous la table sa mamelle de verre dont la disparition l'obsédait depuis qu'elle s'était envolée. C'est qu'elle lui avait coûté cher, cette prothèse. Et aussi dispendieuse qu'elle fût, elle pouvait se montrer pingre pour de semblables babioles.

Pétrone balayait d'un regard encore amusé cette

souffrante humanité. Il s'y était plongé, l'avait faite sienne par l'écriture et maintenant, il lui fallait la congédier. Il avait fouillé dans le passé et sa propre préhistoire, Sylla, Pompée, César… Les guerres civiles, les blousons dorés… Mais désormais, tout le monde s'en tapait… Les batailles de Pharsale, de Philippes ou d'Actium… cela ne faisait plus un rond. Il n'y avait que le candide Lucain pour y trouver quelques ressources pour sa lyre désaccordée.

Plutôt que de s'examiner avec délectation comme tant d'écrivains et fouir ses souvenirs… il les avait abandonnés en cours de route. Et ceux-ci revenaient pour l'assaillir et l'accabler de remords. La tristesse des beaux jours enfuis est indicible au moment de mourir. Il n'y a pas de raison de vivre devait-il se dire mais il n'y en a pas plus de mourir.

Sa bouillabaisse, dont les reliefs flottaient dans les assiettes, avait été un désastre. Son souper un parfait fiasco. Au fond, n'était-ce pas ce qu'il avait recherché : un de ces repas ratés dont les convives ont longtemps le souvenir, bien plus que de ceux réussis ? Un insuccès total qui passera à la postérité. C'est alors j'imagine qu'il dut repenser à sa jeunesse marseillaise, à la calanque, au cabanon, à cette vibration d'odeurs dans l'air marin…

L'orage se rapprochait. Alors il se leva et s'écria : « Non, ce n'est pas un orage. Des coursiers frémissants, j'entends le rapide galop… Vite Lysias, va chercher le chirurgien… Il n'y a de progrès et de découverte que vers la mort… » Je n'eus pas même le temps de me lever pour aller le quérir, que Polyclitos, le scalpel officieux à la main, se tenait auprès de Pétrone. Son aide portait une vasque d'argent remplie d'eau bouillante pour faciliter l'hémorragie. Rapidement, il garrotta les deux bras que Pétrone lui tendait. Sans s'y reprendre, il entailla les veines des poignets puis défit les garrots. C'est sans broncher que Pétrone vit son sang jaillir. Il plongea aussitôt ses avant-bras dans l'eau encore fumante.

Les galops se rapprochaient. Bientôt, on entendit dans la cour le bruit de sabots, le hennissement des chevaux. Déjà les prétoriens envahissaient les terrasses. « Tiens, prends ce rouleau, il contient l'acte de propriété de ma maison de Marseille ainsi que de mon domaine des calanques. Il est à ton nom. Maintenant, file avec Adminius Si tu rencontrais par hasard quelques difficultés, tu peux toujours faire appel à Flavius Sabinus, le préfet de Rome. Je lui ai rendu naguère plusieurs services et il saura être reconnaissant… Va maintenant… Par le passage de la bibliothèque, tu connais le chemin pour gagner l'écurie. Selles-y deux chevaux et, sans entrer dans Rome, galope jusqu'en Gaule avec Adminius… »

Le bruit des armes, les cris qui arrivaient de la cour, les torches des prétoriens dessaoulèrent rapidement les convives. Ils ne comprirent rien à ce charivari. On les avait tirés de doux rêves pour les précipiter soudain dans un cauchemar. Ils se mirent au diapason des esclaves qui, pris de panique, couraient en tous sens. Ceux-ci à qui Pétrone avait, pourtant, accordé la liberté se comportaient comme tous les esclaves du monde. Ils pillaient la maison avant de s'enfuir. En un instant la vaisselle d'or, les rhytons précieux, les aiguières, les plats ciselés… avaient disparu. Pétrone ne dit rien. Plus rien ne lui importait. Il demeurait serein sur son lit, à regarder le sang s'échapper de son corps. Ses forces l'abandonnaient. Cependant, quand un fuyard voulut s'emparer des deux vases précieux en jaspe, il l'arrêta : « Non ceux-ci je les garde ! » Alors, s'adressant à Mamercus qui reprenait lentement ses esprits tout en rafistolant sa perruque, il lui dit : « Je voulais briser ces deux merveilles afin que Tigellin ne puisse mettre la main dessus. Mais, à y réfléchir, je trouve cela mesquin. Dans la grande comédie du monde, Tigellin, au fond, a bien tenu sa partie au-delà du mal. Cela doit être récompensé. Mamercus, tu lui remettras, de ma part, ces vases. J'espère qu'il saisira l'amère ironie de ce geste... »

Tandis que Mamercus s'emparait des vases de jaspe, Perlette resurgissait de dessous la table. « Au viol ! Au viol ! » criait-elle. Un jeune échanson la secouait pour s'emparer de ses breloques. Il s'était déjà empoché son collier de perles et ses bagouzes, mais continuait à la secouer, comme un prunier. Elle, devant tant d'ardeur, pensait qu'il en voulait à sa vertu. « Bon ! Bon ! Tu l'auras mon petit capital. Mais de grâce ne déchire pas ma robe... Oui ! C'est ça trousse-moi gentiment... »

Mamercus, tout content d'aller faire sa cour à un aussi puissant personnage que Tigellin, esquissait un pas de danse en chantant :

Quand on les rapporte, l'matin,
I sent'nt la vinasse et l'crottin
Qu'i ont bu' dans les caboulots,
Ah ! les salauds !

Je ne connaîtrai jamais la fin de la chanson de Mamercus. J'étais déjà avec Adminius dans la bibliothèque quand j'entendis le bruit d'une porte qu'on enfonçait. Les prétoriens, je suppose, venaient de faire leur apparition dans la salle à manger. J'avais suivi les ordres de Pétrone et, je ne sais pourquoi, je me trouvais assez soulagé au fond de moi-même. Arrivés aux écuries, nous sellâmes deux chevaux. Sans regarder derrière nous, nous quittâmes les lieux. Ô ma lâcheté !

Sans regrets, ni remords, nous galopâmes à bride abattue. Les remords et les regrets seraient pour plus tard.

Le voyage jusqu'à Rome dura trois jours. Arrivé devant la ville, au lieu d'en faire le détour, j'y entrai. Aidé par Adminius, je me mis en quête de Marcellus. On le retrouva facilement. Il rôdait autour de la maison de Pétrone sur laquelle, par ordre de l'Empereur, on venait de placer les scellés. J'eus de Marcellus le récit de la mort de Gordias et de ses funérailles qui avaient eu lieu non loin de la via Salaria. L'urne contenant ses cendres fut déposée dans un petit tombeau qu'il avait fait construire avec précipitation, en une nuit, alors que Pétrone quittait Rome. Marcellus, Adminius et moi, nous décidâmes, puisque nous nous étions retrouvés, de ne plus nous quitter.

On loua une petite maison en contrebas du Palatin, dans le quartier populaire du Vélabre, près de l'endroit où les enfants abandonnés sont exposés. On s'y terra quelque temps. Personne ne semblait nous rechercher. On laissa passer quelques mois sans faire parler de nous. On se tenait cependant au courant des nouvelles du jour par le crieur des rues. L'Empereur faisait son grand tour de la Grèce. Chaque matin, nos oreilles bourdonnaient de ses triomphes bidonnés. L'aurige se voyait consacré. Il gagnait toutes les courses, même celles où, expulsé de son char, on l'avait retrouvé plein de contusions, roulé dans la poussière. La Grèce voyait en lui un nouvel Apollon. Il remportait tous les concours de chant et de poésie. On l'accablait de couronnes. Cette exagération de lauriers sauvait l'honneur de la Grèce. En effet, par cette mascarade, elle le ridiculisait sournoisement. J'assistai également à son retour triomphal à Rome, au milieu d'un nuage d'encens. Il était monté sur un char, tiré par quatre merveilleux étalons de neige que je reconnus : les Lusitaniens de Pétrone ! Combien de fois ne m'étais-je pas glissé dans les écuries pour les flatter de la main.

Après son triomphe, Néron quitta Rome pour Baïes. Adminius, Marcellus et moi-même profitâmes de cette absence pour rendre visite au préfet de la ville. Flavius Sabinus, au seul nom de Caius Pétrone, nous reçut. Il n'était autre que le frère du futur empereur Vespasien qui réprimait alors la révolte des Juifs en Judée, partant l'oncle de l'empereur Titus et de l'empereur Domitien. C'est par lui que j'appris ce qui s'était passé après mon départ, quand les prétoriens avaient envahi la villa de Pétrone.

Le dîner, selon ce qu'on lui avait rapporté, avait été d'un luxe culinaire incroyable. Il nous en donna le menu complet qui n'était autre que celui du festin de Trimalchion dans *La Vie aventureuse d'Encolpe et de Giton*. Jamais il ne mentionna de bouillabaisse. En revanche, il nous rapporta que Pétrone s'était fait ouvrir les veines au milieu du repas et avait continué à souper, comme si de rien n'était. Il se serait fait bander et débander les poignets au gré de sa fantaisie, afin de pouvoir plaisanter encore. Les convives, tous de grande qualité, avaient, à tour de rôle, récité des vers légers. Aucune pose philosophique, aucun grand discours sur l'au-delà. Mais des bagatelles plaisantes. À l'aube, à l'arrivée des prétoriens, Pétrone était mort. Son sang avait été précieusement recueilli dans des bassines d'argent. Aucun des convives n'avait été inquiété. Seul Mamercus Creticus, flanqué d'un mignon, avait demandé à être conduit auprès de Tigellin. Mamercus lui avait raconté le souper. Celui-ci n'en avait cure, puisqu'il était désormais en possession des deux magnifiques vases. « A-t-il tenu vraiment comme tu dis, Mamercus, à me les léguer ? » Tigellin semblait incrédule devant tant de générosité de la part d'un ennemi. Il versa même quelques larmes. Il s'enquit ensuite de l'identité du mignon dont Mamercus s'était fait accompagner. Mamercus, qui se trouvait bien en peine de lui révéler son nom qu'il avait oublié, ne sut le présenter que comme Giton. Tigellin fronça les sourcils. « Comme l'autre ? – Exactement comme l'autre… C'est moi qui ai refilé ce nom à Pétrone pour son personnage. Le vrai Giton, c'est celui-ci ! »

Mamercus fut renvoyé avec une gratification. Giton, en revanche, resta auprès de Tigellin qui, le soir même, raconta à Néron tout ce qu'il avait appris de Mamercus. Il lui fit présent du mignon.

Ce dernier devait le suivre dans sa tournée en Grèce. Mais l'affranchi Phaon, ayant pris ombrage de cette liaison, lui fit crever les yeux durant son sommeil.

À ce récit assez vague, je compris que Mamercus, qui s'était identifié à Trimalchion, n'avait pas supporté la médiocrité culinaire du souper de Pétrone. Cette bouillabaisse était trop exotique pour lui. Aussi avait-il décidé d'enjoliver le festin qu'au fond de lui, il trouvait raté. Le dernier souper de Pétrone allait devenir très vite un de ses morceaux de bravoure. Chaque fois qu'il en reprenait le récit, il y ajoutait un détail. Et je pense que c'est ainsi qu'il passera à la postérité. Car je ne me fais aucune illusion sur le destin de mon témoignage.

Quelques mois plus tard, après le suicide de Néron, je devais revoir Flavius Sabinus. Il nous facilita, à Marcellus et à moi-même, l'entrée dans la magistrature qui devait me conduire jusqu'à la préture.

Après deux ans d'incertitude politique, Vespasien devint empereur. Marcellus nous quitta peu après. Il voulait fonder une famille. Il avait rencontré la femme idéale. Et c'est vrai qu'elle était charmante, sa Pompeia. Adminius et moi, nous assistâmes à leurs noces. Dans l'atrium de leur maison, sur l'Aventin, Marcellus avait placé la statue de Gordias.

Je pense qu'à cette époque Adminius avait déjà dû rencontrer sa gladiatrice. Il la fréquentait en douce, se partageant entre elle et moi. Il possédait ce don de ne dire la vérité qu'à ceux qui étaient aptes à l'entendre. Aussi, durant plus de dix ans, je devais ignorer cette liaison. J'imaginais bien qu'il se tirait des coups ici et là. Mais ces accrocs que je feignais d'ignorer n'avaient au fond aucune importance. Je l'aimais volage. Cependant quand la garce eut le toupet de venir me faire une scène dans ma propre maison, celle de Pétrone, saisie par Néron mais que Vespasien m'avait offerte, il me fallut me rendre à l'évidence.

Elle était apparue dans l'atrium, à l'heure matinale où je recevais mes clients. Elle était harnachée comme un cocher du cirque et tenait un fouet. Malgré son visage bouffi, on devinait qu'elle avait dû être belle, mais, de cette beauté, il ne restait que des vestiges. Son visage me disait cependant quelque chose. Dès qu'elle fut devant moi et qu'elle commença à m'insulter, je la reconnus. Évidemment c'était elle. À son ton arrogant, il n'y avait aucun doute. Oui, c'était Œnothéa, la fille du gladiateur Herméros, croque-mort et organisateur de jeux funèbres. C'était la jolie gueuse rousse avec laquelle j'avais perdu mon pucelage. Vingt ans s'étaient écoulés. Je venais d'avoir trente-six ans. À un an près, elle devait avoir le même âge que moi.

J'étais assis sur la chaise curule que m'autorisait mon statut de sénateur. De plus, j'étais un des préteurs en charge de l'année. Avec tout le dédain que peut montrer un être déclassé pour la société, Œnothéa vint se camper devant moi, l'œil furibard : « Comme je veux que les choses soient claires entre nous, je dois te dire que tu peux en faire ton deuil de ton Adminius. C'est pas avec ton cul que tu pourras lui offrir ce que moi je vais lui donner… » Et elle se frappait le ventre pour bien souligner qu'elle se trouvait dans un état intéressant. Et c'est vrai que son ventre rebondi pouvait laisser penser qu'elle attendait un heureux événement. Je la regardais comme une curiosité. Une rage de destruction m'envahit. Moi qui pourtant n'étais pas misogyne, je me mis à détester toutes ces entrailles flasques. Je pensais à Hérode le Grand, auquel j'aurais aimé soudain bâtir un temple. N'était-il pas devenu un bienfaiteur de l'humanité avec son nettoyage en grand ? Tous les lardons zigouillés en une nuit. Tous les mâles premiers-nés de Judée.

J'aurais pu appeler mes licteurs et mes gardes qui se trouvaient dans le vestibule. La faire arrêter et conduire par les gémonies dans la prison du Capitole. La jeter dans un cachot et – pourquoi pas ? – l'y faire disparaître, sans autre forme de procès.

Et alors que je ne songeais qu'à ma vengeance, je lui souriais. Et ce sourire inexplicable, tout à fait en contradiction avec mes pensées, semblait m'être imposé par je ne sais quelle puissance extérieure à moi. Plus tard, je compris que c'était un legs de Pétrone. Ce sourire éteignit lentement ma colère. Je n'étais plus moi-même, j'étais devenu Pétrone. Oui, Pétrone m'habitait. Et bien malgré moi, je m'entendis prononcer ces paroles : « Va Œnothéa, si c'est ton destin… Mais ne reviens plus jamais dans cette maison… » Je me tournai alors vers l'intendant préposé à la distribution des sportules et je lui enjoignis de lui remettre vingt sesterces d'or. « Elle en aura besoin pour son enfant… » Elle prit la bourse sans un mot et sortit de la maison.

Le soir, j'attendis en vain Adminius. Et le soir d'après, et ainsi un mois durant. Nous étions admirablement faits pour ne pas nous entendre. Et c'est pour cela que je l'avais aimé.

À quelque temps de là, j'appris par Marcellus qu'il avait quitté Rome avec sa gladiatrice. Il l'avait tapé d'une grosse somme d'argent que je m'empressai de lui rembourser. Il s'était ouvert à Marcellus du projet de se rendre dans son pays et de s'y installer avec sa femme et l'enfant qui allait leur naître.

Ma magistrature se termina. Je demandai une audience à l'empereur Domitien qui me l'accorda comme il m'accorda ma requête : ma nomination comme propréteur en Narbonnaise, avec pour résidence principale Marseille. Je reçus mon ordre de mission. Après avoir réalisé tous mes biens, je sortis de Rome. Et en passant la porte Colline pour rejoindre la via Aurelia, j'eus le sentiment d'y laisser une grande part de moi-même. Je ne suis plus retourné à Rome. Je pense que tout le monde, ou presque, a dû y oublier jusqu'à mon nom.

J'ai dépensé ma fortune en folies. J'ai beaucoup bu, j'ai mis de beaux garçons dans mon lit, je les ai couverts de cadeaux. Et puis, avec le temps, tout a fini par me craquer dans les mains.

Il ne me reste plus, à présent, pour vivre, que le loyer de la grande maison du forum et le cabanon de la calanque que j'habite. C'est suffisant. Et encore avec cela je peux faire le gandin.

Ce soir, j'attends un petit jeune rencontré à la plage. Viendra-t-il ? Au fond, je m'en fous. Pourtant il m'a paru giron, le gamin.

Demain, j'irai déposer le manuscrit de mes mémoires à la bibliothèque de la ville. Et puis, vogue la galère.

Demain, oui demain… Je sens le néant m'envelopper. Comme l'eau de la mer, quand je me baigne, il s'ajuste à mon corps. Néant familier, entrez, vous êtes ici chez vous. Ah vite, vite, à la mer !

NOTES DE L'ÉDITEUR

Première partie

Page 12,1. Par cette remarque Lysias montre bien qu'il est grec. En effet, le monde gréco-romain avait une répulsion pour la circoncision des Juifs qu'il considérait comme un acte barbare. L'empereur Hadrien, un siècle plus tard, devait interdire par un édit cette pratique. Toute la confession de Lysias dit assez l'incompréhension de son temps pour l'étrangeté des Juifs.

Page 14,2. « Nec fera caerulea domuit Germania pube » (Horace, *Épodes, XVI*). – Lysias cite à dessein fautivement ce vers en remplaçant Germania par Britania.

Page 22,3. Il semblerait, si l'on doit s'en remettre aux mémoires du Grec Lysias, que la mère de Caius Petronius Arbiter, l'auteur de ce qu'aujourd'hui l'on nomme le *Satiricon*, pourrait être Fabia Lollia, la fille posthume du richissime Marcus Lollius, ami intime de l'empereur Auguste et célèbre concussionnaire autant que mauvais général, et de sa troisième épouse Fabia Maxima. Cette Fabia Maxima, à la fois beauté professionnelle et esprit libre et hardi, appartenait à l'illustre famille patricienne des Fabii Maximii et avait déjà fait beaucoup parler d'elle à Rome, quand elle se résolut à épouser Marcus Lollius, tout juste veuf. Quant à Marcus Lollius, en dépit de ce qu'il eut abandonné aux Germains l'aigle de la cinquième légion, il fut cependant choisi par l'empereur pour accompagner en Asie son petit-fils Gaius César, à qui il destinait l'Empire. Tibère, qui n'était alors que le beau-fils et gendre d'Auguste, partant beau-père de ce jeune prince puisqu'il avait été contraint d'épouser la mère de celui-ci, la scandaleuse Julie, fille unique d'Auguste, profita du séjour du jeune prince dans l'île de Samos pour venir le saluer. Il vivait depuis sept ans exilé volontairement à Rhodes. Marcus Lollius marqua ouvertement à Tibère son mécontentement lorsque celui-ci se présenta devant son jeune beau-fils. À quelque temps de là, Marcus Lollius se trouva sous le coup d'une dénonciation pour trafic d'influence. Aussi fut-il rappelé à Rome. C'est durant son voyage de retour qu'il se serait empoisonné.

Page 22,4. Lucullus avait acheté 80 000 drachmes cette maison qui avait appartenu à Marius. Tibère devait par la suite l'acquérir. Elle demeura jusqu'à la fin de l'Empire dans les domaines impériaux. Amère dérision, le dernier empereur romain d'Occident Romulus Augustule y fut relégué par Odoacre en 476 après s'être dépouillé de la pourpre.

Deuxième partie

Page 30,1. Il semblerait que ce vers ait été repris par William Shakespeare dans sa *Tragédie du roi Jean.*

Page 34,2. Lucius Sergius Catilina (108-68 av. J.-C.) de la famille patricienne des Sergii ne fut dans l'histoire qu'une fulgurante vision pour devenir par la suite une manière de saint patron des conspirateurs et des révolutionnaires dans tous les pays et à toutes époques. Et pourtant il ne préconisa aucune révolution, ne songeant guère à transformer les structures sociales. Quant au peuple, il tint à prendre avec lui ses distances. Catilina circonscrit sa conspiration dans les limites de sa classe, la noblesse.

Page 34,3. Publius Claudius Pulcher (?-52 av. J.-C.) appartient à l'illustre famille des Claude qui, un siècle plus tard, accédera au pouvoir suprême à la suite d'Auguste. Tibère, adopté par Auguste, sera le seul véritable Claude à accéder à l'Empire. Le seul à ne pas avoir du sang des Jules et des Octave. Caligula, Claude et Néron, tous trois par leurs aïeules et leurs trisaïeules, se rattachent par le sang à la famille des Jules et des Octave.

Claudius ou plutôt Clodius, car pour briguer le tribunat il se fit adopter par un ami plébéien qui était son amant, fut la brebis galeuse de la famille. Soudoyé par Catilina, il fut un temps de sa clique avant d'appartenir à celle de César, non sans avoir été auparavant l'amant de la femme de ce dernier. César pardonna au joli garçon et répudia sa femme. Clodius fut de tous les scandales de Rome. Ses trois sœurs, deux prénommées Claudia, la troisième Clodia – car elle avait tenu à suivre son frère dont elle était la maîtresse et partageait les chimères démagogiques –, épousèrent réciproquement Lucullus, Q. Fluvius Rex et Q. Metellus Celler, tous trois personnages consulaires. Clodius facilita les trafics amoureux de Clodia qui passa à la postérité en devenant la Lesbie du poète Catulle, lequel, après leur rupture, la décrivit ouvertement dans ses vers comme l'empoisonneuse de son mari. Élu tribun du peuple par sa fulgurante audace, Clodius conquiert la plèbe romaine. Travaillant pour le compte de César il fait exiler de Rome Cicéron qui avait contrecarré les plans du futur conquérant des Gaules en devenant le tombeur de Catilina. Clodius épousa Fulvia dont il eut une fille que Marc Antoine proposa comme femme à son collègue Octave, le futur empereur Auguste. Clodius mourut assommé lors d'une rixe entre bandes adverses. T. Annius Milon, lui-même ancien tribun mais à la solde des patriciens, commanda son assassinat. C'est Cicéron, de retour d'exil, qui défendit ce dernier. Il fut néanmoins condamné et ses biens vendus à l'encan. Cicéron, par l'intermédiaire d'un de ses affranchis, les acheta. L'affaire s'ébruita et Milon menaça Cicéron de sa vengeance. Cicéron les lui restitua.

Page 34,4. Caius Scribonius Curion (84-49 av. J.-C.) fut probablement l'amant de Clodius et de Marc Antoine si l'on en juge par l'amitié qui les liait. Il devait d'ailleurs épouser Fulvia, la veuve de Clodius, en 52. D'une famille noble par son ancienneté mais d'extraction plébéienne, il n'eut pas à se faire adopter pour briguer le tribunat. Son père, qui avait été tribun de la plèbe en 90, avait lié par la suite son sort à la fortune du dictateur Sylla. Sylla le récompensa. Il exerça ensuite le consulat en 76 et devint, par sa fortune et sa position politique, l'un des personnages les plus considérables de Rome. Au moment de la conspiration de Catilina, il s'en prit à César en plein Sénat, l'accusant de complicité avec les conjurés, tout en stigmatisant ses mœurs équivoques. Lorsqu'il mourut en 53, il laissa à son fils Curion une immense fortune. Ce dernier avait hérité sous ses dehors efféminés d'un caractère d'airain et d'un don d'éloquence qui le rendait irrésistible. Il se ruina au jeu, en chevaux, en débauches de toutes sortes. Il fut le premier à Rome à faire construire un théâtre avec une scène tournante. Poursuivi par ses créanciers, il se vendit à César. Celui-ci vit en lui un brillant remplaçant à Clodius pour entretenir le désordre dans Rome. On le croyait encore dans le camp de Pompée qu'il était déjà dans celui de César. Il aima César et il est probable que César l'aima. C'est qu'il y avait une étincelle du génie de César chez ce fougueux adolescent. Il fut tué en Afrique, préférant la mort plutôt que d'être obligé de se présenter vaincu devant César.

Page 34,5. Marcus Caelius Rufus, fils d'un riche chevalier qui, soucieux de donner une bonne éducation à son fils, le plaça chez Cicéron. Il se lia avec Catilina, entra dans la bande de Clodius dont il fut l'amant. Il courtisa sa sœur Clodia qu'il entretint dans une riche demeure du Palatin appartenant à Clodius, qu'il louait à grands frais. Quand Clodia le quitta, Clodius demanda réparation pour l'honneur de sa sœur. La mort de Clodius le sauva. Il se fit élire édile. Donna des jeux. Puis accusé de pédérastie fut obligé de sortir de Rome. Il trouva refuge auprès de César qui l'accueillit et le nomma préteur en 48. Il ne réussit pas dans cette magistrature. Et comme il ne pouvait tenir en place il courut rejoindre Milon, l'assassin de Clodius, qui fomentait une révolte en Campanie avec quelques débris de l'armée de Pompée, une troupe de gladiateurs, ainsi qu'un nombre d'esclaves qu'il avait fait délivrer des ergastules. Milon fut tué devant la ville de Cosa par une pierre qu'il reçut sur la tête. Quant à Caelius il fut mis à mort par des cavaliers gaulois et espagnols qu'il essayait de soudoyer.

Page 34,6. Publius Cornelius Dolabella (?-43) appartenait à une des nombreuses branches des Cornelii. Patricien il fut le benjamin de la bande des jeunes débauchés qui s'étaient regroupés autour de Clodius. Il épousa une matrone très riche dont il croqua en deux ans la fortune avant de la répudier. C'est alors qu'il se proposa comme gendre à Cicéron, lequel céda aux instances de sa fille Tullia et de sa femme. Le mariage se fit. Bientôt, lui-même tomba sous le charme de Dolabella. Celui-ci toucha deux tiers de la dot et répudia son épouse alors même qu'elle se trouvait enceinte. Il eut alors une liaison amoureuse avec un certain Æsopus qui avait hérité vingt millions de sesterces de son père, un célèbre tragédien. Ils vécurent une vie à grandes guides, prenant souvent en tiers Metella, la femme répudiée de Publius Cornelius Lentulus Spinther. Bientôt ses créanciers l'obligèrent à se réfugier auprès de César qui accueillit cordialement ce joli garçon. Il suivit son nouveau patron en Grèce et assista à la bataille de Pharsale. De retour à Rome il se fit adopter, comme Clodius son ancien ami, par un plébéien afin de se faire élire tribun. Durant sa magistrature les rues de Rome devinrent un champ de bataille. Ceci se passait durant l'année 48 av. J.-C. Les audaces de Dolabella ne déplurent pas à César puisque de retour à Rome en septembre de la même année, il le couvrit d'honneur, et l'emmena avec lui en Espagne combattre les derniers pompéiens. Après son triomphe à Rome César fit désigner Dolabella comme consul pour l'année 44. César sera assassiné en mars de la même année. Dolabella se fit attribuer la Syrie pour proconsulat. Assiégé dans Laodicée par Cassius, l'un des meurtriers de César, plutôt que de se rendre il se donna la mort en se précipitant sur le glaive que lui tendait son amant Æsopus.

Page 34,7. Marcus Antonius, dit Marc Antoine (83-31 av. J.-C.), était le petit-fils du plus renommé des orateurs avant le temps de Cicéron. Marcus Antonius l'ancien fut victime des proscriptions de Marius. Le dictateur lui dépêcha des sicaires qui lui tranchèrent la tête et les mains, qui furent exposées sur les rostres au forum. Son petit-fils Marc Antoine fera de même avec Cicéron dont la tête et les mains iront orner les mêmes rostres. Il vécut la vie libre des jeunes Romains du cercle de Clodius. Il eut une liaison tapageuse avec Curion. Perclus de dettes, il alla rejoindre César. Il fut un de ses lieutenants lors de la conquête des Gaules. Il prit une part très active à la guerre civile. C'est lui qui organisa le transfert de Curion du camp de Pompée dans celui de César. Il commandait l'aile gauche de l'armée de César à la bataille de Pharsale. Pour le récompenser César le nomma maître de la cavalerie. À la mort de Curion il épousa Fulvia, sa veuve, comme Curion l'avait fait à la mort de Clodius. Après l'assassinat de César, il s'opposa à Octave, petit-neveu de César que celui-ci avait adopté. Une nouvelle guerre civile ne manqua pas d'éclater. Les deux imperators en arrivèrent bientôt à un traité. Octave et Marc Antoine tombèrent d'accord pour se partager le monde. L'Italie revint à Octave, la Grèce et l'Orient à Marc Antoine. Pour sceller ce traité on en vint à de nouvelles proscriptions. Marc Antoine offrit pour épouse à Octave sa belle-fille Clodia, unique enfant de Fulvia et de Clodius. Mais déjà la mésentente couvait entre eux. Clodia fut répudiée. Tandis que Fulvia, après avoir pris Penestre (Pérouse), s'y enferme avec son beau-frère Lucius Antonius, Marc Antoine qui veut porter la guerre chez les Parthes rencontre Cléopâtre en Orient. Différents messages alarmants de Fulvie le font revenir en Italie.

Page 38,8. La famille Cornelia (ou les Cornelii) est, avec les Claude, les Fabii, une des plus anciennes et célèbres familles patriciennes. Des imperators, des dictateurs, des conspirateurs, des consuls… Leurs branches sont multiples. Celui qui est évoqué ici est le demi-frère de l'impératrice Messaline. Il est marié à Antonia, fille de l'empereur Claude et de sa seconde femme Aelia, la sœur adoptive du terrible Séjan, ministre de Tibère. Proche de la famille impériale, Agrippine et Néron avaient tout intérêt à le faire disparaître à la mort de Claude.

Page 63,9. Lucius Domitius Phaon était l'esclave de la tante de Néron, Domitia Lepida, qui l'affranchit. Après le meurtre de cette dernière commandé par Agrippine, il intègre la maison de l'Empereur. Très vite, il occupe de hauts postes dont celui de ministre des finances. Il amasse une fortune considérable et demeurera jusqu'à la fin fidèle à Néron qui trouvera refuge dans sa belle villa entre la voie Salaria et la voie Nomentane. C'est dans cette demeure que Néron se suicidera, assisté par ses deux affranchis, Sporus et Épaphrodite, son maître des requêtes. Phaon survivra à la chute de Néron et à la période troublée qui s'ensuivit ainsi qu'Épaphrodite. Il vivait encore sous le règne de Domitien retiré sur ses domaines, riche et honoré.

Page 64,10. Sporus (?-69 ap. J.-C.), comme tous les jeunes desservants du culte de Cybèle, était châtré. Néron, qui l'avait remarqué pour sa ressemblance avec Poppée, l'épousa. Il le fit venir en grand cortège, revêtu d'une tunique et du voile orangé des mariées. Le soir même le mariage fut consommé. Le lendemain, dans les cabarets de Suburre, les plaisanteries allaient bon train : «Ah ! Quelle aubaine pour l'humanité si le père de notre empereur avait pu avoir une femme comme celle-là. » Sporus ne supportera pas de continuer à vivre sans Néron et se suicidera.

Page 65,11. Poète et astronome grec du IIIe siècle av. J.-C., il vécut à la cour de Ptolémée Philadelphe. Son grand poème didactique, *Les Phénomènes*, a été traduit par Cicéron en vers latins. Cet auteur était encore lu sous l'Empire.

Page 71,12. Il s'agit du long poème épique de Lucain qui avait alors pour titre *La Guerre civile* et que nous connaissons sous le nom de *La Pharsale*. Pétrone dans le *Satiricon* en fit un pastiche dont une partie seulement nous est parvenue.

Page 73,13. Hélius, affranchi de Néron d'origine gréco-orientale, il s'était fait remarquer au début du règne de Néron en empoisonnant sur l'ordre d'Agrippine Junius Silanus, qui descendait d'Auguste par les femmes. Il dirigea ensuite les bureaux impériaux. Lors de son départ pour l'Achaïe, à la fin de son règne, c'est à lui que Néron laissera le contrôle de l'Empire et non au conseil impérial.

Page 73,14. Épaphrodite (?-95 ap. J.-C.), affranchi de Néron, contrôlait le bureau des dépêches. Il fut présent lors du suicide de Néron. Grec, cultivé, il eut pour esclave Épictète, qu'il affranchit. Il sut naviguer durant la période troublée qui suivit la mort de Néron. Parvint à se rétablir sous les deux premiers Flaviens (Vespasien et Titus). Il servit aussi Domitien qui, lassé de ses prétentions, le fit mourir. Bien que l'auteur ne le cite pas à ce sujet, il est probable que Lysias eut recours à lui pour l'aider dans sa carrière de magistrat.

Troisième partie

Page 129,1. Julius Antonius, fils de Marc Antoine et de Fabia, fut élevé par Octavie, la sœur d'Auguste.

Page 138,2. Quintus Fabius Maximus fut cinq fois consul, deux fois dictateur et prince du Sénat. Il battit les Étrusques, les Samnites et les Gaulois allobroges, d'où son surnom.

Page 138,3. Quintus Fabius Maximus (275-203 av. J.-C.). Nommé dictateur après le désastre du lac Trasimène, il se signala durant la seconde guerre punique en harcelant Hannibal par de petites escarmouches et en refusant de livrer bataille, d'où son surnom de Cunctator (le Temporisateur). Il faillit forcer, après l'avoir épuisée ainsi, l'armée carthaginoise à la capitulation. Les Romains, trouvant humiliante cette tactique prudente, l'obligèrent à partager son commandement. Le désastre de Cannes montra la justesse de ses vues. En 209, il reprit la ville de Tarente qu'il châtia durement pour s'être ralliée aux Carthaginois. Avant de mourir il s'opposa au projet de Scipion de porter la guerre en Afrique.

Cinquième partie

Page 185,1. Il s'agit naturellement de l'empereur Caligula.

Page 209,2. On rencontre encore aujourd'hui cette expression dans la bouche de certains Anglo-Saxons qui extériorisent ainsi leur morgue.

Page 228,3. Les ruines de Sicyon sont proches de Corinthe, à Vasiliko. Cette cité fut dès la plus haute antiquité le centre de sculpture et de peinture. Polyclète, le rival de Phidias, y naquit et y étudia. Lysippe, le sculpteur favori d'Alexandre, appartenait à cette école.

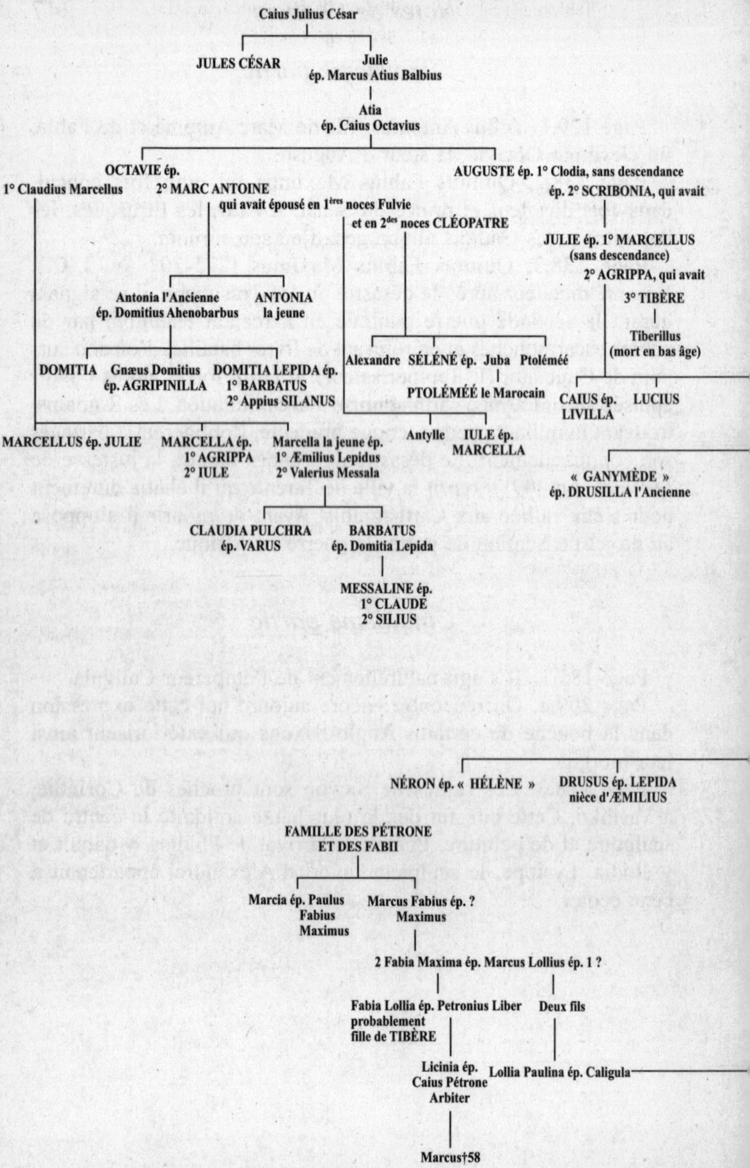
Caius Julius César
JULES CÉSAR
Julie
ép. Marcus Atius Balbius
Atia
ép. Caius Octavius
OCTAVIE ép.
1° Claudius Marcellus
2° MARC ANTOINE
qui avait épousé en 1ères noces Fulvie
et en 2des noces CLÉOPATRE
AUGUSTE ép. 1° Clodia, sans descendance
ép. 2° SCRIBONIA, qui avait
JULIE ép. 1° MARCELLUS
(sans descendance)
2° AGRIPPA, qui avait
3° TIBÈRE
Tiberillus
(mort en bas âge)
Antonia l'Ancienne
ép. Domitius Ahenobarbus
ANTONIA
la jeune
Alexandre
SÉLÉNÉ ép. Juba
Ptolémée
PTOLÉMÉE le Marocain
DOMITIA
Gnæus Domitius
ép. AGRIPINILLA
DOMITIA LEPIDA ép.
1° BARBATUS
2° Appius SILANUS
CAIUS ép.
LIVILLA
LUCIUS
MARCELLUS ép. JULIE
MARCELLA ép.
1° AGRIPPA
2° IULE
Marcella la jeune ép.
1° Æmilius Lepidus
2° Valerius Messala
Antylle
IULE ép.
MARCELLA
« GANYMÈDE »
ép. DRUSILLA l'Ancienne
CLAUDIA PULCHRA
ép. VARUS
BARBATUS
ép. Domitia Lepida
MESSALINE ép.
1° CLAUDE
2° SILIUS
NÉRON ép. « HÉLÈNE »
DRUSUS ép. LEPIDA
nièce d'ÆMILIUS
FAMILLE DES PÉTRONE
ET DES FABII
Marcia ép. Paulus
Fabius
Maximus
Marcus Fabius ép. ?
Maximus
2 Fabia Maxima ép. Marcus Lollius ép. 1 ?
Fabia Lollia ép. Petronius Liber
probablement
fille de TIBÈRE
Deux fils
Licinia ép.
Caius Pétrone
Arbiter
Lollia Paulina ép. Caligula
Marcus†58

Tableau généalogique et alliances de la Famille Impériale jusqu'à l'année 66 après J.-C.

épousé en 1ères noces Cornelius Scipion
3° (sans descendance) LIVIE
qui avait épousé en 1ères noces DRUSUS NERO

épousé en 1ères noces Pomponia
et en 2des noces MARCELLA

MARCELLINA

VIPSANIA ép. 1° TIBÈRE
2° GALLUS, le fils de POLLION

JULILLA ép. ÆMILIUS
petit-fils de SCRIBONIA
par SCIPION

AGRIPPINE
ép. GERMANICUS

Agrippa
POSTUMUS

TIBÈRE ép. 1° VIPSANIA
2° JULIE
liaison avec Fabia Maxima

DRUSUS
ép.
ANTONIA

ÉMILIE ép. Appius SILANUS qui épousera
ensuite DOMITIA LEPIDA

T. Drusus « CASTOR » ép. LIVILLA

MARCUS
SILANUS

JULIUS
SILANUS

CALVINA ép.
LUCIUS VITELLUS

« HÉLÈNE » ép. 1° NÉRON
2° BLANDUS

Tiberius
« GEMELLUS »

le jumeau de Gemellus
mort en bas âge

GERMANICUS
ép. AGRIPPINE

LIVILLA
ép. 1° CAIUS
2° « CASTOR »

CLAUDE
ép. 1° URGULANILLE de la famille Plautia
2° ÆLLIA, sœur adoptive de SEJAN
3° MESSALINE
4° AGRIPPINE LA JEUNE

ANTONIA
ép. 1° POMPÉE LE JEUNE
2° FAUSTUS SULLA

DRUSILLUS

OCTAVIE
ép. NÉRON

BRITANNICUS

DRUSILLA L'ANCIENNE
ép. 1° CASSIUS LONGIN
2° Émile Lépide « GANYMÈDE »

CAIUS CALIGULA
ép. 1° JUNIE
2° ORESTILLE
3° LOLLIA PAULINA
4° CÉSONIE

AGRIPPINE LA JEUNE ép. 1° Gnæus Domitius
2° CRISPUS
3° CLAUDE

Julie
« LESBIE »
ép. VINICIUS

DRUSILLA
LA JEUNE

NÉRON
ép. 1° Octavie
2° Poppée

Claudia Augusta

Table

Du même auteur

LOUIS II DE BAVIÈRE, *biographie*, Éditions spéciales, 1973.

LES CHEVALIERS DU CRÉPUSCULE, *roman*, J.-C. Lattès, 1975.

LES FUNÉRAILLES DE LA SARDINE, *roman*, Grasset, 1986 (Prix Médicis).

LES FILLES DU CALVAIRE, *roman*, Grasset, 1991 (Prix Goncourt).

LA SAINTE FAMILLE, *roman*, Grasset, 1996.

LE SONGE DE PHARAON, *roman*, Grasset, 1998.

LES PETITES MAZARINES, Grasset, 1999.

LANSQUENET, *roman*, Grasset, 2002.

LES DIAMANTS DE LA GUILLOTINE, *roman*, Laffont, 2003.

Achevé d'imprimer, en mai 2006 en Espagne par
LIBERDUPLEX
Numéro d'éditeur : 71347
Dépôt légal – 1re publication – juin 2006
Librairie Générale Française – 31, rue de Fleurus – 75278 Paris Cedex 06

31/1732/2